le fil invisible

DONNI BUFFALO DOG
PTESUNKAWIN

FACE AU SOLEIL ILS DANSAIENT....

roman traduit de l'américain
par Sabine Amoore

le fil invisible

REMERCIEMENTS

A Sabine Amoore et Vianney Pinon qui ont donné leur signe d'assentiment là où d'autres avaient fait un autre geste et qui ont aussi rendu visible leur *fil invisible* avant même que j'aie mené à terme l'une de mes recherches les plus importantes.

A tous ceux qui ont accepté mon caractère difficile ou soutenu mon travail.... ou les deux.... tout au long de mes nombreux hivers. Ils ont admis l'étrangeté de mon monde et, sans que je les nomme, ils se reconnaîtront.

A mes collectionneurs, quel que soit le monde dans lequel ils vivent, qui ont agrandi leurs collections.

Au Peuple des tribus de la plaine, ceux qui jadis dansaient-en-contemplant-le-soleil, aux Indiens d'Amérique qui ont vécu et grandi depuis les temps immémoriaux de la mère de la première grand-mère.

J'envoie ma reconnaissance aux quatre directions, au ciel, à la terre.

Ce livre,
comme tout ce que j'ai pu créer,
est dédié à ceux qui jadis
dansaient-en-contemplant-le-soleil,
au Peuple.

DE L'AUTEUR AU LECTEUR

Les vents de plus de cent cinquante hivers ont soufflé sur les montagnes, dans les vallées, à travers les plaines, par les forêts et sur les visages de tant et tant de personnes depuis que cet éditorial, publié dans un journal du Kansas au milieu du XIXe siècle, a offert à la fois une description des nombreux peuples tribaux et de l'attitude qui prévalait à l'époque envers ceux qui vivaient déjà dans ce pays à présent appelé les Etats-Unis d'Amérique quand certains étrangers y arrivèrent ; un pays érigé, dit-on, sur le postulat que " les hommes naissent et demeurent libres et égaux en droit ".

> " Un ramassis de canailles enveloppées dans des couvertures, de mangeurs de nerfs, sales, pouilleux, voleurs, menteurs, dissimulateurs, tueurs, laids et perfides comme jamais le Seigneur n'a permis qu'on contamine la terre, et dont l'extermination finale et immédiate devrait être le vœu de tout homme hormis des agents de commerce des comptoirs indiens. "

A présent, alors que s'achèvent les années 1900 et que touche à sa fin l'unité de temps appelée siècle par la société moderne, je peux contempler presque soixante-dix hivers de vie et sais que je me tiens peut-être moi aussi non loin d'une certaine fin.

Mais ma vision personnelle de ceux des tribus est bien différente de celle proposée par ce journal du Kansas. Je vois un Peuple qui comprend que certaines créatures de la terre.... les quatre-pattes, les ailés, les rampants et les frétillants.... suivent d'instinct une direction déjà choisie par les puissances, tandis que d'autres.... les deux-jambes.... possèdent, et la différence est de taille, un pouvoir qui leur permet choix et raisonnement avant de s'engager dans une direction quelconque. Mon intention est donc de donner à voir un Peuple façonné et nourri par le monde naturel dans lequel il évoluait, un Peuple qui s'est multiplié, développé et qui a prospéré en parcourant une terre de ses mocassins, un pas après l'autre, à la manière de ceux qui avancent régulièrement, doucement et naturellement, vers une expansion de l'esprit. Le développement spirituel fut, peut-être, le seul mystère que les Indiens d'Amérique choisirent d'explorer.

Quand ils désiraient accéder à quelque chose de nouveau, les Anciens savaient qu'ils devaient d'abord se départir de quelque chose d'ancien. Pour apprendre quoi que ce soit à propos de ce dont je ne connais rien, je dois être prêt à laisser partir une autre chose, se disaient-ils. De cette façon je me tiens tel un réceptacle vide prêt à être rempli.

J'ai inventé et écrit l'histoire contenue dans ces pages dans une langue qui est une interprétation personnelle de langues non écrites, des langues faites pour l'oreille et non les yeux, des langues d'un autre monde et d'un autre temps. Je vous demande, à vous lecteur, d'accepter une légère transformation de vous-même de façon à vous rapprocher de ces ancêtres. Je vous demande de laisser de côté, un moment, votre mode de pensée moderne. Tel ce réceptacle vide, entrez dans le monde de ces anciennes cultures avec l'esprit d'aventure d'un enfant, libre de préjugés. L'enfant se tient prêt à accueillir tout ce qui vient à lui, prêt à accepter de nouvelles compréhensions, prêt à être " rempli ".

Un jeune Français de dix, douze hivers, après avoir visité une exposition de mes sculptures et dessins au musée du Nouveau Monde de La Rochelle, écrivit ses impressions sur ce qu'il venait de voir. Quelqu'un de seulement dix, douze hivers.... mais il comprenait !

> " Dans ce musée j'ai vu l'Amérique sous un autre angle : au lieu de la voir comme un pays avec des voitures, des fusées et de grands immeubles, je l'ai vue en pays paisible, en pays peuplé d'Indiens, de bisons et de superbes chevaux. J'avais oublié que l'Empire State Building, la Maison-Blanche, Ronald Reagan, George Bush et les célèbres fusées existaient. Il y avait des dessins d'Indiens, d'armes et d'autres ustensiles, des sculptures d'animaux et de croyances. De vraiment belles œuvres inventées, travaillées, ressenties du fond du cœur. "

Ne regardez pas ce Peuple, ces Indiens, regardez en eux. Et quand vous aurez reconnu toutes les choses qui vous sont déjà familières, regardez encore. Regardez de plus près, plus profondément. Recherchez ce qui n'est pas aisé à percevoir : la gloire en contrepoint de la tragédie. En partant d'une vue d'ensemble de ce Peuple, nous pouvons nous approcher du centre de chaque individu et ainsi arriver à cet endroit d'où, en vérité, tout est issu....

I

Là-haut, surplombant la plaine, un aigle étirait ses ailes grandioses puis se laissait porter par le courant du vent, sa sombre forme-oiseau se reflétant sur les nuages blancs au-dessus de lui ; un signe pour le Peuple qui, d'en bas, depuis le campement d'hiver, observait son manège. Une odeur familière apportée par la brise matinale avait déjà atteint les nez de ce Peuple et maintenant les cabrioles du gigantesque guerrier-ailé ne faisaient que lui confirmer ce qu'il savait déjà et attendait : la fin imminente des lunes froides. Bientôt la lune-de-la-neige-fondue va mourir et l'herbe rouge apparaître, la naissance de la nouvelle lune amène en son sein celle d'une saison nouvelle.

Kiwahni owahpi : un nouveau réveil. La terre se renouvelle.

Les puissances leur avaient offert une bonne journée, ainsi les femmes du clan petit mais puissant qui campait sur cette terre pendant les lunes froides surveillaient-elles les feux-de-cuisson la joie au cœur. Des baies, plus qu'à l'accoutumée, relevaient le goût de la soupe en ce matin où toutes les pensées se tournaient vers les préparatifs du voyage, car les femmes se souvenaient que les hommes qui tiennent conseil pour le bien du Peuple doivent être assis repus et non avec des estomacs qui grognent.

Ayant apporté de la nourriture aux hommes de sa tente, Wakankawin commença à réfléchir à tout ce qu'il lui faudrait préparer avant que la lune-où-l'herbe-rouge-apparaît ne s'achève. Depuis de nombreux hivers elle occupait la place de vraie-femme de Woksapa Yuha, chef honoré du clan Tasha et mère de Takcha Ushté, leur fils guerrier. La présence de deux hommes dans sa tente donnait à cette femme plus de travail qu'aux autres mais Wakanka prenait plaisir à ces tâches, accompagnant le plus souvent son labeur d'un doux chant.

En ce jour, pendant qu'assise elle méditait sur les préparatifs pour cette nouvelle saison, la femme autorisa ses pensées à revenir sur leurs pas et à traverser tous les hivers jusqu'à celui où elle avait eu un fils, juste deux hivers après être devenue la femme de Woksapa.

Le mari et l'épouse s'étaient assis, bâtons croisés devant le rabat de la tente, signe pour ceux qui auraient eu l'idée de leur rendre visite qu'ils ne le souhaitaient pas à ce moment précis car ils avaient choisi d'aborder certaines choses, en privé et sans interruption.

Woksapa avait exprimé son inquiétude que le nouveau fils dans sa tente ne représente un travail trop lourd pour les mains de sa femme. Il parla, disant que le temps était peut-être venu d'amener une deuxième paire de mains dans cet endroit, quelqu'un pour aider dans le travail, avait-il dit, mais quelqu'un qu'il appellerait aussi épouse.

Le cœur de Wakanka était tombé à terre au son des paroles de son mari car elle n'avait pas encore envisagé le moment où cet homme déciderait de prendre une deuxième épouse. Elle n'y avait pas repensé depuis le temps où ils avaient évoqué pareille chose, juste avant qu'elle ne devienne sa vraie-femme. Mais son visage ne montra rien de la douleur de son cœur quand elle donna voix à ses pensées en réponse aux paroles de Woksapa.

— Mon mari trouve-t-il que sa femme manque de force à présent qu'elle lui a donné un fils ? demanda-t-elle calmement. L'homme dans ma tente remarque-t-il ses pieds dans des mocassins déchirés ou cette tente en désordre ? Et quand il va rendre visite à sa horde, trouve-t-il un seul cheval négligé, dans le besoin ? Si mon mari choisit d'amener une deuxième paire de mains dans ma tente, qu'il s'avoue la vraie raison de son acte. Qu'il admette avoir envie d'une deuxième femme, que lui seul décide de cette chose.

La femme se tourna alors vers le feu et reprit la broderie de piquants de porcs-épics qu'elle avait mise de côté au début de la discussion, son geste indiquant qu'elle n'avait rien à ajouter.

Woksapa resta assis un moment à regarder cette silencieuse et forte femme qu'il connaissait comme son épouse. Et, reconnaissant le feu qui se cachait derrière le calme de son visage, il sourit dans sa joue, se jurant de ne plus jamais caresser l'idée de prendre une autre femme. “ Deux femmes dans cette tente apportent peut-être plus de problèmes que de solutions ”, pensa-t-il.

Soulagé, l'homme souleva le rabat et sortit dans l'air froid et piquant du matin pendant que Wakanka, berçant doucement son fils endormi à ses côtés dans l'enveloppe serrée d'une chaude robe, entonnait une petite berceuse.

— *Ahboo, ahboo*, elle chanta. Dors, dors.

Ramenant rapidement ses pensées sur le moment présent, la vraie-femme entra dans la tente pour rassembler quelques vêtements et les étendre au soleil du matin. Dans les jours prochains, elle emmènerait ces vêtements, un par un, sur les dunes de sable des *tazushka*, où ces minuscules et grouillantes ouvrières au cou engoncé élimineraient taches et saleté, rendant leur blancheur aux choses portées par cette famille Tasha. Plus tard, elle préparerait les travois et s'assurerait que ses chevaux et chiens soient en mesure de les tirer, d'amener tous les biens d'une famille au campement d'été. Puis, comme toujours, Wakanka ferait le tour des tentes des autres femmes Tasha auxquelles elle offrirait deux mains supplémentaires afin de soulager leur travail.

Woksapa tint conseil avec les autres membres importants du clan Tasha dans la tente consacrée pendant quatre soleils. Il écouta attentivement les voix de ces hommes qui exprimaient les besoins et les désirs du Peuple. Puis, comme à l'ouverture du conseil, l'homme bourra une pipe, mit une braise dans son culot et en tira une bouffée. Il la passa ensuite à l'homme assis à ses côtés, dans le sens qu'emprunte le soleil dans sa course. Le chef observa la pipe faire le tour du cercle du conseil et chacun toucher des lèvres son tuyau, s'engageant ainsi à respecter la vérité, à s'attacher au bien.

Quand ils eurent fini de fumer, Woksapa prit sa pipe et quitta le grand tipi pour un petit tertre à la limite du campement, un endroit où il se rendait souvent pour écouter une autre voix. Une voix familière, l'écho de son esprit. Là, assis sur le sol, pipe à la main et dos appuyé contre un rocher bienveillant, l'homme se relia au monde naturel du dessus, du dessous et d'entre-les-deux. Là, le chef prendrait les décisions qui découlaient de ce qu'il avait entendu dans la tente du conseil. Et certainement, ces décisions viendraient d'elles-mêmes car, comme pour les hivers précédents, son Peuple avait émis le désir de suivre à nouveau le court chemin qui le séparait du clan Khoka, un clan installé une ou deux nuitées plus au sud et qui comptait en son sein de nombreux parents et amis des Tasha.

Après un moment passé sur le tertre, les décisions prises, le chef Tasha se releva et donna de petites tapes au rocher contre lequel il s'était adossé. "Pierre, il pensa, tu es bien la chose la plus ancienne et la plus résistante de la terre. Comme il est grand le soutien silencieux que le peuple-de-la-pierre apporte à l'homme, que celui assis près de lui soit ou non inquiet."

Et soudain, ressentant la faim, le Tasha songea à la bonne soupe qui l'attendrait dans la tente de Wakanka à son retour. Mais avant de rejoindre celle de son épouse, il se rendrait à la tente sacrée pour un entretien et une pipe avec Wakankcha, le voyant du clan Tasha – les sages paroles de cet ancêtre étant toujours d'une aide précieuse pour un chef qui va prendre une décision, de quelque nature soit-elle.

En arrivant devant la tente sacrée, Woksapa leva une main vers le rabat du petit tipi qu'aucune peinture ne décorait pour le gratter légèrement. Mais, avant même qu'il ne touche la peau, il entendit la voix puissante du vieux prophète qui l'invitait à entrer. Le chef s'immobilisa un instant, émerveillé par ces yeux capables de voir à travers le revêtement d'une tente, puis, soulevant le rabat, il s'inclina pour entrer et aperçut immédiatement Wakankcha assis jambes croisées, à l'arrière de la tente, une pipe pleine à la main. D'une manière ou d'une autre le voyant avait déjà eu connaissance de l'arrivée du chef Tasha. « Peut-être que cet homme, dont la seule quête, tant qu'il ne marchera parmi les invisibles, est la perfection spirituelle, se dit le chef, peut-être que ce vieil homme sait tout. »

Woksapa s'assit devant le feu et regarda en silence la lumière dansante tandis que le voyant, ayant mis une braise dans son fourneau, offrait la pipe aux quatre directions, au ciel, à la terre et tirait une bouffée du long tuyau droit. Le vieil homme passa alors la pipe sacrée au chef et celui-ci y porta les lèvres. Longtemps les deux hommes restèrent en silence, chacun à ses pensées, avant que Wakankcha n'exprime tout haut sa vision des choses.

— Un autre hiver meurt, mon ami, et à nouveau tu rends les cœurs du Peuple heureux en leur faisant connaître ta décision de retrouver les Khoka pour trois, quatre nuitées avant de voyager ensemble vers le campement d'été.

Woksapa, qui n'était pas surpris que le voyant connaisse sa décision, resta silencieux sachant que l'ancien ajouterait encore quelque chose à ce qu'il venait de dire.

— Et peut-être qu'un certain chef aura lui aussi le cœur joyeux en apprenant que l'un de ses guerriers ne portera aucune arme avant d'avoir vécu une cérémonie d'été de la plus haute importance. Je parle du fils d'un certain père, un jeune homme qui a rendu visite à cette tente pour annoncer qu'il a fait le vœu de danser face au soleil la prochaine fois que les lunes chaudes commenceront à pâlir. Ce même jeune homme a choisi de l'annoncer d'abord au *wapiya*, puis à son père, demandant à ce que moi, Wakankcha, l'initie aux rites des anciennes cérémonies.

Comprenant immédiatement ce que le *wapiya* voulait lui dire, Woksapa se redressa abruptement, lançant un regard furieux et sévère au visage loyal de l'ancêtre.

Mais, avant les paroles de colère, vinrent les questions silencieuses.

Est-ce qu'un homme, qu'il soit chef ou non, ressent de la colère quand il apprend quelque chose qui a de l'importance pour son Peuple ? Quand bien même il n'apprend pas cette chose directement de la bouche de l'intéressé ? Et est-ce qu'un père doit ressentir autre chose que de la fierté en voyant son fils user d'un pouvoir aussi sacré que celui de choisir et ensuite d'agir à partir de sa réflexion et de son raisonnement ?

Le chef se leva, souriant aux yeux totalement imperturbables du voyant, avant de parler doucement.

— Je me rends à présent à la tente d'une certaine mère et peut-être là y rencontrerai-je un fils désireux de parler et de fumer avec un père.

La communication directe entre mère et fils cessera, avaient dit les grands-pères, quand le garçon aura vu huit, dix hivers, quand cessera pour lui le travail des enfants et des femmes et qu'il commencera à s'exprimer par des actes d'homme, avec des mots d'homme. Un garçon, confié à sa mère pendant les saisons de l'enfance, apprend les manières pondérées et modérées des femmes, le besoin de douceur et la nécessité des liens entre deux êtres. Ces choses, il doit les comprendre en grandissant et se préparer pour le temps où il prendra peut-être femme. Mais les grands-pères savaient aussi qu'un garçon qui reste trop longtemps aux côtés de sa mère peut nouer un lien trop fort avec elle, sans voir qu'il lui faut se transformer en homme. Ainsi les grands-pères avaient mis au point une méthode pour s'assurer que ces deux-là couperaient bien le cordon qui les reliait : mère et fils, avant le dixième hiver du garçon, ne se parleraient plus que par un intermédiaire et n'auraient aucun contact visuel direct durant le restant de leur vie.

Takcha Ushté, debout devant la tente de sa mère, parlait donc d'une voix ferme mais douce aux chiens de camp de sa mère.

— N'y a-t-il pas de femme ici pour réchauffer la soupe d'un père qui s'approche de cette tente avec un appétit certain ? Un père et un fils veulent fumer et se parler mais pas avant que leur ventre vide ne soit rempli.

Le jeune homme sourit et, se tournant vers le père, à présent à ses côtés, lui souhaita la bienvenue en silence. Après avoir mangé la savoureuse soupe que Wakanka avait disposée devant eux, les deux hommes fumèrent cérémonieusement puis s'installèrent devant le feu de camp sans échanger un mot. Tous deux cherchaient à comprendre : le père attendait la déclaration du fils, le fils réfléchissait à quels mots employer pour ce qu'il voulait dire à son père.

Calmement, Takcha Ushté tourna son regard vers le visage de ce père, qui ne quittait pas des yeux les flammes dansantes, et il remarqua que ce fort visage commençait à révéler l'histoire d'un homme à travers ses hivers. Alors le fils parla doucement.

— Peut-être que mon père ne ressentira pas trop le manque de force guerrière dans son clan quand il saura que l'un parmi les jeunes Tasha a décidé de ne pas toucher aux armes, ni pour la chasse, ni pour la guerre, avant la contemplation-du-soleil de cet été. Mon père entendra aussi que ce même jeune homme a décidé de ne pas abriter en lui de pensées mauvaises, ni de faire de mouvements brusques, jusqu'à la fin de la cérémonie sacrée.

Woksapa quitta les braises des yeux et rencontra le regard intense de ce grand jeune homme qu'il connaissait pour fils. Mais au lieu de voir Takcha Ushté, l'homme, le père autorisa sa mémoire à lui renvoyer l'image du garçon, quelqu'un qui répondait alors à un autre nom, quelqu'un qu'ils appelaient Tateshala et qui écoutait quand Ahpepi, chasseur en chef du clan Tasha, lui disait que les yeux, les oreilles et le nez d'un certain garçon avaient besoin de s'aiguiser. Le chasseur avait ajouté qu'il allait voyager pendant peut-être sept ou huit nuitées avec lui et qu'à leur retour ce que les jambes du garçon ne pourraient atteindre, ses sens le pourraient.

Chasseur et garçon étaient partis avant que le soleil ne pointe. L'excitation de Tateshala lui tombait sur l'estomac au point qu'il avait l'impression que toutes les ailes palpitantes qu'il avait jamais vues dans sa vie avaient maintenant choisi de s'installer dans cette partie de son corps. Pourtant son visage n'avait rien révélé d'autre que la détermination à maintenir le rythme imposé par les jambes puissantes du chasseur qui marchait devant lui.

Tateshala avait appris quantité de choses nouvelles pendant les quatre, cinq premières journées et pas toujours de la bouche d'Ahpepi, car le chasseur avait enseigné au garçon l'art d'écouter ce que le vrai-chien aurait à dire.

— Ces habitants-de-la-lisière nous montrent de nombreuses choses liées à la chasse. Un certain garçon apprend à connaître la manière dont se meut toute créature vivante pour que lui, Tateshala, puisse se mouvoir de la même façon et revenir victorieux de ses voyages – que ceux-ci l'appellent à la chasse, à la guerre ou vers toute autre destination. Ainsi avait dit Ahpepi.

Et, sous le soleil d'un autre matin, Tateshala avait vu une nouvelle piste, Ahpepi avait dit alors au garçon de la suivre, seul.

— Va, et quand tu découvriras celui qui laisse cette empreinte, apprends quelque chose, avait-il dit.

Le garçon avait donc suivi les traces qu'il savait appartenir aux pattes d'un queue-blanche. Mais quel genre de queue-blanche, il ne le savait pas encore car celui-ci marchait chancelant, boitant et s'empêtrant dans les broussailles. « Peut-être est-il blessé, avait observé le garçon, pourtant je ne vois pas de sang. »

Comme il s'approchait de sa proie, Tateshala avait préparé son arc court, calé une flèche sous son aisselle, une autre dans sa bouche et une dernière dans la main qui tendait l'arc : trois traits prêts au cas où il manquerait sa cible.

Devant le garçon le queue-blanche était là, à l'arrêt, enchevêtré dans un buisson épineux, se débattant pour se libérer, une patte saillant hors de son corps comme si cette chose ne lui appartenait pas.

Aussitôt Tateshala avait posé ses armes à terre et émis quelques sons de gorge apaisants, comme ceux d'une berceuse et propres à calmer ce jeune quatre-pattes apeuré pendant qu'il s'approcherait doucement du captif. Parvenu jusqu'à lui, le jeune chasseur l'avait caressé doucement et, tout en continuant à émettre des sons apaisants, avait repoussé d'un coup sec les bras hérissés qui le retenaient impuissant.

Le buisson rabattu, le garçon s'était reculé et avait observé la créature, peut-être estropiée en tombant de sa mère à la naissance, s'éloigner en boitant vers les arbres tout en jetant des regards par-dessus son épaule.

Soudain, comme surgi de nulle part, Ahpepi était apparu derrière Tateshala, le visage sévère, un arc court et quatre flèches à la main.

— Guerrier, chasseur ou voyageur, avait-il dit fermement, un homme ne doit jamais se départir de ses armes. Celui qui marche en observant peut être, lui aussi, observé.

Jetant les armes aux pieds du jeune homme, le chasseur s'était retourné et avait disparu comme il était apparu, de nulle part, laissant le garçon cloué au sol.

Une fois rentrés au village, chasseur et garçon s'étaient rendus directement chez Woksapa. Là, après que chasseur et père eurent fumé, Tateshala avait raconté en détail leur voyage, Ahpepi témoin du récit. Woksapa, ayant entendu que le garçon avait relâché sa vigilance et jeté ses armes, avait lancé des regards durs à son fils. Mais, reconnaissant aussi rapidement un acte plus important, l'homme avait immédiatement calmé sa dureté.

Un véritable homme, avaient dit les grands-pères, un guerrier ou un chasseur de qualité n'abat jamais quelque chose qui n'est pas entier, car ce geste peut être source de grands ennuis pour tout le Peuple.

Et Tateshala, ce jeune fils, s'en était souvenu et avait ainsi évité des problèmes à chacun et à tous. Faisant la part du bien dans cette manière d'agir, Woksapa avait fait connaître son intention d'honorer le garçon.

— Un certain fils possède maintenant un cheval, avait-il affirmé fièrement. Ce garçon peut faire son choix dans la horde de son père.

Le chasseur Tasha l'avait rejoint dans l'esprit de don.

— Si mon ami me l'accorde, je choisis aussi d'honorer le fils. La prochaine fois que le soleil atteindra son zénith, je donnerai à ce garçon un nom d'homme et demanderai que

Winkté compose une chanson en son honneur. Le Peuple célébrera en chantant cette chanson. Que le crieur, voix du clan, l'annonce au Peuple à présent.

Tateshala n'avait pu contenir plus longtemps sa joie. Un cri perçant s'était échappé de sa gorge. D'un seul bond, qui n'était pas sans rappeler celui d'un longues-oreilles, il s'était trouvé hors de la tente et en quelques pas du même genre avait traversé le campement dans la direction d'une certaine horde de chevaux.

Quand le soleil suivant avait eu atteint la moitié de sa course, le Peuple s'était rassemblé au centre du campement pour fêter, danser et honorer.

— Là où jadis un garçon se trouvait, un homme se tient, avait annoncé Ahpepi. Takcha Ushté rejoint les Tasha. " Daim boiteux ", celui qui marche en se souvenant.

— Daim boiteux, Daim boiteux, avait chanté le Peuple.

Woksapa ramena ses pensées vers l'homme-fils qui était assis auprès de lui, ressentant que celui-ci avait encore d'autres paroles venues du cœur à lui confier. Mais le père se dit aussi que ceux qui se connaissent comme pères ne sont sans doute jamais satisfaits de ceux qu'ils appellent fils. Car un père ne cherche-t-il pas toujours l'homme-dans-le-garçon durant les jeunes saisons de son fils et ne voit-il pas toujours le garçon dans le fils quand celui-ci se comporte enfin comme un homme ?

Takcha Ushté poursuivit de la même manière douce et sérieuse.

— Peut-être que mon père remarque que j'éprouve une gratitude pour tout le bien reçu ces précédents hivers, un bien reçu par chacun, reçu par tous. Je vois le clan Tasha grandir en force avec à sa tête un sage chef. Je vois une maladie étrange qui plane sur d'autres campements, une maladie qui me touche puisqu'elle emporte les vies de celle que j'appelle femme et de son enfant en elle, alors qu'ils se trouvaient en famille dans un autre campement. Mais cette maladie passe à côté des Tasha et ne leur rend pas visite pour prendre d'autres vies. Et je ne vois personne ici qui meure de faim dans les lunes froides, ni le nombre des Tasha, ni celui des Khoka, ces proches qui campent près de nous, diminuer. Pour ces raisons et pour d'autres, je choisis de montrer ma gratitude en allant au poteau-du-soleil quand les lunes chaudes commenceront à décliner. Là, je m'offrirai aux puissances et à la terre. Là, je danserai face-au-soleil. J'ai parlé déjà avec Wakankcha et le saint homme a accepté de m'initier aux anciennes cérémonies de ce rite ancestral.

Emettant doucement un son d'approbation, Woksapa se redressa tranquillement. "*Hoyé*", dit-il, et il posa sa main un instant sur l'épaule de son fils toujours assis. Puis il s'éloigna rapidement vers le rabat, se baissa et quitta la tente dans la direction du tipi du conseil, appelant le crieur tout en marchant.

— Que le crieur demande au Peuple de se rassembler au centre du campement où le chef fera connaître les décisions pour un clan qui voyage. Que Anpagli, éclaireur principal des Tasha, quitte le campement pour s'assurer d'une chose, avant que le Peuple ne se déplace. Qu'à son retour, il fasse son compte rendu, et que les Tasha prennent un chemin sans danger pour retrouver les Khoka et vivre quatre soleils de fête et de danse afin de renouer les liens avec ceux-là. Puis, tel un seul clan, que ces deux groupes voyagent ensemble vers le campement d'été où ils retrouveront les autres clans pour former tous ensemble un seul et puissant cercle tribal.

Les Tasha rejoignaient les Khoka et leur chef Wiyaka. Wiyaka, parent-par-choix de Woksapa. Wiyaka et Woksapa, parents *hunka*, frères-amis depuis leurs saisons de jeunesse, et ce, qu'ils aient ou non accompli la cérémonie *hunka*.

II

La lumière de l'étoile du matin rejoignit dans le ciel la forte voix du crieur tandis qu'il marchait parmi les tentes du village endormi, scandant des recommandations, informant le Peuple.

— Tipi à terre, chantait-il. Avant que monte le soleil, les Tasha deviennent des voyageurs. Ceux qui choisiront de dormir manqueront quelque chose d'important car ce clan se déplace sous un soleil chaud, dans un doux vent, et chante en chemin.

La première image des hommes au réveil fut celle de perches nues se découpant sur un pâle ciel matinal et le premier bruit celui des revêtements de tente s'affaissant, les femmes Tasha s'étant levées bien avant d'avoir entendu la voix du crieur. A son habitude, Wakanka fut prête parmi les premières, car, comme toujours quand le clan se déplaçait, les deux hommes de sa tente s'étaient éveillés avant même que l'étoile du matin ne soit visible dans le ciel. Pourtant, cette fois-ci, la femme du chef avait choisi de rester dans ses robes de nuit, feignant le sommeil, tout en écoutant les dures paroles de son mari sur une femme qui s'éternise au lit alors que son Peuple part pour un autre campement. La femme allongée souriait-dans-sa-joue alors que Woksapa et Takcha Ushté quittaient la tente, le mari lui donnant de la pointe du mocassin un petit coup de pied joueur, avant de soulever bruyamment le rabat. Elle savait fort bien que sans " l'aide " de ces deux hommes, elle serait prête à temps et aurait préparé sans difficulté les affaires de la famille, ses chiens et la tente.... et en bien moins de temps.

Après avoir quitté la tente, Woksapa alla directement voir ses chevaux et à présent il attendait, debout sur une petite hauteur proche de la limite du campement d'hiver, prêt à diriger son Peuple. Le chef Tasha avait vu passer plus de quarante hivers et pourtant il se tenait droit contre le ciel de l'aube. Les plumes honorifiques du *wambli*, l'oiseau-guerrier, gagnées tout au long de sa vie, lui entouraient la tête puis tombaient dans son dos jusqu'à terre en deux longues raies. Il avait installé délicatement sur son bras gauche la pipe et un élégant sac à pipe brodé se balançait à son tuyau. De sa main droite il tenait lâchement les rênes de deux chevaux jumeaux, ces blanches créatures mouchetées de rouge et dotées de crinières et de queues foncées, presque noires. Bien que le Peuple s'émerveillât à la vision de son chef et de ces deux magnifiques chevaux, celui-ci savait aussi qu'il ne les monterait ni ce jour, ni le suivant, car il mènerait ces deux chiens-sacrés jusqu'à ce que son Peuple arrive sain et sauf chez les Khoka.

Le vieux voyant apparut en silence derrière le chef Tasha, une corne de *pte* contenant une braise du feu sacré à la main : du bois brûlant sans fumée, une chose à apporter au nouveau campement, un lien vivant avec le passé.

A présent le Peuple commençait à se rassembler au bas de la pente; les guerriers à cheval formant avec leur monture une ligne droite derrière le saint ancêtre. Les femmes les rejoignirent, leurs chevaux et chiens tirant les travois qui portaient les biens du clan. Avec elles, les enfants arrivèrent, certains courant, d'autres attachés aux travois. Les anciens se rendaient utiles là où, soit leurs mains, soit leurs mots pouvaient rendre service. Puis les hordes de chevaux se mirent en branle doucement, de jeunes braves les surveillant, les enjoignant au calme, ne permettant à aucun de ces grands-chiens de s'éloigner. Takcha Ushté, imprégné de son serment pour la cérémonie de contemplation-du-soleil, ne chevauchait évidemment pas en tant que guerrier pendant ce voyage. Il choisit plutôt d'offrir son expérience aux jeunes qui s'occupaient des hordes de chevaux pour la première fois. A leur suite venaient les hommes, regroupés en " compagnie ", qui avaient pris l'engagement d'assurer les arrières d'un clan qui voyage. Cavaliers-de-la-poussière, ainsi le Peuple les appelait.

Woksapa se retourna, ses yeux s'attardant sur ceux du saint homme, puis son regard s'élargit à tout le clan qui était rassemblé sur la pente, une longue file de quatre-pattes et de deux-jambes, jeunes, vieux et à naître. Voyant que nul n'était dans le besoin, il se retourna à nouveau vers le sud et se mit en route à la tête de son Peuple. Une voix entonna une chanson qui ne s'interrompit que deux fois, puis encore deux fois avant que se couche le soleil et qu'un camp ne soit monté pour la nuit.

Quand un troisième soleil se leva sur les voyageurs, Anpagli, qui depuis son nid de guetteur sur la corniche scrutait le nord, vit une procession sinueuse d'hommes, de quatre-pattes et de nuages de poussière qui avançait régulièrement dans la plaine. Il se glissa alors sans bruit sur le versant sud de la corniche et vit un autre nuage de poussière, formé celui-ci par un petit groupe de Khoka, Wiyaka très probablement à sa tête, qui allait à la rencontre des Tasha.

Le jeune scout se laissa rouler sur le dos contre une terre fraîche et nue, face au ciel qui s'éclairait. Il laissa s'échapper un long soupir venu de sa poitrine. “ Les clans s'unissent, murmura-t-il, renforcent leurs liens, détiennent quelque chose de bien. ” Profondément satisfait, il ferma les yeux, aussitôt en paix.

C'est ainsi que ces deux clans amis se retrouvèrent. Le Peuple Tasha s'immobilisa pour regarder son chef, conduisant les chevaux tachetés qui se ressemblaient, s'avancer seul vers son frère-ami et, quand les deux hommes furent face à face, s'adresser à lui comme à un parent.

— *Misun*, dit doucement Woksapa, tout en mettant l'une des longes dans la main de l'homme plus jeune.

— *Chinyé*, répondit Wiyaka, en acceptant la lanière.

Les frères-amis, parents-par-choix, montèrent sur les deux jumeaux tachetés et les conduisirent doucement vers la rivière à l'eau claire, jambe contre jambe, ainsi qu'ils l'avaient fait dans leurs saisons de jeunesse.

Le Peuple Tasha suivit les Khoka à cheval jusqu'à leur campement, les deux clans formant quelque chose d'entier, quelque chose d'uni, les femmes et les filles lançant des trilles, les hommes et les garçons des cris de joie – un concert de sons de bienvenue s'élevant haut sur la plaine. Liens de sang, liens de choix et liens à toutes choses s'exprimaient ainsi dans la joie.

A la manière des femmes de chef, Pazuwashtéwin, la femme de Wiyaka, attendait, patiemment assise dans son tipi, un grattement connu sur son rabat. Wakanka, de son côté, traversait rapidement le village en liesse en direction d'une certaine tente, impatiente de s'asseoir et de parler à nouveau avec sa jeune sœur bien-aimée avant que de se lancer dans les préparatifs de la fête. Parvenue à la tente, la femme mit rapidement de l'ordre à sa tenue, tout en grattant légèrement sur la peau qui recouvrait l'ouverture.

Ayant passé en revue bon nombre de préoccupations féminines, les sœurs accueillirent le silence, chacune écoutant la voix de ses pensées. Wakanka se souvint du jour où dans sa tente avec Woksapa, juste après être devenue la femme du chef Tasha, son mari s'était approché d'elle, troublé, à la recherche d'une conversation et de réponses sur les us et coutumes.

— Les grands-pères disent que, s'il le souhaite, l'homme demandera aussi comme femme la sœur de sa vraie-femme, si cette sœur accepte l'homme. Je regarde attentivement et je vois Pazuwashté, qui vit dans la tente de sa mère, attendre la nouvelle qu'un enfant grandisse sous la robe de sa sœur, et attendre également la nouvelle que je l'appelle à mes côtés. Mais je vois aussi que la jeune sœur attend sans joie, et donc je comprends que peut-être la femme a de douces pensées pour un autre homme. Je regarde plus longuement et vois une autre chose troublante : depuis le jour où j'ai fait part à mon frère-ami de mon intention de prendre pour femme une certaine sœur, Wiyaka avance comme un homme dont le cœur traîne à terre, un homme sans but. J'observe ces choses et j'arrive à la conclusion que peut-être ces deux-là partagent une pensée commune, la pensée d'être assis ensemble dans un seul tipi, bien qu'aucun des deux n'en parle.

Le mari avait fait une pause pour permettre à ses mots de se poser sur les oreilles de l'épouse. Puis il avait repris :

— Maintenant je demande à ma femme de me dire quelque chose. Est-ce que les grands-pères, avec toutes leurs connaissances, désiraient vraiment que deux personnes marchent sans joie alors qu'un autre homme prendrait plus que ce dont il a besoin ? Moi, Woksapa Yuha, je n'ai nullement besoin d'une seconde femme. Je n'ai, non plus, aucun désir de déroger à la coutume ou de montrer un manque de respect vis-à-vis des parents ou de la sœur de mon épouse. Pourtant, je choisis de ne pas prendre pour deuxième épouse celle qui préfère un autre mari.... et je ne voudrais pas marcher aux côtés d'un frère-ami qui a perdu son cœur.

Wakanka avait souri tendrement au jeune mari confus et répondu tranquillement.

— Mon père, le père de ma sœur, n'estime rien autant que la vérité. Peut-être que ce père accueille avec plaisir un homme qui lui apporte cela, un homme qui amène aussi une pipe.

Surpris par cette réponse rapide et profonde, Woksapa s'était renversé sur ses robes de nuit, laissant s'échapper un grand éclat de rire, le son du rire, en soi un baume dans les moments difficiles. Se dressant sur un coude, le mari avait tendu sa main pour caresser doucement le visage de la femme à ses côtés. Puis, saisissant vivement la pipe sur le petit râtelier proche de lui, l'homme était sorti précipitamment et avait pointé ses mocassins dans la direction d'une autre tente.

Pendant qu'elle souriait encore à l'image que sa mémoire avait créée, Wakanka sentit une légère pression sur son genou et entendit un petit gloussement qui ramena ses pensées à la sœur assise à ses côtés. Pazuwashté lui dit alors que deux femmes assises à parler se retrouvent peut-être à travailler dans l'obscurité, tandis que les autres dansent et font la fête. Les sœurs se levèrent donc, sortirent de la tente et commencèrent à décharger les travois. Wakanka offrit à sa sœur de nombreux pots emplis de racines, baies et autres choses délicieuses ramassées en route, des choses certainement utiles à un Peuple qui va festoyer et manger de la viande fraîche. Car la femme avait remarqué des peaux pleines de viande en entrant dans le village et avait ainsi compris que les chasseurs Khoka étaient tombés sur une petite bande de *pte*, ce quatre-pattes géant, bossu, aux longs poils rudes qui pourvoyait à presque tous les besoins vitaux du Peuple et.... surtout ses bosses et ses langues pour les festins.

Les sœurs se mirent à l'ouvrage, Pazuwashté entonnant une petite chanson douce et Wakanka mêlant aussitôt sa voix à la mélodie, comme elles le faisaient dans leurs saisons de jeunesse.

Les frères-amis s'étaient éloignés à cheval, jambe contre jambe. Ils avaient fait courir les chevaux mouchetés jusqu'à une petite butte non loin de là, une course sans gagnant ni perdant, seulement pour le plaisir de courir et de sentir le vent leur cingler le visage. Encore sur leur monture, ils étaient entrés dans la rivière, poussant des cris de joie, riant, se bousculant jusqu'à ce que chacun eût fait tomber l'autre dans l'eau claire. Exténués de leurs ébats, ils étaient ressortis de la rivière, tenant toujours leurs longes d'une main, se séchant de l'autre. Puis, voyant que les superbes jumeaux broutaient avec délice les jeunes pousses, les hommes s'étaient écroulés au sol et ils étaient restés en silence, tout au bonheur de sentir dans leur dos la richesse de cette terre humide.

Après un temps, Wiyaka se redressa, un genou serré contre sa poitrine de ses doigts croisés, l'autre jambe tendue.

— Mon frère aîné monte encore bien pour un homme qui porte le poids de tant d'hivers, taquina-t-il.

Se redressant à son tour sur un coude, Woksapa sourit et lui rétorqua :

— Et peut-être, *misun*, qu'une vraie course, avec le Peuple comme témoin, montrera lequel des deux frères, du jeune ou du vieux, mordra la poussière de l'autre.

La discussion des parents *hunka* commença donc sur le mode de la plaisanterie, du rire – une force puissante pour aborder des sujets plus sérieux. Ils passèrent en revue les événements d'importance depuis leur dernière rencontre, Woksapa annonçant fièrement l'engagement d'un certain fils à souffrir au poteau-du-soleil. Ensuite, ayant mis au point leur projet de voyage commun vers le cercle tribal, les deux hommes tournèrent leurs voix vers les projets qu'ils présenteraient peut-être au conseil pendant le campement d'été. Absorbés par leur conversation, ni l'un ni l'autre n'avaient remarqué le soleil disparaître et laisser place à un ciel rouge, un espace flamboyant, d'où tout nuage était absent.

S'apercevant tout à coup que la lumière les avait abandonnés, les hommes se redressèrent aussi vivement que dans leurs saisons d'enfance. S'ébrouant, grognant et frappant le sol des pieds, ils retrouvèrent leur nature-*pta*, ces bossus pères-des-hordes-de-la-plaine. Ils se ramassèrent avant de s'écraser, épaule contre épaule, à la façon de ces gigantesques créatures à quatre pattes pendant la saison du rut, la saison des amours. Puis, aussi soudainement qu'il avait commencé, le jeu cessa et aussitôt chacun fut en selle, prêt à retourner vers le Peuple. Ainsi cette paire entra dans le village, le ventre vide prêt pour le festin et les pieds pour la danse. S'étant séparés au centre du campement, chacun poursuivit sa route vers son tipi afin de se peindre, s'habiller et se préparer à une nuit pleine de joie.

Tout le village était en mouvement. Les femmes surveillaient les feux-de-cuisson et les panses à soupe, les hommes faisant quelques suggestions non sollicitées sur l'assaisonnement ou la manière de cuire. Les chevaux préférés, attachés près des tipis, piaffaient tandis que de jeunes garçons, poussés par une audace grandissante, s'approchaient subrepticement des chevalets où séchait la viande pour y chaparder quelques morceaux de choix qui pendaient. De vieilles édentées, qui surveillaient les chevalets, ne se privaient pas de les couvrir de jurons ou de leur lancer des pierres et des bâtons pour les tenir à distance, leur âge avancé autorisant des actes qu'aucun n'aurait osés. Les chiens de campement aboyaient, jouaient, et dans leur excitation se jetaient sur la viande, essuyant eux aussi les imprécations des vieilles femmes.

Shkan, quelque chose en marche, la force de vie qui coule. *Taku shkan shkan*, quelque chose d'éternel, le mouvement vital de l'esprit.

Le Peuple entendit le son des tambours, d'abord doucement, puis de plus en plus fort. Ils virent les flammes des feux-de-danse, montagnes de bois mort en forme de tipis éclairant la terre sur laquelle ils danseraient bientôt. Le rythme palpitant d'un tambour les appela, tous reconnaissant ce son comme le battement d'un cœur, le leur et celui du Tout.

C'est ainsi que ces deux clans, ces gens heureux, dansèrent. Les femmes en cercle délimitèrent la piste de danse, entrant et sortant du rond sur des pas talon-orteil connus d'elles seules. Brandissant et secouant des bâtons empanachés, elles agitaient ces plumes sur un rythme préétabli tandis que leurs voix roucoulaient à l'unisson du battement de cœur du tambour. Puis, accroupis, tournant et tapant du pied, les hommes pénétrèrent l'un après l'autre le cercle des femmes, chaque danse racontant un exploit. Personne ne choisit de faire de cette danse un récit de mise à mort, ils dansèrent plutôt des actes de bravoure et d'audace et ceux qui regardaient les accompagnaient de cris de triomphe tout en se balançant au rythme des danseurs.

Les chefs des deux clans de danseurs étaient assis au centre du groupe des responsables et ces deux-là avaient choisi de danser la capture de la paire de chevaux tachetés qui se ressemblaient tant. Ils n'avaient pas pris ces chiens-sacrés dans une horde ennemie mais parmi les non-apprivoisés qui parcourent les grandes dunes de la plaine. Les frères-amis décidèrent de danser ensemble cette capture tout comme ils l'avaient fait en vrai dans leurs jeunes saisons de guerriers. Mais ils ne danseraient certainement pas avant que tous les autres aient dansé. Cette fois, c'était à eux de suivre leur Peuple et non de le mener.

Le Peuple épuisa l'obscurité. L'étoile du matin se pencha sur les trois, quatre derniers hommes à retourner vers leur tente, prêts à s'écrouler d'une bonne fatigue sur leurs robes de nuit. Quand le ciel s'éclaircit au-dessus du camp, tout était calme et endormi.

III

La douce lumière qui montait, silencieuse, dans le ciel matinal tomba non pas sur un, mais sur deux chefs qui attendaient leur Peuple. Deux hommes, simplement vêtus d'un pagne, de mocassins et d'une légère robe d'été accrochée à leur épaule, montés à califourchon sur les chevaux tachetés, leurs jambes se touchant comme elles l'avaient déjà fait. Dans les cheveux longs et détachés des hommes une seule plume de *wambli* était attachée et leur visage ne portait aucune trace de peinture. Derrière ces chefs se tenait Wakankcha, porteur de la braise qui allumerait le nouveau feu de la tente sacrée quand ces deux clans atteindraient le campement d'été. Mais le vieux sage n'était pas seul en ce jour car le voyant avait invité Pesuta, un jeune guérisseur Khoka, à se tenir à ses côtés à la place d'honneur durant ce voyage. Deux colonnes de guerriers à cheval se formaient maintenant derrière les deux hommes, deux rangées de cavaliers pour protéger le Peuple sur son front pendant que la compagnie du Cœur courageux protégerait ces mêmes personnes dans la poussière des hordes de chevaux.

Les frères-amis aux-jambes-qui-se-touchent conduisirent les longues colonnes que formait leur Peuple sur la plaine aux herbes mélangées vers un endroit où six clans, et peut-être plus, devaient se retrouver en tribu pendant les lunes chaudes dans un énorme campement en forme de cornes de *pte*. Avant que cette lune ne soit pleine, de nombreux clans se réuniraient, une unité pour renforcer la tribu, celle-là et toutes les tribus.

Les clans voyagèrent l'esprit heureux vers le campement d'été. Certains, remarquant que la terre poussait vers le ciel de nouvelles herbes tendres, exhortaient les arbres, le peuple-qui-se-tient-debout, à sortir leurs nouvelles feuilles. " Observez le pouvoir qui engendre ", avaient dit plusieurs d'entre eux. Et, tout comme la terre, certaines femmes montraient sous leurs robes les signes d'une vie nouvelle, l'une d'elles quittant la piste à la recherche d'un doux nid d'herbe où mettre au monde son enfant, seule et tranquille, loin des bruits d'un Peuple en marche. Cet esprit-enfant avait choisi de ne pas attendre que les clans atteignent le cercle tribal pour commencer son voyage terrestre.

Parmi ces voyageurs à cheval, avançait aussi un certain jeune homme qui approchait des dix-et-cinq hivers, quelqu'un du nom de Tokécha, le différent. Celui-ci fils de Wiyaka, le chef Khoka.

Tokécha, quelqu'un de différent des autres. Un garçon qui avait donné très tôt des preuves tangibles du puissant nom choisi par sa mère-de-sang, Pazuwashté. Avant même d'avoir connu dix hivers, il s'était tenu devant son père et lui avait demandé d'écouter attentivement ce qu'il avait à lui dire.

— Je demande que mes amis parlent de moi en me nommant Tokécha, et non plus comme avant Tokéchala. Je grandis, je ne marche ni ne parle plus comme un enfant. Peut-être mon père remarque-t-il cela aussi et accepte-t-il d'abandonner cette partie d'un nom qui fait référence au petit enfant.

Le garçon ne s'était pas limité à cette seule prière et avait demandé encore autre chose, quelque chose qui avait émerveillé Wiyaka car cette demande reflétait l'esprit au développement si rapide qui vivait dans son fils, son si jeune fils.

— Je désire aussi garder ce nom dans mes saisons d'homme, si mon père me permet une telle chose. Certains hommes, au cours de leur vie, se débarrassent plusieurs fois d'un nom pour en prendre un autre, mais moi, Tokécha, choisis de ne renoncer ni à ce nom ni au pouvoir de ce nom ; ainsi je m'honore, honore le choix de ma mère et la force puissante qui l'a aidée à choisir ce nom.

Son discours fini, le garçon avait tourné les talons rapidement pour rejoindre en courant un groupe qui commençait une bataille de boules de boue, abandonnant ainsi son père. Mais les paroles de son fils résonnaient encore aux oreilles de Wiyaka et celui-ci avait le sourire au cœur car il avait reconnu avec certitude la profondeur de ces mots.

“Est-ce qu'un garçon, quelqu'un de si jeune, connaît vraiment, même avant que ses parents ne le connaissent, le moment juste où il ose abandonner son diminutif et endosser un nom qui exige de lui peut-être plus qu'il ne l'a soupçonné ? Est-ce que Tokéchala est prêt à se souvenir de lui-même comme Tokécha, prêt pour la force que ce nom sous-entend, pour la force que sa mère a mise dans ce nom quand elle le lui donna ? Même moi, Wiyaka, le père, ne sais encore ces choses-là.... mais j'honorerai sa demande."

Aucun cavalier, parmi ceux de cette procession, n'avançait plus fièrement que Tokécha. Quiconque aurait jeté un coup d'œil à ce jeune cavalier, monté sur le dos d'un jeune quatre-pattes qui ressemblait plus à un chiot grassouillet et bouclé qu'à un petit cheval, aurait cru voir un combattant aguerri plutôt qu'un jeune homme de moins de dix-et-cinq hivers. Où et quand un besoin se faisait sentir, Tokécha apparaissait également. Il offrit de sa jeune force aux vieux et aux infirmes, de ses fraîches connaissances aux gardiens de chevaux et de sa compréhension douce aux enfants qui ne voyaient pas encore la nécessité d'une discipline de voyage.

Il s'assit sur le bord de plusieurs cercles d'hommes pendant que ceux-ci fumaient et parlaient avant d'aller retrouver leurs robes de nuit. Il observa les manières, les coutumes et les traditions de ce Peuple, la jeune voix de son esprit l'enjoignant de prendre note de toutes choses pendant ses années d'apprentissage, même celles qu'il ne comprenait pas encore.

De nombreuses personnes virent souvent ce fils de Wiyaka galoper dans la poussière des hordes de chevaux à la suite des voyageurs, ils remarquèrent aussi qu'il passait beaucoup de son temps avec le fils de Woksapa, Takcha Ushté, celui qui se prépare, corps et esprit, à danser au poteau-du-soleil. Ces mêmes personnes se dirent alors que peut-être Tokécha, lui aussi, préparait quelque chose. Mais cette chose était encore inconnue, même de lui.

Pazuwashté savait depuis les saisons de son enfance l'importance d'un nom puissant car, bien sûr, sa mère, sa grand-mère et la sœur de sa mère, qu'elle appelait aussi mère, avaient répété souvent à ses petites oreilles l'importance de la place d'une femme dans la tribu. Mais une femme ne gardera pas cette place, avaient-elles ajouté, si ses actes montrent qu'elle ne mérite pas de la garder. Ainsi avaient-elles patiemment inculqué à l'enfant les manières et comportements des femmes. Avant même que ne commence cet enseignement, sa mère de sang lui avait déjà donné un bon début dans la vie en lui choisissant un nom puissant auquel, pendant toutes ses saisons, elle pourrait se tenir. Sa mère s'était rappelé que la coutume permettait à un mari de couper le bout du nez de sa femme si celle-ci lui était infidèle et en souvenir de cela elle avait appelé sa fille Pazuwashtéwin. « Femme-au-bon-nez », avait-elle dit, aucun homme qui appellera celle-ci épouse n'aura l'occasion de lui couper le bout du nez.

Comme la coutume le demandait, fils et mère ne pouvaient se parler ou avoir de contact visuel direct. Mais les grands-pères n'avaient pourtant pas exclu qu'une femme, qui se connaissait comme mère, puisse jeter un coup d'œil ou observer dans quelle direction pointaient les mocassins de son fils tandis qu'il avançait dans ses hivers et se transformait de garçon en homme, d'homme en père puis en grand-père. Pazuwashté marchait donc satisfaite vers le campement d'été, car elle marchait en se rappelant son intention alors, et ce dès qu'elle avait su qu'elle portait une nouvelle vie, de mettre au monde un enfant sortant de l'ordinaire.

D'un poste avancé, loin devant les colonnes des voyageurs, un certain éclaireur eut un bref aperçu sur les nombreuses tentes et nombreux feux de ceux déjà réunis au campement des lunes chaudes. Bientôt les clans seront réunis, camperont ensemble, se renforceront chacun, l'un l'autre et le Tout. Il se détourna de sa vision et se mit à courir, forçant ses jambes à prendre le pas régulier qui l'amènerait facilement jusqu'aux longues, longues files du Peuple en marche. Un porteur-de-vérité va informer les siens, ainsi court-il l'esprit joyeux.

IV

Le soleil, au milieu de sa course, prodiguait lumière et chaleur à une tribu unifiée. Les femmes élevèrent pour la dernière fois les petits tipis de voyage, puis s'occupèrent des feux-de-cuisson et préparèrent la nourriture des hommes qui allaient tenir conseil. Les enfants reprirent leurs jeux avec ceux qu'ils n'avaient pas revus depuis que les lunes froides avaient mis un terme au campement d'été précédent. Familles et amis se retrouvaient dans un élan extraordinaire.

Shkan, la force de vie qui circule, la puissance de cette chose formidable était à présent concentrée en un grand cercle.

Les chefs, guerriers et principaux responsables tinrent conseil, ces hommes invitant trois ou quatre garçons à rouler vers le haut les pans de la tente consacrée qui se dressait au centre du campement. “Que le Peuple entende ce que le conseil a à dire, avaient-ils annoncé, et que les responsables prêtent attention à ce que les voix du Peuple auront à dire.”

Ainsi commença le choix des *wakichunsa*, des décideurs. Quatre guerriers, reconnus parmi les plus grands, et qui seraient en possession du camp d'été, étant entendu par ces quatre-là que “posséder-un-camp” signifiait accepter l'engagement de détenir le bien du Peuple dans leurs mains, une énorme responsabilité.

Ces quatre décideurs devraient nommer les observateurs et membres de la compagnie qui seraient responsables de l'ordre du camp, verraient à la bonne tenue des feux, à la propreté du campement et à une sévère discipline envers ceux qui troublaient ou portaient atteinte au cercle. Ces quatre décideurs, après avoir pris acte des faits, décideraient, décideraient tout, pour le bien du Peuple, le bien de chacun et de tous. Ces quatre décideurs porteraient à l'épaule le symbole de leur haute fonction dans la tribu pendant les prochaines trois ou quatre lunes.

Le Peuple donnerait à ceux-là le nom de porteurs-de-chemises-d'été ou chemises-d'été.

Après avoir choisi les *wakichunsa*, les chefs attribuèrent une place à chaque village dans le campement, offrant la place d'honneur à la pointe-des-cornes, l'ouverture du cercle, non pas à un mais à deux villages pendant ces lunes chaudes. “Que le Peuple dorme sous la protection de deux clans, avaient-ils dit, deux clans peu importants par le nombre mais, sans contestation possible, grands en bravoure et en courage.”

Les yeux du Peuple, emplis de joie, se tournèrent vers les visages des frères-amis, chefs des Tasha et des Khoka. Mais ces visages impassibles ne trahirent pas la joie qui faisait battre leur cœur dans leur poitrine. Aucun des deux hommes ne prit la parole, ils donnèrent seulement le son d'assentiment avant de s'éloigner pour emmener leurs clans vers l'endroit où s'ouvrirait le grand cercle tribal. Et le Peuple sut que rien ni personne ne franchirait cette ouverture ne passerait sans se faire remarquer, ne passerait sans leur accord.

Takcha Ushté et le jeune Tokécha, qui avaient terminé leur travail auprès des chevaux, pointèrent leurs pieds dans la direction des bains pour hommes.

— Une eau purifiante vient vite à bout de la poussière, de l'odeur et jusqu'au souvenir d'un voyage avec les grands-chiens, dit le fils de Woksapa tandis qu'il poussait par jeu dans la rivière fraîche un Tokécha sans méfiance, sautant rapidement à sa suite et le mettant au défi de rester le plus longtemps sous l'eau.

Le jeune Khoka, peu préparé à une entrée dans l'eau aussi soudaine, en ressortit aussi vite, crachant et suffoquant par manque d'air dans ses poumons oppressés. Un peu plus tard, le Tasha se redressa, crevant sans bruit la surface de l'eau.

— Ta ruse t'apporte la victoire cette fois-ci, mon ami, cria Tokécha, tout en recrachant encore de l'eau. Mais cette expérience m'apprend quelque chose et la prochaine fois je....

— Est-ce qu'un homme se vante de la victoire avant même d'avoir combattu ? demanda calmement Takcha Ushté en sortant de l'eau et en se séchant avec les mains. Si véritablement ce jour t'a appris quelque chose, alors la “prochaine fois” parlera pour toi…. et sans le moindre besoin de vantardises.

Le Tasha retourna vers le campement, laissant au bord de la rivière un Tokécha perplexe et songeur.

Le tendre souffle d’un vent estival parcourait une tribu satisfaite tandis que chaque paire de mains trouvait à s’occuper aux préparatifs de toutes les choses importantes qu’un Peuple doit réaliser pendant ces lunes. Nul n’était désœuvré. Avant d’envisager une sortie groupée – que ce groupe parte à la guerre, à la chasse ou à la recherche de chevaux dans les dunes de sable –, les chasseurs et les guerriers faisaient affûter les lames de leurs couteaux et matraques tandis que d’autres, en tournée chez les fabricants-d’arcs-et-flèches, leur demandaient de vérifier leurs armes. Toute femme qui connaissait un fils, un frère ou un époux qui avait fait le vœu de danser au poteau-du-soleil était bien évidemment occupée à fabriquer, réparer et décorer des choses à offrir à la cérémonie de contemplation-du-soleil. Et Wakanka s’était promis de faire une montagne exceptionnelle de cadeaux en l’honneur de son fils, son unique fils, qui serait le danseur principal de la cérémonie la plus importante du cercle d’été. La femme était donc encore à son ouvrage bien après que tous ceux de sa tente, ou de n’importe quelle autre tente, se furent endormis. En tout cas, c’était ce qu’elle croyait.

Pourtant dans une autre tente, tout à l’ouverture du cercle, une autre femme se tenait devant un petit feu, son ouvrage à la main, avec pour seule compagnie les douces respirations de son mari et de son fils endormis. La joie au cœur, Pazuwashté fabriquait jambières, mocassins, robes et décorations pour les bras, jambes et cou afin de les ajouter à la pile de cadeaux de sa sœur. Car, bien sûr, Pazuwashté travaillait puisque, en tant que sœur de Wakanka, elle tenait aussi le rôle de mère pour Takcha Ushté et que ces cadeaux honoreraient non pas un mais deux membres de sa famille de sang.

Tôt un matin, Tokécha s'en alla voir les hordes de chevaux, ressentant le besoin de s'asseoir, seul, loin du campement. Il détacha les entraves légères entourant les pattes de son petit cheval grassouillet, le monta et doucement partit vers les limites du campement où il avait l'intention de méditer sur certaines événements récents qui l'avaient troublé. Mais, tandis qu'il longeait le terrain de jeux, il remarqua trois ou quatre jeunes du clan Shichunghu qui, à cheval, faisaient la course, aller-retour, du terrain à la limite du camp. Il talonna son petit cheval, n'ayant aucun désir de se joindre à cette compétition, sachant que la douce créature sur le dos de laquelle il montait, ce quatre-pattes bouclé qu'il avait élevé pendant ses saisons d'enfance, ne pouvait se mesurer aux chevaux rapides des jeunes gens. “Pourquoi faire une course qui n'obtienne d'autre résultat que l'épuisement de mon jeune ami ? se demanda-t-il. Pourquoi d'ailleurs épuiser un cheval, petit ou non, juste pour le plaisir de gagner ou de ne pas gagner ?” Ainsi se parlait le jeune Khoka.

Tout en s'éloignant des cavaliers, Tokécha se fit le vœu secret de posséder un jour un cheval qui courrait aussi vite que le vent, un cheval qu'aucun autre ne pourrait dépasser sur le champ de course. “Le jour viendra où ces Shichunghu ne verront que la poussière des sabots de mon coursier, pensa-t-il. Peut-être même que je posséderai deux ou trois de ces chevaux de guerre et que je les ferai aussi courir.”

Tout à coup, le jeune homme se rendit compte que la raison l'avait quitté, comme les femmes et les enfants se sauvent devant l'ennemi. Il abandonna alors l'idée d'aller s'asseoir en solitaire à la limite du camp. Flattant le petit cheval à l'encolure, le jeune homme vira et reprit la direction des tentes. Il partirait à la recherche de Takcha Ushté et resterait avec lui un moment. Aux côtés de cet homme qui se préparait à une cérémonie, la raison lui reviendrait sûrement.

Mais avant même que le jeune Khoka ne trouve le fils de Woksapa, il entendit le crieur qui faisait sa tournée, scandant ses annonces, et ce qu'il entendit dans ces chants parla à son jeune esprit. " Certains guerriers Kanghi forment un petit groupe pour partir à la guerre, chanta le crieur, ces guerriers vont chez les Absa d'ici deux à trois soleils venger le meurtre de l'un des leurs. Nul ne connaît encore le chef, ni même qui portera la pipe de ces hommes. Que ceux qui choisissent de s'engager auprès des vengeurs.... se préparent. "

Tokécha changea encore de cap, cette fois-ci prenant la direction de la tente de sa mère. Peut-être que là il trouverait un père prêt à tendre l'oreille au fils qui désire parler de cette chose appelée guerre. Il attacha donc son petit cheval devant la tente et y pénétra, mais l'endroit était vide.

Tourmenté, il s'affala sur ses robes de nuit et, mains croisées derrière la tête, ferma les yeux. " N'y a-t-il personne dans ce camp qui puisse m'écouter quand moi, Tokécha, choisis de parler ? " se demanda-t-il. Un sourire monta aux coins de ses lèvres. Il se leva soudainement et quitta la tente, pointant ses pieds dans la direction de la tente sacrée. " Wakankcha sait tout, pensa-t-il, et certainement le vieux voyant pourra me dire ce que j'ai besoin de savoir. "

Grattant à l'ouverture, mais ne recevant pas de réponse, le jeune homme souleva sans bruit la peau et vit Wakankcha assis au fond, fumant cérémonieusement. Tokécha s'assit lui-même près du feu et attendit en silence que le vieil homme finisse de fumer, vide le culot et place la pipe sur le petit râtelier à ses côtés. Mais le regard du voyant était toujours perdu dans la contemplation des braises du petit feu comme s'il attendait de leur lueur qu'elle lui parle. Alors le jeune homme se dit qu'il était venu à un moment où le saint homme ne pouvait entendre que les voix d'un autre royaume. Mais, tandis que Tokécha se levait pour partir, les yeux perçants de Wakankcha cherchèrent ceux de son visiteur, son regard l'engageant à rester à sa place et à se préparer à entendre quelque chose. Le silence et la contemplation du feu reprirent, puis le voyant parla.

— Un fils Khoka vient dans cette tente pour que le *wapiya* lui parle de cette chose que le Peuple connaît sous le nom de guerre. Mais moi, Wakankcha, dis qu'il n'y a qu'une voix pour aller à la vraie connaissance et que cette voix, la voix intime, vient du plus profond des entrailles de chaque homme. Qu'il choisisse ou non d'agir comme cette voix lui dit de faire, lui seul peut en décider. Peut-être que ce fils a déjà compris que seule l'expérience apporte la connaissance.... et la maturité.

L'ancêtre s'interrompit un instant, laissant les mots s'insinuer au plus profond des jeunes oreilles. Doucement il reprit, sa voix à peine plus qu'un murmure, et termina son discours.

— Et, est-ce que la maturité n'amène pas rapidement un homme à la compréhension ?

Les yeux de Wakankcha se posèrent à nouveau sur le cercle du feu et peut-être que ses oreilles retrouvèrent les voix des invisibles. Les paroles du vieux prophète encore en tête, Tokécha resta assis un moment dans le calme de la tente sacrée. Puis il se remit sur ses pieds et sortit sans bruit, vers le tipi de sa mère, sa décision prise. Il partirait avec les vengeurs et devait donc se préparer pour le voyage.

En entrant dans la tente, Tokécha fut ravi de voir Pazuwashté assise avec Wakanka, cette dernière pouvant lui servir d'intermédiaire pour parler à sa mère de sang.

— Peut-être que quelqu'un pourrait se charger de dire à ma mère qu'un certain fils a besoin d'une paire supplémentaire de mocassins d'ici trois à quatre soleils. Des mocassins et un petit sac de viande séchée, si quelqu'un sait où se procurer de telles choses, dit le fils nonchalamment, avant de quitter la tente pour retrouver Takcha Ushté.

C'est ainsi que Pazuwashté apprit que Tokécha serait de l'expédition des vengeurs Kanghi. Quand il reviendrait, s'il revenait, il aurait le rang de guerrier. Cette mère tendit alors la main vers une paire non terminée de mocassins. Commencés il y a trois soleils, ces mocassins étaient sans aucun doute possible à la taille de son fils et beaucoup trop grands pour les pieds du mari de cette tente. Et, reprenant son travail, elle entonna une nouvelle petite chanson, envoyant sa voix vers la puissance qui voudrait bien l'entendre, lui demandant d'être source d'une force accrue pour un fils bientôt sur le sentier de la guerre.

Wakanka, mêlant sa voix à la chanson, demanda aussi une force accrue pour la mère d'un fils qui part à la guerre.

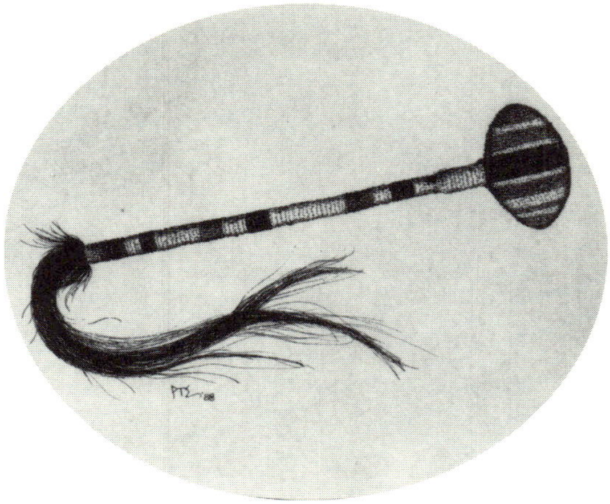

V

Le matin dormait encore dans un ciel assombri quand Tokécha s'extirpa doucement de ses robes de nuit. Bien qu'il eût été attentif à ne faire aucun bruit, la mère comme le père de cette tente avaient tous deux compris qu'il s'en allait. Wiyaka se réveilla quand, sortant de ses robes de nuit, le jeune homme buta sur les nouveaux mocassins et le sac de viande qui ne se trouvaient pas à ses côtés lorsqu'il s'était endormi. " De cette expédition punitive, pensa le chef, mon fils revient un homme s'il trouve une place disponible où mettre ses pieds pendant la bataille." Pourtant, le père n'avait pas bougé pour dire cela à son fils. Pourquoi dire à quelqu'un ce qu'il apprendrait par lui même d'ici peu ?

De toute façon, en ce qui la concernait, Pazuwashté n'avait pas fermé l'œil de la nuit. La mère avait placé les mocassins et la viande près de là où dormait son fils, puis, étendue dans ses robes de nuit, elle n'avait pas appelé le sommeil à lui rendre visite. La femme attendrait, attendrait de revoir les pieds de son fils par l'ouverture de sa tente. Ce n'est qu'alors qu'elle se permettrait un sommeil profond.

Tokécha emmena son petit cheval vers l'endroit où devait se rassembler le groupe des vengeurs avant de quitter le campement. Il savait que la coutume autorisait certains jeunes à se glisser subrepticement dans un groupe de guerriers et qu'ils seraient acceptés plus tard comme gardiens de chevaux, porteurs de mocassins ou d'eau. Mais lui, fils du chef Khoka, avait choisi de chevaucher parmi les hommes et non sur leurs talons. "Soit ils m'acceptent complètement, soit pas du tout, se dit-il. Je consens bien sûr à porter l'eau ou les mocassins, tout ce qu'ils demandent de moi. Mais je fais partie de ce groupe, ostensiblement, je ne me traînerai pas à sa suite pour être accepté." Le jeune Khoka s'approcha alors du guerrier Kanghi qui allait diriger cette expédition punitive, l'homme-qui-porte-la-pipe jusqu'à ce que tous ceux du groupe soient rentrés sains et saufs.

— Je monte à cheval avec ce groupe de vengeurs, dit fermement le jeune homme. Je porte les mocassins de qui me le demande. Je vais chercher l'eau où que l'on m'envoie et j'ai l'expérience des chevaux si quelqu'un en voit l'utilité.

Le jeune attendit une réponse sans bouger, mais le porteur-de-pipe ne dit rien.

— Je viens avec vous, dit-il d'une voix plus forte et plus ferme encore qu'auparavant. Moi, Tokécha, un fils des Khoka, viens à cheval, prêt à chevaucher aux côtés des vengeurs.

Seul le silence lui répondit.

Mais avant que Tokécha ne s'apprête à hurler pour signaler sa présence en cet endroit, le Kanghi se tourna doucement vers le visage d'un jeune homme en colère assis, bouche ouverte, sur un petit cheval grassouillet.

— Ce fils Khoka ne remarque-t-il pas que je suis, tout comme lui, doté d'une paire d'yeux ? Ne remarque-t-il pas également que j'utilise ces yeux pour voir ? Tu viens, je vois bien que tu viens. Quelle autre raison aurait un garçon d'être ici, à cheval, plutôt qu'allongé sous une chaude robe de nuit bien à l'abri dans la tente de sa mère, s'il n'avait pas l'intention de partir avec ce groupe ?

Le ton du porteur-de-pipe à la fin de son discours était doux, calme.

— Bien évidemment le fils Khoka acceptera d'exécuter les tâches qui lui seront demandées par les guerriers. N'est-ce pas ce que les grands-pères depuis le début des temps ont dit qu'il fallait faire ?

Honteux, le jeune homme ne bougea pas après que le chef Kanghi se fut détourné, ne sachant dans quel coin se mettre pour se faire oublier un moment. Pourtant, il avait compris encore quelque chose durant cet échange. Si quelqu'un, peu importe qui et quelle qu'en soit la raison, voyage en terrain inconnu, il a peut-être besoin d'une paire de mocassins en trop mais sûrement jamais de mots en trop.

Comme Tokécha s'éloignait vers les chevaux, il jeta encore un coup d'œil au chef-de-guerre, quelqu'un répondant au nom de Blohkazi, et cet homme lui rendit son regard par un rapide sourire, tout en lui jetant quelque chose dans les mains. Baissant les yeux, le jeune homme ébahi contempla les objets dans ses mains : un solide bâton auquel était attachée une gourde et à l'extrémité duquel des plumes se balançaient, ainsi qu'un balluchon de mocassins. C'est ainsi que Tokécha comprit que sa participation en tant que cavalier était acceptée, acceptée d'emblée, puisqu'il aurait le rôle de premier porteur-d'eau et la responsabilité des "pieds" supplémentaires de celui appelé Blohkazi, porteur-de-pipe des vengeurs Kanghi.

Un redoutable cri de guerre fut lancé ici ; là on cria "*tahkpé*" ; les hommes talonnèrent leurs montures et le groupe de guerriers s'en alla dans un grand nuage de poussière. Vingt guerriers et quatre garçons disparurent soudain, ne laissant à leur suite que le grondement des chevaux au galop.

Le groupe avait déjà partagé trois nuitées quand Tokécha se dit que rien de ce qu'il vivait ne correspondait à l'image qu'il s'était faite de la guerre. Bien sûr, les hommes l'avaient envoyé chercher de l'eau plus d'une fois mais cette tâche n'était rien de plus qu'un jeu d'enfant, car quel enfant ne trouverait-il pas de l'eau quand on lui dit où la chercher – même par une nuit sans lune. Point de défi à relever ici pour un homme. Certes, certains s'étaient essayés à lui dérober le balluchon de mocassins qu'il portait précieusement serré par une corde à sa taille, mais aucun n'y était parvenu, alors à quoi bon en parler encore ? D'où vient l'excitation de la guerre, se demanda-t-il, et d'où viennent les actes qui permettent à un homme de gagner les honneurs et le rang de guerrier ?

Mais au cours du quatrième jour de voyage, au moment où le groupe s'était arrêté pour fumer et parler un peu, le jeune Khoka commença à sentir monter l'excitation.

L'un des éclaireurs du groupe était revenu annoncer qu'il avait repéré l'ennemi ; un campement Absa installé non loin de là. C'est alors que le porteur-de-pipe décida qu'il ferait connaître ici ses plans pour la bataille.

Le chef Kanghi désigna certains d'entre eux pour entrer dans le camp ennemi par un côté pendant que les autres attendraient dans une ravine située à l'opposé avec les gardiens des chevaux. Quand le bruit et la confusion de la bataille atteindraient les oreilles de ceux postés en attente, ces cavaliers se joindraient alors à la bagarre. Pendant la bataille quatre hommes iraient dans la horde des ennemis, ils s'empareraient de tous les chevaux puis se dirigeraient vers un lieu de rencontre convenu. Quand ils auraient fini de se battre, les guerriers feraient prisonniers les femmes et les enfants et disposeraient de tout ce dont ils voudraient dans les tentes ennemies. Ils retrouveraient ensuite les gardiens de chevaux postés dans la ravine et tous iraient rejoindre les autres au point de rendez-vous.

Tokécha sentit son sang s'échauffer tandis qu'il écoutait le plan de bataille du chef-de-guerre. « *Tahkpé*, cria la voix de son jeune esprit, *tahkpé.* » Mais il entendit aussi une autre voix, la voix de Blohkazi, et celle-ci disait que le premier porteur-d'eau ainsi que les porteurs de mocassins étaient désignés pour la garde des chevaux. Comme ces quatre-là resteraient avec les montures, ils ne feraient pas partie de la bataille.

Le sang chaud du fils Khoka se glaça immédiatement et certains muscles de ses joues se contractèrent. Mais son visage demeura impassible. « Ne feraient pas partie de la bataille », entendit-il à nouveau, mais il ne sut pas si quelqu'un avait répété ces mots. Puis il se souvint tout aussitôt qu'il arrive souvent qu'un garçon n'obéisse pas aux paroles d'un chef, quitte sa place assignée et se lance dans la bagarre. Et, si celui-ci fait preuve d'un courage extraordinaire dans la bataille, qui parmi les responsables oserait exiger une punition pour ses actes ? Mais la raison lui revint rapidement et il se souvint d'autre chose. Si, en conséquence de ses actes, quelqu'un se blesse ou meurt en terre ennemie, alors un certain garçon amène la disgrâce non seulement sur sa propre tête mais aussi sur son père, sa mère, sa famille, et peut-être jusqu'à toutes les personnes de son clan, disgrâce pour chacun, disgrâce pour tous. Le jeune Khoka décida sur-le-champ de garder les chevaux Kanghi au prix de sa propre vie, se jurant que ces créatures, qui tiennent une place si importante dans la vie du Peuple, seraient en sécurité auprès de lui. " Que l'ennemi essaie seulement de s'approcher de ces quatre-pattes, pensa-t-il, et ce n'est pas à un garçon qu'ils auront affaire mais à un gardien de chevaux qui se souvient de lui-même comme d'un grizzly. "

Bientôt la lumière se fondit dans l'obscurité et ceux qui avaient fumé, parlé et plaisanté ensemble en mangeant des morceaux de *wasna* s'éloignèrent du lieu de cette halte. Les voyageurs ne doivent pas dormir là où ils ont mangé, dit le Peuple car, ce faisant, ils peuvent inviter une présence indésirable, sur deux ou quatre pattes, une présence source de problèmes. A une courte distance, les voyageurs trouvèrent donc une clairière protégée pour la nuit. Mais, avant les premières lueurs, ils se réveilleraient, se peindraient et se prépareraient pour la guerre.

Sous un ciel sombre, sans nuages, les vingt-et-quatre hommes progressèrent en silence vers les emplacements d'où ils attaqueraient le village ennemi endormi. Le temps n'était plus aux paroles et chacun rassemblait ses forces pour la bataille. Parvenus à un endroit isolé assez vaste pour y rassembler tout le groupe, les attaquants changèrent leurs montures pour des chevaux de guerre frais, jusqu'alors placés sous la responsabilité des gardiens. Puis, soudain, Blohkazi et sept guerriers se détachèrent du groupe et s'évanouirent dans le calme de l'aube, cependant que Tokécha et les trois autres jeunes calmaient les quatre-pattes et conduisaient les créatures vers le poste d'attente. Le jeune Khoka, ébahi, s'aperçut tout à coup que le deuxième groupe de guerriers avait lui aussi disparu.... sans même qu'il s'en rendît compte.

Il fallut un moment à Tokécha pour qu'il comprenne que c'étaient les bruits de la guerre qui lui parvenaient aux oreilles. Il n'avait jamais, jusqu'alors, entendu les hennissements des chevaux à la bataille, les sons de la confusion de l'ennemi surpris, les cris de guerre à vous glacer le sang ni les coups des matraques contre les chairs. Et il n'avait pas remarqué, jusqu'à ce moment, que deux des gardiens s'étaient éclipsés pour rejoindre le combat ; deux jeunes hommes qui avaient déjà été porteurs-de-mocassins au cours d'autres luttes et qui avaient fait le choix d'obtenir les honneurs de la guerre ici et maintenant.... ou de mourir.

Aussitôt le jeune Khoka remonta sur son cheval, prêt à rejoindre la mêlée. Il dressa le bâton-d'eau sacré haut au-dessus de sa tête, telle une lance de guerrier. Il ouvrit la bouche pour lancer un cri de guerre perçant mais quelque chose retint son cri, quelque chose lui étrangla la gorge : un cavalier émergeant de la poussière devant lui, un cavalier Absa, un ennemi. Cet ennemi, une menace pour ses chevaux, peut-être une menace pour sa vie aussi. Nul besoin, à présent, de s'élancer vers la guerre car la guerre l'avait rejoint au galop.

Instinctivement il se retourna pour affronter l'ennemi. Il abaissa sa " lance " et, pointant son extrémité la plus lourde vers le guerrier Absa, enfonça ses talons dans les flancs de son petit ami bouclé qui démarra d'un bond au galop. Tous deux avançaient telle une seule et même charge vers la cible du cavalier. La gorge du jeune Khoka se dénoua et il émit le grognement féroce d'un longues-griffes enragé. Des deux mains il brandit le bâton-d'eau bien au-dessus de son épaule et, guidant sa monture des genoux, coupa abruptement le chemin du cavalier ennemi. Celui-ci, surpris, se redressa derrière l'encolure de son coursier. Sans perdre un instant, Tokécha lança de toutes ses forces le bâton-d'eau, balayant à terre le guerrier ahuri qui s'écrasa avec grand bruit.

Maîtrisant fermement son cheval, le jeune homme sauta à terre et s'empara de la longe du coursier bai qui s'était arrêté quand l'Absa avait été désarçonné. D'un bond il fut sur son dos et, tout en menant l'autre, il se retourna vers celui qui avait chevauché en tant que guerrier mais qui maintenant gisait, telle une masse informe, dans la poussière. Surgis de nulle part, deux guerriers Kanghi approchèrent pour toucher l'Absa déchu, un troisième puis un quatrième à leur suite. Un autre Absa arriva pour porter secours à l'homme terrassé mais bientôt il connut le même sort et quand il fut réduit lui aussi à un simple tas au sol, d'autres Kanghi vinrent le toucher de leurs lances ou de la main.

Peu de temps après, la bataille toucha à sa fin. Les soldats vengeurs pillèrent les tentes de l'ennemi vaincu, s'emparant des mocassins, armes, tresses de feuilles à fumer et de tout ce qu'ils souhaitaient. Ils rassemblèrent femmes et enfants et mirent en branle ces malheureux comme ils l'auraient fait d'une horde de chevaux volés. Tokécha resta un moment assis à les contempler puis retourna vers les chevaux dont il avait la garde pour s'assurer qu'ils restent paisibles jusqu'à ce que les guerriers se réunissent à nouveau à cet endroit.

Pendant que le jeune homme prodiguait de petits sons apaisants à l'adresse des quatre-pattes, ses pensées revinrent à la lutte et à l'image-souvenir du guerrier Absa étendu, inanimé, dans la poussière. “ Peut-être est-il étendu mort, songea le Khoka, pourtant je n’étais muni que d’un bâton-d’eau, pas d’une lance de guerre. Comment ?... ”

Coupant court à ses questionnements, un son étouffé surgit des longues herbes plus bas dans la ravine. Le jeune homme saisit son couteau par le milieu et, s’abaissant au ras du sol, rampa sans bruit vers l’endroit d’où le son était venu, mais il n’entendit ni ne vit rien. S’en retournant vers les chevaux, un autre bruit toucha à nouveau ses oreilles fines, un petit geignement. Il vit quelque chose à la limite de son ombre puis, la seconde suivante, eut une vision stupéfiante. Doucement il se pencha et, s’emparant du minuscule fourreau de peau de *pte* bien serré, il scruta les environs pour repérer la cachette de la mère de cet enfant, de ce tout petit, petit nourrisson.

Le jeune homme ne trouva pas de mère et porta donc le fourreau au groupe des femmes Absa captives.

— Certainement quelqu’une ici pourrait satisfaire la faim de ce jeune brave, dit-il de la voix ferme d’un ravisseur. Même une femme Absa ne permettrait pas au contenu d’un petit fourreau de mourir de faim.

Il mit l’enfant emmailloté dans les bras d’une fillette en pleurs et s’éloigna. Mais avant d’avoir repris sa place parmi les quatre-pattes, il se rendit compte qu’il ne savait même pas s’il avait “ capturé ” un petit garçon ou une petite fille. “ Jeune brave ”, avait-il dit. Peut-être, à présent, les femmes captives riaient-elles toutes derrière le dos du guerrier qui ne savait même pas reconnaître un garçon d’une fille. De chaque côté de sa tête une oreille rougit à cette idée.

Tous, dans le groupe, avaient rejoint les chevaux. L’expédition ne laisserait aucun mort en terre ennemie, seul un homme avait reçu une blessure, une blessure qui guérirait rapidement. Aucun des guetteurs n'était venu apporter de nouvelles des hommes qui avaient volé les chevaux, mais plusieurs rapportèrent avoir vu la poussière d'une horde en marche vers le point de rencontre, sans personne à leurs trousses. Le groupe décida alors qu'il pouvait crier victoire et que tous pourraient peindre leurs visages en noir avant de rentrer dans le cercle tribal. Le feu de la vengeance était consumé.

Le retour au campement se passa sans encombre. Certes, les femmes captives pleurèrent tout le long du chemin mais les guerriers se souvinrent qu'elles avaient une bonne raison de pleurer. « Laissez-les pleurer, avaient-ils dit, dès qu'elles parleront la langue des vainqueurs, elles seront soit adoptées, soit prises comme épouses. Et les pleurs se tariront vite. »

Le jeune porteur-de-mocassins Khoka chevauchait à nouveau parmi les gardiens de chevaux, tenant fermement le bâton-d'eau qui l'avait secouru et couvert d'honneur. Pour le retour, il avait choisi de monter encore son petit cheval bouclé. Cette douce créature l'avait emmené à la bataille et certainement elle l'en ramènerait tout aussi bien. Tokécha avait dit ainsi.

Les vengeurs Kanghi aperçurent le grand cercle des tentes et l'éclaireur en chef les devança pour annoncer au Peuple qu'une expédition était sur le retour et qu'elle apportait avec elle la victoire. « Préparez les feux de la danse. Avant que la lune se lève, le Peuple danse la victoire. »

Le groupe s'immobilisa sur le sommet d'une butte avant d'entrer dans le cercle. Là, ils firent un petit feu puis s'assirent en rond tout autour pendant que Blohkazi, chef de guerre et porteur-de-pipe de l'expédition, ouvrait la pipe de guerre scellée et plaçait une braise dans son fourneau. Il la fit circuler, chaque homme effleurant de ses lèvres le tuyau, chaque homme s'engageant à la vérité.

Après avoir fumé, tous mélangèrent les cendres du feu avec la salive de leur bouche et s'enduisirent le visage de cette mixture, peignant avec leurs doigts le signe de la vraie victoire pour que le Peuple entier puisse le voir.

En un instant les guerriers furent à cheval, tous ces cavaliers formant ainsi une ligne à l'horizon, Blohkazi chevauchant en tête. Ils chargeraient jusque dans le cercle des tentes, unis, forts. Ils chevaucheraient suivis des chevaux volés, trente créatures rapides et déjà apprivoisées. Ils chevaucheraient aussi suivis des femmes et des enfants, quelque chose qui offrirait un pouvoir de régénération à la tribu.

Le Peuple se rassembla au centre du campement pour accueillir l'expédition guerrière. L'écho des cris de joie des hommes et des trilles des femmes s'éleva sur un camp joyeux puis se répandit dans la plaine.

Mais un certain jeune porteur-d'eau Khoka se rendit directement à la tente de sa mère, se demandant s'il " aurait " ou " n'aurait pas ". Et tant qu'il resterait sans réponse à cette question, il ne parlerait pas de ses actes pendant la bataille, à personne.

VI

Le soleil dardait des rayons de lumière jaune et brillante qu'entrecoupaient quelques nuages boursouflés de midi, et ces traits formaient sur le bruyant campement des ombres étranges. Parmi les vengeurs, Wiyaka avait remarqué le retour de son fils, mais il avait aussi vu le visage solennel du jeune homme tandis qu'il menait son petit cheval vers la tente de sa mère. Le père comprit ainsi que le fils avait besoin d'un temps de solitude avant de parler avec quiconque.

Pazuwashté apporta de la soupe au fils, puis quitta la tente, mais le bol rempli à ras bord ne fut pas touché. Assis là, seul, Tokécha attendait des réponses, pas de la soupe. Il se mit à parler au vide, s'adressant à la puissance, quelle qu'elle fût, qui planait au-dessus de ce bon lieu et qui voudrait bien tendre une oreille à ses pensées.

— On va certainement m'offrir le titre de guerrier en récompense de mon rôle dans la bataille, et donc plus jamais je n'aurai à suivre en tant que porteur-d'eau, de mocassins ou gardien de chevaux. Et la voix de mon esprit me dit que j'apporte des honneurs aux miens aujourd'hui. A cause de cela, je suis en paix. Mais quand vont-ils me dire si, en plus des honneurs et d'un nouveau titre, je possède ou non quelque chose ? Je ne demanderai pas une partie des chevaux volés ou des femmes capturées. Je ne demande qu'à garder ce que j'ai....

Le son étouffé d'une paire de mocassins qui s'approchait et un grattement à l'ouverture de la tente interrompirent son discours. Une main souleva la peau et le visage de Blohkazi s'encadra dans l'ouverture.

— Quelque chose appartient à ici, dit-il, puis il laissa tomber le rabat et s'en alla.

Tokécha sauta sur ses pieds et bondit vers la sortie, là il s'arrêta brutalement, ébahi par ce que découvraient ses yeux. Car devant la tente, sa longe traînant à terre, se tenait le grand coursier noir, la plume honorifique du guerrier attachée lâchement à sa crinière. “ *Shuh, shuh,* murmura Tokécha, en s'approchant doucement de la haute créature pour lui flatter l'encolure. *Shuh, shuh.* ” Soudain, le jeune homme vit encore autre chose qui pendait du grand-chien noir et soyeux. C'est alors qu'un tout nouveau jeune guerrier détacha et prit dans ses bras un minuscule nouveau-né fraîchement enveloppé qui se balançait sur le flanc du cheval. “ *Shuh, shuh,* murmura-t-il encore, en tapotant les petites fesses emmaillotées. *Shuh, shuh.* ” Mais, après cela, le jeune homme fut bien en peine de savoir quoi faire de plus.

Trois, quatre pas plus loin une vieille femme édentée le rejoignit en courant ; une de ces ancêtres qui, en l'absence de quelqu'un pour subvenir à ses besoins, se rendait utile en échange de nourriture et d'une place où dormir – quoique personne ne lui eût demandé ces services. La vieille parla puis s'éloigna en traînant des pieds.

— J'ai aidé les captives et connais ce fourreau. Une toute petite fille rejoint le clan Khoka.

Alors qu'il baissait les yeux vers ceux du nourrisson, un doux rire emplit le cœur de ce nouveau guerrier. Il leva son visage vers le soleil et envoya sa gratitude aux quatre directions, vers cette puissance qui, un instant auparavant, avait entendu ses inquiétudes pour l'enfant. Puis le rire qui emplissait son cœur déborda sur ses lèvres, il se répandit sur toutes les tentes, mélangeant sa joie à la joie de tous ceux qui campaient dans ce cercle. Des larmes mouillèrent ses joues, jaillies du bord extérieur de ses yeux. Le coin d'où sortent toujours les larmes de joie. En tout cas, c'est ce que disait le Peuple.

— La compréhension arrive, cria-t-il. Maintenant je sais quelque chose. Moi, Tokécha, guerrier, sais à présent avec certitude ce qui va se passer.

Quelques pas de plus et il fut devant l'ouverture de la tente de sa mère où il savait la trouver, assise avec son père, à attendre son retour. Le père, quelqu'un à travers qui un jeune fils guerrier allait parler à la femme assise qui regarderait ses pieds. Respectant la coutume, le jeune fils Khoka évita le regard de la femme tandis qu'il lui remettait tendrement dans les bras le minuscule fourreau qu'il avait apporté dans cette tente. Il se tourna et adressa ses mots à son père.

— Mon père pourrait-il dire à sa vraie-femme que son fils amène dans sa tente aujourd'hui un bébé qui n'a pas été fait prisonnier. Il amène plutôt une chose différente, quelque chose de plus. Je sais qu'il est rare qu'un chef engendre plus d'un enfant, pour la bonne raison qu'un bon chef se voit comme le père de tous dans son clan. Je sais aussi que, quand une certaine mère a comme premier enfant un fils, elle se refuse le plaisir de s'asseoir un jour dans la tente avec une fille, une enfant pourtant désirée par mère et père. Mais moi, le fils, j'apporte ici un fourreau que je connaîtrai comme sœur, quelqu'un qui appellera une certaine femme " mère " et un certain chef " père ".

Le jeune fils guerrier se dirigea vers le rabat, un petit sourire-dans-sa-joue.

— Certainement je donnerai le nom de sœur à cette petite-là, même si la coutume ne me permet pas de lui parler directement. Mais si quelqu'un demande à ma mère d'envoyer à nouveau sa voix vers la puissance amie qui nomme, peut-être que cette puissance pourrait prêter un nom fort et agréable à un aussi joli petit fourreau que celui-ci.

Il jeta ces derniers mots par-dessus son épaule sur le ton de la plaisanterie, abandonnant ces deux-là à son fourreau-cadeau.

Pazuwashté resta assise ainsi qu'elle l'avait fait depuis que le fils lui avait placé le petit fourreau dans les bras ; une main sur sa bouche, le regard tourné vers l'enfant, s'émerveillant de son visage, seule chose qui émergeait des robes de peaux bien serrées. Doucement la nouvelle mère leva les yeux vers ceux de son mari, son cœur empli de gratitude mais la bouche vide de mots pour lui exprimer une telle chose. Compréhensif, Wiyaka s'allongea sur les robes de nuit et ferma les yeux. " En vérité mon fils devient un homme aujourd'hui ", songea-t-il en laissant échapper un profond soupir, et il s'endormit.

La femme reporta son attention sur le nourrisson.

— *Ahboo michunkshi, ahboo, ahboo,* chanta-t-elle tout bas. Dors, ma fille, dors, dors.

Tandis que cette nouvelle fille Khoka dormait, quelqu'un alluma les feux-de-danse et les vengeurs se rassemblèrent pour danser leurs récents hauts faits de guerre. Et les vengeurs ne furent pas les seuls à danser cette nuit-là, car tout homme qui le choisit peut danser lui aussi ses histoires de bravoure, que l'histoire soit ancienne ou non ; une danse connue de tout le Peuple sous le nom de danse-où-l'on-tue.

Tokécha, lui, décida de ne pas danser cette nuit-là, même s'ils le fouettaient, s'ils lui cinglaient les jambes pour le stimuler. Celui-ci décida de ne pas danser avant d'en savoir plus. "Je n'ai pas assez", se dit-il sans vraiment exprimer là sa pensée. Car assez de quoi, il ne le savait pas encore.

VII

Les responsables, chefs et *wakichunsa* avaient organisé ensemble le déroulement des deux plus importantes cérémonies qui devaient prendre place sous les lunes chaudes. Les hommes avaient parlé, écouté, fumé, réfléchi, puis décidé. Et maintenant ils se tenaient prêts à informer le Peuple.

— Ceux qui font le vœu de danser face-au-soleil, annoncèrent-ils, se rendront au poteau avant que cette lune ne passe, la cérémonie commence cet été plus tôt qu'à l'accoutumée. Le Peuple, quant à lui, reste dans ce campement pour les danses, il ne voyage pas vers un autre lieu comme il a pu le faire en d'autres occasions. Plusieurs ont remarqué tout le bien attaché à ce lieu, ainsi la tribu, chacune et ensemble, prépare la piste de danse là, à la limite du grand cercle. Là, le Peuple dresse le poteau-du-soleil sous lequel ceux qui le contemplent dansent et offrent leur chair à la terre en regardant en face la lumière aveuglante. Là, le Peuple, tout le Peuple, trouve la façon d'exprimer sa gratitude, gratitude pour tout le bien qui lui a été accordé depuis la dernière fois qu'il a participé à cette cérémonie. Puis, après que les contemplateurs qui perdent chair et souffrent suspendus au poteau-du-soleil ont récupéré de leurs blessures, quatre éclaireurs partent à la recherche de la grande horde de *pte*, ces géants-qui-parcourent-la-plaine et qui, s'immolant aux chasseurs, offrent au Peuple viande, nerfs, robes, armes, couvertures de tente, tout ce dont il a besoin pour vivre. La grande horde, des centaines de dizaines d'énormes quatre-pattes bossus et hirsutes qui se sont emplis et engraissés des jeunes pousses d'herbes sorties de terre. Quand ils découvrent la horde, les éclaireurs rentrent et en informent le Peuple. Au lever du soleil suivant, le Peuple uni se déplace vers cette horde. Chasseurs, guerriers, hommes, femmes, vieux ou non, enfants, chevaux, tipis et chiens voyagent ensemble vers la nourriture. La tribu chasse cérémonieusement, une coutume abandonnée et négligée par le Peuple depuis de nombreux, nombreux hivers.

Le chef avait parlé et le Peuple écouté le cœur heureux, avec force grognements d'assentiment. Car, cela est certain, renouer avec d'anciens rites délaissés attire encore plus de bien. C'est en tout cas ce que croyait le Peuple.

Quand les clans Tasha et Khoka avaient rejoint ce campement, la mère de Takcha Ushté s'était souvenu qu'un homme qui se prépare à souffrir au poteau-du-soleil ne veut pas voir de choses qui aient un rapport avec la guerre ou la chasse. La femme s'était également rappelé que les armes de son mari et chef étaient toujours suspendues au fond de la tente et que ces choses auraient peut-être une influence néfaste susceptible d'imprégner un fils qui rejette ne fût-ce que l'idée de ces armes. Toute à ce souvenir, Wakanka érigea donc un petit tipi à côté du sien, un endroit où un fils pourrait s'installer, dormir, manger ou bien simplement s'asseoir dans la paix de ses pensées sans avoir besoin de rejeter la présence des armes, et ce jusqu'à ce qu'il honore son vœu de contempler-le-soleil. Là, le fils du chef Tasha pourrait garder un contact permanent avec la voix de son esprit, sans la moindre intervention du monde extérieur, et l'attitude généreuse de sa mère le soutiendrait dans cette voie.

Ce même homme, comprenant qu'il ne pouvait remettre à plus tard la visite à un certain vieux voyant, pointa ses mocassins dans la direction de la tente sacrée. Le guerrier Tasha ressentait un besoin croissant de s'initier aux anciens rites de la cérémonie de contemplation-du-soleil. Les puissances lui avaient accordé une bonne journée, une bonne journée pour entendre les sages paroles de l'homme qui connaissait les anciennes directives. Ainsi demanderait-il à Wakankcha de lui parler de ces choses, et il ajouterait, de lui en parler maintenant car il se sentait prêt à entendre.

— Pas encore, lui répondit fermement une vieille voix.

C'est à cet instant que l'homme de haute stature se rendit compte qu'il se tenait dans la tente sacrée. A l'intérieur de celle-ci, sans même avoir gratté légèrement le rabat. Lui et son impolitesse avaient franchi le seuil du tipi, sans la moindre toux de courtoisie pour annoncer leur présence.

Il se baissa, repoussa la douce peau et repartit vers son propre petit tipi. “Je me sens prêt à entendre, pensa-t-il, mais peut-être qu'un certain temps, seul derrière des bâtons croisés, m'apportera une compréhension plus exacte de cet état appelé prêt. Totalement prêt, et non pas à moitié.”

Le nouveau jeune guerrier Khoka se promenait dans le cercle du campement, le Peuple remarquant sur son passage certains changements apparus depuis son retour de l'expédition punitive. Le plus apparent de ces changements était une plume de guerrier-ailé glissée en biais à l'arrière de ses longs cheveux bleu-noir. Mais d'autres choses encore avaient changé, et que plusieurs avaient remarquées, sans pouvoir y mettre un nom. “Peut-être qu'il grandit”, dit l'un d'entre eux, ajoutant que la taille du fils du chef Khoka avait augmenté. Puis certaines jeunes femmes se mêlèrent à la conversation ; riant dans les paumes de leurs mains, elles lui jetaient des regards doux espérant retenir son attention. Indifférent à ces comportements ridicules, Tokécha poursuivit son chemin. Il voulait rendre visite à Takcha Ushté mais trouva les bâtons croisés devant le rabat de son petit tipi ; alors il emmena son coursier à la rivière pour une leçon de dressage dans l'eau froide.

Woksapa, quant à lui, passant à côté des cancaniers alors qu'il se rendait chez son frère-ami, n'avait pas pu poursuivre sa route. Le chef Tasha avait eu vent des actes du jeune homme, du fils de son frère *hunka*, et il ne permettait pas que des propos aussi absurdes fussent tenus sur la taille d'un jeune homme, qu'il eût grandi ou non.

— Peut-être que vos langues bien pendues vous couvrent les yeux et vous aveuglent, dit-il à la cantonade. Vous remarquez que quelqu'un a grandi, mais ne remarquez-vous pas d'où provient cette croissance ? La véritable croissance n'a-t-elle pas sa source dans l'esprit, et celui-ci ne demande-t-il pas au corps de s'accorder avec cette croissance ?

Le chef Tasha poursuivit alors son chemin à la recherche de Wiyaka, laissant dans son sillage les cancaniers méditer au sens de ses propos et les ricaneurs cois.

Tandis que les frères-amis s'étaient assis ensemble, un éclaireur s'approcha sans détour du cercle du campement en chevauchant tranquillement. Ainsi le Peuple comprit qu'il apportait des nouvelles mais qu'il n'y avait rien à craindre.

Le scout annonça qu'un groupe de Shahiéla, le Peuple-qui-se-peint-en-rouge, était en route vers eux. Ceux-qui-parlent-rouge amenaient leurs familles et demandaient l'autorisation au grand campement de dresser leurs tentes dans le cercle et d'y résider en tant qu'invités. Peut-être que les hommes d'ici apprécieraient un jeu de balle-et-bâton, avaient dit les Shahiéla, ces jeux relâchant la pression, quelquefois source d'ennuis, qu'éprouve un Peuple qui se prépare à sa plus importante cérémonie.

— Et ces rouges amènent encore autre chose, avait ajouté l'éclaireur. Ils amènent des nouvelles des *washichu*.... les hommes blancs.

Rapidement les décideurs firent le signe d'assentiment.

— Que les Shahiéla entrent dans le campement, dirent-ils, et que le Peuple prépare une fête pour les visiteurs.

Mais les frères-amis, chefs des Tasha et des Khoka, n'avaient pas approuvé. Ces deux-là avaient déjà entendu plus qu'ils ne souhaitaient entendre sur ces hommes aux visages poilus que certains appelaient "marchands". Les courageux porteurs-de-nouvelles qui tenaient le Peuple informé pendant les lunes froides sur leur campement d'hiver avaient déjà donné des nouvelles de ces marchands aux

Tasha comme aux Khoka. Quand les deux clans s'étaient retrouvés sous la lune-où-l'herbe-rouge-apparaît, les chefs avaient déjà discuté de ces rumeurs et décidé que les *washichu* n'amenaient rien d'autre que des ennuis aux clans qui s'étaient rendus dans ces endroits d'échanges de marchandises. Bien sûr les hommes blancs avaient offert de nombreuses choses intéressantes en échange de peaux, robes, suif et nerfs, mais ils offraient aussi quelque chose dont le Peuple n'avait pas besoin. Ni maintenant, ni jamais. Quelque chose appelé "changement".

— Ces hommes blancs voyagent sur l'eau de la grande rivière boueuse, avaient décrit les porteurs-de-nouvelles, et pour les feux-de-cuisson des femmes ils ont de lourds pots en fer où faire bouillir la soupe, des louches et des bols en métal brillant. Ils apportent avec eux des grands rouleaux de tissus colorés, des couvertures, des rubans et de minuscules graines très dures percées au centre. Ces graines, ils les appellent des perles et disent qu'elles font de jolis dessins si les femmes en cousent sur des peaux douces.

Irrité par les paroles des porteurs-de-nouvelles, le chef Tasha avait interpellé ces hommes.

— Est-ce que ces soi-disant marchands, leur demanda-t-il, imaginent que nos femmes vont abandonner leur amitié avec ceux-qui-piquent, qui donnent si volontiers de leurs piquants à ces mêmes femmes ? Et est-ce que ces marchands s'imaginent que ces graines dures vont mieux inspirer les rêves inscrits dans leurs beaux dessins ?

Ceux qui apportaient ces nouvelles n'avaient pas répondu mais poursuivi leur description.

Aux hommes du Peuple, ces marchands avaient montré encore d'autres choses. Des couteaux en métal, des pointes en fer pour les lances, une poudre explosive et quelque chose qu'ils nommaient "piège" et qui servait à attraper celui-qui-nage-un-bâton-dans-la-bouche. "Castor", avaient-ils dit. Et puis les *washichu* avaient montré quelque chose de véritablement solennel, quelque chose appelé par eux bâton-de-feu. Si l'on tirait avec le doigt le petit bout de métal arrondi, avait montré le chef des marchands, le bâton-de-feu rugissait et perçait un grand trou dans un arbre situé à une certaine distance de l'autre côté du terrain des marchandises. Les visiteurs avaient couvert leur bouche de leurs mains en voyant cela, et l'homme blanc avait autorisé un ou deux guerriers à essayer le bâton-de-feu rugissant.

A ce point-là du récit, Wiyaka avait interrompu le porteur-de-nouvelles d'un ton ferme, s'assurant que l'auditoire était attentif.

— Ce n'est pas la première fois que j'entends ces histoires sur toutes les choses que l'homme blanc apporte au Peuple. Mais de quelle utilité réelle sont ces choses-là ? Est-ce qu'un seul de nos hommes va tout à coup trouver que nos couteaux d'os ou les pointes en pierre de nos lances, de nos flèches ne lui conviennent plus ? Déjà, ceux qui échangent pour obtenir des bâtons-de-feu nuisent à la chasse. Le rugissement du bâton dérange la horde et a causé la chute d'un chasseur qui s'est fait piétiner dans la poussière. Des querelles se créent quand aucune flèche, portant la marque du chasseur, ne peut être retrouvée dans la peau de la créature mise à mort, cette marque étant le signe d'appartenance de la viande.

Le chef Khoka s'interrompit un moment, puis poursuivit son discours.

— Un guerrier, qui était parti à la guerre en compagnie de ce bâton-grondant, ne souhaite à personne de faire cette expérience. Celui-ci, en effet, ne chevauchera plus jamais en tant que guerrier, car, alors qu'il s'engageait dans la bataille, le bâton tonna, et ce n'est pas dans un arbre de l'autre côté du campement qu'il est allé faire un trou mais bien dans la jambe du guerrier. Quand un homme a besoin d'un ennemi, ne trouve-t-il pas quelqu'un pour remplir ce rôle ? Des ennemis rôdent partout. Aussi pourquoi un homme, doté du pouvoir de raison, choisirait-t-il de porter un ennemi dans sa propre main.... quel que soit l'endroit où il se rend ? Et où se trouve l'honneur d'abattre un ennemi depuis une distance sûre ? L'audace et le courage n'apparaissent-ils pas seulement dans la lutte au corps à corps, quand les coups sont portés par la main, la lance ou le bâton ?

Le chef s'interrompit à nouveau, puis, jetant un bref regard à son frère-ami, il reprit la parole.

— Je demande maintenant à ce porteur-de-nouvelles pourquoi il ne parle pas aussi des autres choses que le marchand apporte pour le bien du Peuple ? Y a-t-il une raison qui empêche ce porteur-de-nouvelles de parler de ces boissons que les gentils voyageurs-sur-l'eau servent à boire ? Certains marchands offrent en échange d'une petite broderie de porc-épic l'une de ces boissons, un liquide-au-bon-goût épais, sucré et noir. L'autre, il ne la sert qu'en échange d'une brassée de peaux. Peut-être que celui-qui-amène-les-nouvelles connaît cette autre boisson et choisit de ne pas parler de la brûlure de l'eau-qui-rend-fou. Plusieurs ont rapporté que de nombreux guerriers et chasseurs avaient goûté à cette eau jaune et qu'ensuite, ont-ils dit, ces mêmes goûteurs avaient perdu le pouvoir de contrôler leurs jambes, leurs discours et leurs actes, la boisson-brûlante les ayant même privés de leur capacité de raisonnement. Certains buveurs, après seulement trois ou quatre gorgées, ont maltraité leurs femmes. Quelques gorgées de plus et ils maltraitent l'épouse d'un autre homme.

Dois-je voir un jour un seul homme de mon Peuple, ou du Peuple de mon frère-ami, un seul, n'importe lequel, choisir d'échanger des peaux, des robes, peut-être même des chevaux contre quelque chose qui non seulement lui dérobe tout cela mais lui donne en plus un mal de tête et un ventre qui se plaint ?

Son discours fini, le chef Tasha tourna la tête vers son frère-ami et les deux hommes laissèrent le groupe, laissèrent leurs auditeurs à l'écoute, chacun d'entre eux, d'une autre voix.

A présent les Shahiéla avaient rejoint le grand cercle tribal et arrivaient avec d'autres histoires de *washichu*.

Ceux-qui-se-peignent-en-rouge avaient dressé leurs tentes à la lisière du cercle et bientôt des hommes s'égarèrent vers le terrain de jeux. Ils avaient amené avec eux de nobles montures pour miser au jeu de balle-et-bâton dans l'intention de gagner les chevaux de leurs hôtes et d'augmenter leur horde. " Pourquoi voler des chevaux, avait dit quelqu'un, pourquoi se rendre coupable d'un acte semblable quand en vérité nos joueurs surpassent tous ceux qui parcourent la plaine ? " Et bientôt un jeu brutal bien qu'amical débuta sous les bravos et les cris de joie des spectateurs qui entassaient robes, peaux, jambières et bâtons, en guise de chevaux, sur la pile des paris.

Les femmes Shahiéla choisirent, quant à elles, de commencer autrement cette visite. S'il est vrai que ces femmes assistaient souvent aux jeux des hommes et faisaient même monter les enchères plus haut qu'eux, ce qu'elles virent ici, les magnifiques dessins des broderies de porcs-épics, si différents de tout ce qu'elles avaient pu voir à ce jour, et la soupe qu'on leur servit, au goût véritablement très spécial, les en détournèrent.

L'une d'entre elles remarqua que si les hommes, eux, pouvaient poursuivre leurs jeux n'importe où, les femmes Shahiéla, elles, seraient peut-être bien avisées d'apprendre à faire ces incroyables dessins et cette soupe parfumée qu'elles ne connaissaient pas encore.

Sur ce, le soleil se coucha et les brises chaudes du soir emportèrent les bruits d'un camp joyeux vers le ciel clair-obscur.

Nul n'avait encore parlé de ceux appelés *washichu*.

VIII

Takcha Ushté resta derrière les bâtons croisés trois ou quatre soleils et tout ce temps-là Wakanka, avec une diligence respectueuse et maternelle, apporta à son fils des bols de nourriture qu'elle laissait juste devant le rabat de son petit tipi. Chaque jour, quand la femme retournait sur ce lieu, elle avait le plaisir de retrouver les bols vides.

Quand celui-qui-se-prépare sortit de sa retraite solitaire, un sourire resplendissait sur son visage et dans son cœur, car il avait trouvé son guide : la compréhension. Il traversa le camp débordant d'activité, salua les nombreux enfants des clans réunis qui y jouaient, remarquant au passage les petits Shahiéla qui se mêlaient à ceux de sa tribu. « *Shkan,* pensa-t-il, *taku shkan shkan,* partout le mouvement encercle tout et tous. " Puis, voyant que Wakankcha se tenait devant la tente sacrée une pipe à la main, le fils de Woksapa se dirigea vers cette tente. Chemin faisant, il gratifia plusieurs femmes d'un " sœur " de salutation et poursuivit vers le vieux voyant.

Les deux hommes marchèrent paisiblement jusqu'à la limite du campement où ils s'immobilisèrent devant un monticule constitué de rochers, de petites pierres et de minuscules cailloux.

— Observe, lui ordonna le vieil homme, nous sommes, toi et moi, en présence des véritables grands-pères, petits-fils et fils des petits-fils.

Le frêle et vénérable prophète alluma sa pipe avec une braise de la corne de *pte* qu'il portait à son poignet, puis il passa la pierre-et-bois-à-fumer au fils Tasha. Takcha Ushté toucha des lèvres le tuyau et se tint silencieux aux côtés du vieil homme adossé à la chaude pierre, si ancienne. Son regard perçant fixé sur le lointain, Wakankcha prit la parole.

— L'ordre des cérémonies d'été a été modifié. Moi, Wakankcha, ne te donnerai que peu de directives avant la contemplation-du-soleil. Toi et moi saurons quand arrive le moment d'en savoir plus.

Le voyant s'en alla tout droit vers sa petite tente. Takcha Ushté quitta lui aussi les rochers, mais pas avant d'avoir caressé tendrement de la paume de ses mains ces grands-pères géants. Puis il marcha à nouveau parmi le Peuple, mais à présent il remarqua une étrange inquiétude qui flottait dans l'air. Un éclaireur avait lancé des signaux depuis la crête, derrière le camp, annonçant qu'il arrivait en courant et entrerait directement, signe qu'il apportait des nouvelles. Mais pourquoi maintenant ?

Les *wakichunsa* se réunirent au centre pour attendre son arrivée. Devant la tente du conseil quelqu'un éleva un tas de crottin de *pte* dans lequel l'éclaireur donnerait un coup de pied à la fin de sa course. L'un des décideurs prépara une pipe qu'il toucherait des lèvres après avoir démoli le tas, tous ces gestes pour confirmer que l'homme ne rapporterait que des faits. " Un éclaireur, avaient dit certains grands-pères, marche ou court à travers la vie, apporte la vérité au Peuple, et mérite donc le nom de porteur-de-vérité. "

L'éclaireur arriva en courant, il démolit le tas de crottin de *pte* et toucha des lèvres le tuyau sacré. Il s'agenouilla ensuite auprès du tas dispersé, prêt à faire son rapport, attendant ainsi, à genoux, que le décideur lui en donne l'ordre.

— Dis tout ce que tu as à dire, commanda l'un des décideurs.

— La grande horde, commença le porteur-de-vérité, essoufflé par sa course jusqu'au camp, la grande horde s'approche de ce campement. Plus d'une centaine de dizaines, il mima de ses mains, marchent lentement à trois ou quatre soleils d'ici. Des pères de horde, aux poils jaunes et duveteux et aux cornes vieilles et craquelées, des mères allaitant leurs petits, tous suivent la piste qui mène directement à ce cercle. La grande horde vient à la rencontre du Peuple. Moi seul rapporte cette chose mais un autre est témoin de cette découverte.

Des murmures d'étonnement parcoururent les personnes assemblées. Rapidement les décideurs, chefs et responsables entrèrent dans la tente du conseil pour se consulter à propos de cet étonnant message.

Tokécha se tenait debout à côté de Takcha Ushté, stupéfait. Jamais auparavant, en effet, la horde n'était venue à la rencontre de la tribu. C'était toujours la tribu qui partait à la recherche de la horde.

— Les bons changements amènent de bonnes nouvelles, mon jeune ami, murmura l'homme élancé en posant une main sur l'épaule du plus jeune. N'aie aucune crainte, les *wakichunsa* décideront pour le bien du Peuple. Viens plutôt me montrer le coursier noir dont j'ai tant entendu parler récemment. On dit qu'il est un parent du vent mais, quant à moi, je ne peux rien en dire avant d'avoir vu ses pattes.

Tokécha, levant les yeux vers le visage de l'homme qu'il avait connu depuis son premier hiver, comprit qu'il regardait quelqu'un dont il se souviendrait toujours comme d'un frère, qu'ils accomplissent ou non la cérémonie *hunka*. Mais, comprenant cette chose importante, il médita encore. Qu'est-ce qui était le plus sacré, du lien entre deux personnes ou de la cérémonie qui crée ce lien ? " Tant de choses m'interpellent, pensa-t-il. Peut-être n'aurai-je pas assez de tous mes hivers pour trouver les réponses ? "

Après avoir examiné le remarquable coursier, Takcha Ushté reconnut que les voix du Peuple avaient dit la vérité : celui-ci irait vraiment comme le vent.

— Mais est-ce qu'un petit cheval grassouillet n'a plus aucune utilité, a peut-être même été oublié, maintenant qu'un jeune guerrier a acquis un coursier noir et soyeux ? demanda-t-il.

Le jeune Khoka n'avait pas répondu mais il avait bien compris la question, une question qu'il s'était déjà posée par deux fois et par deux fois encore.

Il n'avait pas fallu bien longtemps aux *wakichunsa* pour décider où résidait le bien du Peuple. Bientôt ils sortirent tous les quatre du grand tipi et parlèrent au crieur assis, adossé sur le côté de la tente. Un instant plus tard la voix-du-cercle entonna son chant, un chant qui annonçait au Peuple un changement dans le programme de l'été.

— Cette tribu chasse unie, chantait cette voix. Elle s'en va cérémonieusement, elle s'en revient emballant la viande. Dans huit soleils, bosses et langues grésilleront sur les feux-à-rôtir. Avant la contemplation-du-soleil, le Peuple fait la fête. Préparez-vous. Peignez vos corps. Peignez vos chevaux et vos chiens. Que vos tipis de voyage soient prêts avant que ne se lève le deuxième soleil. *Les* pte *viennent à nous.... ....* *et nous apportent la vie.*

L'émerveillement, l'excitation et la reconnaissance imprégnaient tout le camp en ce jour extraordinaire.

Dès l'instant où une femme met au monde un enfant, cette femme sait avec certitude quel est son premier travail de mère. Un Peuple qui voyage, qu'il soit seul ou en clan, ne prend jamais le risque d'être trahi par un aboiement, un bruit d'enfant, un pleur de bébé, car ces sons peuvent informer l'ennemi et être à l'origine d'une catastrophe pour tous. Ainsi une nouvelle mère va-t-elle apprendre à son petit cette difficile et dangereuse leçon avant qu'il prenne d'autres habitudes.

Pazuwashté avait remarqué que la nouvelle fille dans sa tente osait encore émettre des pleurs bruyants. “ Celle-ci vit déjà depuis quatre lunes sur cette terre, pensa la femme, mais peut-être que la mère Absa a négligé cet apprentissage essentiel. ” Tout en reconnaissant le sang Absa qui coulait dans les veines de cette enfant, la mère Khoka savait aussi qu'elle vivrait comme une Khoka et que l'apprentissage appartenait maintenant à la mère adoptive. Mais avant le moindre enseignement, Pazuwashté donnerait à son enfant un nom, un nom grâce auquel cette petite recevrait l'aide de puissances bienveillantes pour faire face à toutes les leçons qui se présenteraient à elle. C'est pourquoi, ce jour-là, la mère se tenait, un minuscule fourreau dans les bras, sous un grand arbre à la lisière du camp.

— *Huka*, lança-t-elle d'une voix forte vers le ciel. *Huka*, ne connaît pas la peur. Que le Peuple se souvienne de ma fille par le nom de Hukalawin, petite-femme-sans-peur. Et que ma fille se souvienne, quels que soient le temps et le lieu où elle marche sur cette terre, qu'elle n'aura jamais besoin de ressentir la peur car moi, la mère, lui apprendrai à se relier avec toutes choses dans et sur la terre. Où qu'elle porte ses yeux, ses oreilles, sa voix, elle trouvera ainsi une aide. Pazuwashté dit cela.

La mère avait alors commencé son travail et appris à la jeune Hukalawin à avaler ses larmes et ses pleurs, à avaler jusqu'à l'envie de pleurer. Dès que la femme entendait un cri, elle pinçait le petit nez entre ses deux doigts et bouchait l'arrivée d'air. Et en même temps la paume de sa main couvrait sa petite bouche, bloquant l'air là aussi jusqu'à ce que les pleurs cessent. Alors, seulement, la femme avalait sa propre envie de pleurer. Car quand elle cause à son enfant plus que de l'inconfort, quelle mère ne le ressent encore plus douloureusement que son petit ?

Un sentiment de bonté et de générosité envahissait le cercle. La présence de la horde sur la piste qui menait au Peuple déclenchait des gestes jusqu'alors inconnus sur la plaine. Les décideurs firent une autre entorse à la coutume en invitant les Shahiéla à se joindre à la chasse. " La terre donne à manger au Peuple, dirent-ils, est-ce que le Peuple ne donne pas à manger à ses invités ? Et si ceux-qui-sont-peints-en-rouge mangent, ne doivent-ils pas aussi chasser ? Peut-être un jour viendra où l'un de nous se retrouvera affamé parmi les Shahiéla et, ce jour-là, les Shahiéla se souviendront de cette chasse. Ainsi personne ne meurt de faim. S'il est vrai que les visiteurs de ce camp se peignent en rouge et ont d'autres coutumes que les nôtres, ne partagent-ils pas le même pouvoir sacré de raisonnement ? »

Puis, sous un certain ciel s'obscurcissant, la voix du crieur s'éleva, emplissant l'air de la nuit, pour alerter le Peuple.

— Quand le soleil monte dans le ciel, une tribu chasse. Les *pte* viennent offrir leur chair. Que le Peuple et les visiteurs se préparent. Que ceux qui restent à l'arrière se préparent. La viande est en marche vers ce camp. Personne ici ne connaîtra la faim.

Quand la lumière du matin apparut à la surface de la terre, le Peuple partit à la rencontre de la viande. Wakankcha marchait à l'avant, la pipe sacrée délicatement calée dans le creux de son bras gauche, un sac de broderies de porc-épic attaché au tuyau se balançant au rythme de son pas. Derrière le voyant, suivaient les *wakichunsa*. Venait alors une large rangée de cavaliers, les hommes de la compagnie qui superviseraient cette chasse. Ces hommes devraient s'assurer qu'aucun faiseur-de-viande trop zélé ne dépasse cette ligne et n'amène peut-être ainsi le désastre sur tous car rien ne doit perturber la horde avant que les chasseurs ne donnent l'assaut. Derrière les cavaliers, les chasseurs, puis les principaux chasseurs des Shahiéla qui participaient à ce groupe, leurs chevaux couverts de symboles peints qui racontaient l'histoire d'autres chasses glorieuses. Les corps de certains de ces chasseurs étaient peints également, mais la signification des symboles ne valait que pour l'homme qui portait la peinture.

A la suite de cette magnifique assemblée d'hommes et de chevaux décorés, venaient les femmes qui découperaient, rangeraient et chargeraient la viande quand les chasseurs auraient fini leur travail. Menant leurs chevaux de bât et chiens de traîneaux, plusieurs femmes avaient choisi d'orner ces chevaux de symboles, révélés au cours d'un récent rêve, en signe de respect pour les gigantesques créatures à bosse dont la chair serait bientôt chargée sur le dos des chevaux. C'est ainsi que les femmes faisaient honneur aux quatre-pattes qui apparaîtraient sur cette piste et offriraient leur vie pour que puisse vivre le Peuple. Pazuwashté chevauchait avec ce groupe, un minuscule fourreau se balançant doucement sur le flanc de son cheval docile. Hukala, ayant déjà appris la leçon du silence, pouvait se familiariser à présent avec la chasse.

Sur les côtés et à l'arrière de la procession, les observateurs et les jeunes cavaliers se tenaient prêts à offrir assistance à ceux qui pourraient avoir besoin d'une pareille chose.

A peine deux soleils de marche plus tard, quelqu'un apporta la nouvelle : la horde paissait à une demi-journée de là, elle attendait, à l'arrêt, les chasseurs. Rapidement les décideurs ordonnèrent au Peuple de dresser un camp provisoire et de se préparer pour la chasse dès le prochain lever de soleil.

Aux premières lueurs le saint homme se tenait prêt, face au ballon de feu jaune qui se levait dans le ciel, tenant sa pipe à bout de bras, le tuyau pointé vers le soleil, le fourneau vers son corps. Après avoir dirigé la pipe vers les quatre directions, la terre et le ciel, il entonna un chant, un chant aux paroles d'un autre royaume. Bien que nul parmi ceux qui pouvaient entendre la forte voix du vieux prophète n'en comprît les paroles ou le sens, chacun savait quel était le but de ce chant : l'ancêtre demandait aux invisibles de leur accorder une bonne journée. " Que personne ne trouve la mort sur ce terrain de chasse, que personne ne reçoive de blessure. " Très certainement, Wakankcha avait dit cela.

Les chasseurs se rassemblèrent à présent autour du *wapiya* et là chacun des hommes participant à la chasse effleura le tuyau sacré. La pipe, terminée, revint aux mains du voyant. Les chasseurs retournèrent sans bruit vers leurs coursiers et en un instant furent sur leur dos, armes à la main, attendant le signal du départ de la lente marche vers la horde. Le compagnon-en-chef talonna sa monture et les cavaliers lui emboîtèrent le pas.

Un bras se dressa à l'avant pour arrêter la progression et sans bruit ils se regroupèrent sur une petite butte. Juste de l'autre côté, la horde à l'arrêt ruminait des herbes. Les chasseurs préparèrent leurs armes, certains portant une lance, d'autres un arc et des flèches, tous un couteau à la ceinture. Puis un compagnon jeta en l'air une peau de vrai-chien et les vingt-et-quatre chasseurs se séparèrent en quatre groupes pour l'encerclement. Les sabots des chevaux résonnèrent sur la terre et, sur la butte, seul demeura un nuage de poussière.

Quand la poussière retomba sur la plaine, deux cents *pte* étaient au sol et déjà les chasseurs écorchaient les carcasses et dénervaient leur dos. Les femmes s'approchèrent, menant les chevaux de bât, pour commencer leur travail. Mais soudain quelqu'un remarqua que deux chasseurs gisaient à terre. Le premier se redressait déjà, n'ayant perdu que le souffle.... et peut-être une petite part de sa dignité. Mais du visage de l'autre homme tombaient de grosses gouttes d'eau qui se mélangeaient à la poussière et un os déchirait sa peau près de cette chose qu'il avait connue comme son genou. Tout proche, le cheval de ce chasseur se tenait la patte repliée, son sabot ne touchant pas terre.

Tokécha avait suivi les chevaux de bât pour aider à hisser la viande sur leur dos, mais à présent le jeune Khoka se tenait aux côtés du cheval du guerrier, rassurant cette créature en attendant que le *pezuta* vienne se rendre compte de l'importance de la blessure. Wakankcha s'agenouilla près du chasseur blessé en disant qu'il n'y avait pas, dans l'expédition, de *wapiya* capable de remettre les os. Le chasseur avait le choix : soit un vieux voyant lui remettait l'os ici et maintenant avec seulement l'aide d'un chant, soit le chasseur pouvait être installé sur un travois jusqu'au campement où un homme avec de bonnes mains pour ces choses remettrait l'os en place. Le choix appartenait au chasseur.

Les mains de quatre fortes femmes hissèrent précautionneusement le chasseur blessé sur les travois, l'attachèrent puis lui glissèrent un bâton dans les dents, ce qui diminuait la douleur. C'est en tout cas ce que croyait le Peuple. Et, tandis que la femme de cet homme emmenait les chevaux loin du terrain de chasse, Tokécha ainsi qu'un autre jeune homme reprirent le travail de cette épouse, coupant et emballant les prises du chasseur tombé.

Tout en travaillant, le jeune Khoka se souvint soudain du chant que Wakankcha avait entonné ce matin même et il se demanda si le vieil homme conservait encore le pouvoir de contacter amicalement les invisibles. Et si ce pouvoir se raréfiait, tels les cheveux d'un homme, quand celui-ci ajoutait hiver après hiver sur ses frêles épaules ? Mais surprenant les regards durs du jeune homme penché avec lui sur la viande, Tokécha enferma ses pensées dans un pli de sa mémoire et remit ses mains au travail. « Ce n'est pas le moment d'aller à la chasse aux réponses », se dit-il.

Toutes les mains étaient à l'œuvre, coupant, emballant, chargeant, et bientôt un groupe heureux reprit le chemin du retour vers le cercle, vers ceux qui attendaient à l'arrière, surveillant le grand village durant l'absence des chasseurs.

Un groupe heureux ? Une bonne chasse ? Tous n'auraient pas dit cela. Et un certain voyant marchait en méditant.

Ceux qui accueillirent le retour des faiseurs-de-viande lancèrent des acclamations, des trilles, des cris de joie qui retentirent sur toute la plaine. Certes, un chasseur avait reçu une blessure, une grave blessure, mais il vivait et ainsi le Peuple osa montrer sa joie, son bonheur.

Pourtant Wakankcha ne se le permit pas. Pas avant d'en savoir plus.

Le vieux sage s'assit dans le petit tipi derrière les bâtons croisés. Il resta assis, sondant son âme à la recherche d'une vision supérieure à ce qu'avait été la sienne pendant la chasse. Il chanta encore dans la langue de ceux qui entourent les feux des esprits, avec les mots de ces invisibles, invisibles depuis plus d'hivers qu'il n'osait évoquer. Tandis que le vieil homme chantait, quelqu'un était assis devant sa tente, quelqu'un qui ressentait le besoin d'un échange avec cet homme si sage, quelqu'un qui recherchait aussi le sens de choses inconnues encore. Celui-ci répondait au nom de Tokécha.

Ainsi deux chercheurs, l'un vieux, l'autre jeune, étaient assis dans le même cercle de *shkan*. Qui l'étaient pour la même raison – la croissance – mais qui poursuivaient des réponses différentes.

IX

Les feux-de-cuisson flamboyaient, les poches à soupe bouillonnaient et la viande, émincée pour sécher, s'étalait sous le soleil d'été sur les poteaux élevés. Le Peuple se préparait à festoyer. Les armes de certains chasseurs étaient accrochées sur des poteaux à l'extérieur des tipis pour permettre au disque rouge embrasé d'en renouveler la puissance, dispersée pendant la chasse. Plusieurs chasseurs se tenaient assis, seuls, dans des tentes dont l'ouverture était barrée par des bâtons croisés, et passaient en revue les épisodes de la chasse sur cette terre proche. Car tout homme doit donner un sens au sang versé, que ce sang soit versé par un deux ou quatre-pattes. Ou les deux.

Wakankcha laissait lui aussi défiler les images de cette chasse, prêtant attention à tous les détails pour y relever la moindre négligence. Soudain le vieux *wapiya* entendit une voix dans la petite tente sans décorations, une voix qu'il reconnut comme la sienne.

— Interprète ! Interprète ! fit la voix par deux fois et par deux fois encore. Interprète ! Interprète !

Ainsi l'homme sut qu'il n'avait rien négligé. En revanche il avait mal interprété le message envoyé par les invisibles en ce matin des mises à mort.

Certainement les puissances avaient accordé une journée extraordinaire pour cette chasse. Les *pte* n'étaient-ils pas venus rendre visite au Peuple ? Mais le voyant avait cru que le-prêt-d'une-bonne-journée voulait dire que tous retourneraient sains et saufs de la chasse, qu'il n'y aurait aucun tué, aucun blessé. Et quand, de sa position élevée, il avait aperçu à l'écart de la horde une forme bossue inhabituelle qui se tenait au centre d'un cercle de *pte* ordinaires, il avait imaginé que ses yeux fatigués lui offraient une vision que son esprit âgé aurait souhaité voir. Aussi avait-il rejeté l'image comme n'étant pas réelle, comme une chose issue du désir de son propre esprit.

Mais à présent le saint homme comprenait ce que les puissances avaient voulu transmettre en envoyant la grande horde au Peuple et en honorant sa requête pour une journée exceptionnelle. A présent il savait qu'il avait eu une vision aussi incroyable que réelle : un *pte* blanc cheminait avec cette horde. Il n'avait pas vu s'il était *pte* ou *pta,* mais sa couleur il ne l'avait pas imaginée. Pas plus qu'il ne s'était trompé sur son âge ; ce blanc-là n'était pas adulte et avait vu tout au plus deux ou trois hivers. Mais nul, dans l'expédition, n'avait mentionné avoir vu ce jeune blanc, et tant que personne ne se présenterait comme témoin de cette chose, il n'oserait pas en parler lui non plus. Pourtant, cela n'empêchait en rien un vieux voyant de méditer sur la signification de cette extraordinaire apparition.

La joie au cœur et la pipe à la main, le vieil homme sortit de la tente toute simple. Il lança un bref regard au jeune homme qui se redressait non loin de l'ouverture. Mais quand Tokécha ouvrit la bouche pour prendre la parole, Wakankcha leva une main pour le réduire au silence et un sourire s'élargit sur le trou édenté dans son visage ridé.

— Avant que les bosses n'aient fini de rôtir, moi et toi parlerons, mais pas tout de suite.

Tendrement il posa un instant sa main sur l'épaule du jeune homme avant de s'éloigner d'un pas solide et ferme vers un bosquet d'arbres hors du campement.

Quand il eut atteint les arbres, le *wapiya* erra parmi les flèches de lumière qui se glissaient entre ceux de ce peuple-debout, silencieux et élancés. Ses yeux cherchaient parmi les herbes un certain endroit ; une place qui l'inviterait à s'allonger et à se reposer. Bientôt il trouva cette terre accueillante et, dénouant le pagne autour de sa taille, il s'agenouilla pour lisser le sol avec une plume avant que d'y allonger son corps nu. De chauds rais de lumière dansaient et jouaient sur son corps dénudé tandis que son dos ressentait la douceur rafraîchissante de la terre cachée du soleil par l'ombre des arbres. Il tapa rythmiquement sur sa poitrine, en suivant tout d'abord le battement de son cœur, puis il ralentit la cadence pour trouver celle d'une mère berçant son nouveau-né quand cette mère demande au sommeil de venir rendre visite à ce petit. Expirant un long, long souffle, l'ancêtre resta sans bouger, comme mort, à absorber le bien qui montait du sol humide et parfumé. “ Emplis-toi, voyant ! ”

murmura-t-il à l'adresse des morceaux de ciel par-dessus les arbres, puis il ferma les yeux.

De retour au campement, Wakankcha se sentait deux fois plus jeune.

A présent le prophète régénéré se tenait assis avec le jeune Khoka près d'un petit cercle de feu. Il vida les cendres d'une pipe récente sur le bord du cercle et scruta le visage du jeune homme perplexe avant de parler.

— De nombreuses choses apportent la confusion à un homme qui choisit de gravir le chemin ascendant sur la montagne de la vérité. Mais avant d'atteindre le sommet de cette montagne, le grimpeur atteint aussi à chaque étape une compréhension, l'escalade en vaut donc la peine. Bien sûr, des aides se présentent le long de ce chemin mais un homme doit regarder de près, écouter attentivement pour les trouver. Sinon, il trébuche, perd pied et même peut-être tombe-t-il.

Le vieil homme s'interrompit pour que le jeune ait le temps de saisir le sens de ses mots.

— Celui qui choisit le bien par-dessus tout, trouvera des barrières sur son sentier. Sachant cela, cet homme observera tout, réfléchira à tout tandis qu'il passe au travers de ses hivers ; car ces barrières ne doivent ni être contournées, ni être escaladées mais bien pulvérisées et détruites pour qu'elles ne se représentent pas, ailleurs, plus tard.

Le voyant fit une nouvelle pause et comprit qu'il en avait assez dit. Y a-t-il besoin de mettre de la nourriture dans une bouche déjà pleine ?

Tokécha resta assis un moment son regard perdu dans les braises, son visage toujours perplexe, ses pensées encore en désordre. Puis il parla, doucement, délibérément, s'efforçant d'exprimer avec la voix tout ce qu'il ressentait.

— Je ne comprends pas tout ce que me dit le *wapiya*, mais je garde ses mots derrière mes oreilles pour le jour où la nécessité m'amènera à les réécouter.

Le jeune Khoka resta silencieux, mais il n'avait pas achevé ce qu'il avait à dire au saint homme. Wakankcha attendit, un sourire-dans-sa-joue, ce qui allait se déverser de la bouche du jeune homme. Ou peut-être se déverser de son cœur.

— Je reconnais qu'un homme, qui se sait père, recherche un fils qui avancera dans le sillage tracé par d'autres mocassins, le fils remplissant certains manques laissés vacants le long de cette piste. Mais je sais également que les grands-pères, connaissant le danger d'une telle chose, ont inventé une cérémonie permettant à un garçon de se choisir un second père, celui-ci d'un sang différent, celui-ci ne demandant rien de tel à son fils. Dans le Peuple, nul ne met en doute l'esprit guerrier de celui qui m'appelle fils, mais moi je vois les choses d'un autre œil que mon père, j'entends les choses avec d'autres oreilles. Ainsi j'ai trouvé quelqu'un qui.... que je....

Avant que le jeune ne trébuche à nouveau, le voyant l'interrompit.

— Je connais un certain garçon depuis le jour où il respire. Je reconnais certaines choses dans ce garçon alors même que sa mère en voit d'autres quand cette femme lui donne un nom. Ainsi, depuis dix-et-cinq hivers je me connais comme deuxième-père, père-*hunka,* de ce garçon qu'il m'offre ou non un jour cette place d'honneur.

Le jeune homme avala difficilement la boule qui bloquait sa gorge tandis que son cœur se remplissait de joie. Pourtant il était venu à cette tente pour dire encore autre chose, et s'il ne parlait pas de cela dès maintenant, sa joie lui couperait la parole pour de bon et enverrait l'eau couler sur ses joues. Il s'éclaircit alors la voix et parla.

— Mon père m'entendra lui raconter encore ceci mais maintenant je m'adresse au voyant et non au père car je doute de ce que j'ai vu le jour où les *pte* furent abattus. Je chevauche dans un nuage de poussière mais mes yeux aperçoivent une chose étrange à la lisière de la horde. Je vois un groupe de *pte* ordinaires protégeant en cercle un.... ....

A nouveau Wakankcha l'interrompit, fermement.

— Ne parle pas de ce que tu ne comprends pas encore ! Quand un garçon a des doutes, il peut partager ses doutes avec quelqu'un. Mais seul un garçon encore très jeune demande à un voyant la signification de ses doutes. Mon fils va apprendre ici et maintenant que quand un homme a des doutes ou des incertitudes, il médite, réfléchit et passe ces choses en revue jusqu'à ce qu'il arrive à la compréhension. Alors seulement ira-t-il parler à un autre de cela et uniquement s'il ressent un véritable besoin d'échange. La compréhension jaillit rapidement de l'esprit et il n'aura donc besoin de personne sauf de lui-même pour donner un sens aux choses. Un homme véritable décide par lui-même.

Le regard de Tokécha se perdit encore dans les braises mourantes du feu-de-tente. Il ne ressentait aucune honte, aucun rejet de la part du *wapiya,* car il avait vu immédiatement la raison dans les mots du vieux prophète et en un instant sa décision fut prise. Rencontrant les yeux perçants du vieil homme assis qui le regardait, le jeune guerrier lui annonça sa décision.

— Dès que j'aurai vu celui-qui-contemple-le-soleil se détacher des lanières qui le retiennent au poteau-du-soleil, j'irai aux plates-formes. Je reste sur une plate-forme trois jours, trois nuits. Là, je recherche une vision. Je recherche une vision non comme un chemin qui mène à la compréhension mais pour connaître celui que je pourrai appeler à l'aide, si jamais le besoin d'une telle chose se fait sentir. Quand je descends de cette plate-forme, je reviens à cette tente et demande au voyant d'interpréter ma vision. Mais à présent je demande à ce même voyant de préparer une pipe, celle que j'emporterai aux plates-formes-des-visions.

Rapidement le jeune Khoka se releva, les yeux toujours posés sur le mince vieillard dont il se souviendrait désormais comme d'un père. Sa bouche s'épanouit en un large sourire avant qu'il ne disparaisse par l'ouverture. Puis, soudain, le visage souriant apparut de nouveau sous le rabat.

— Je m'en vais maintenant, dit-il en plaisantant, la tribu festoie.

Et il partit comme une flèche à travers le campement bruyant en direction des feux-de-cuisson.

Qui connaîtra la joie dans le cœur et dans l'esprit d'un vieux, vieux *wapiya* ? Le saint homme n'avait pas bougé de sa place auprès du cercle de feu, la place où assis il avait entendu le récit de la vision mystérieuse de Tokécha le jour où les *pte* furent tués. Et l'esprit âgé de cet homme bon, si bon, s'éleva dans les nuages au-dessus de la terre, là où volent les oiseaux-guerriers. Car les puissances avaient confirmé ce qu'il savait déjà être la vérité. Le jeune Khoka, celui qu'ils appellent le différent, marcherait peut-être dans la légende avant qu'il n'ait épuisé sa place au soleil.

Le vieil homme, dont l'esprit se dilatait, passa en revue les événements des trois, quatre derniers soleils pour être sûr de n'avoir manqué aucune des intentions des puissances. Il comprit alors que les grands-pères invisibles reliaient, apparentaient un certain jeune Khoka et ce blanc qui voyage avec la horde. Deux créatures pas encore adultes ; un quatre-pattes, connu du Peuple depuis que Ptesan apporta la pipe sacrée, et un deux-jambes, quelqu'un d'extraordinaire qui commençait seulement à montrer son aptitude au bien.

Par le trou de fumée Wakankcha envoya sa gratitude à la puissance qui voudrait bien attraper cette chose, puis il quitta sa tente. Il rendrait visite à un chasseur blessé, mangerait avec lui et festoierait avec le Peuple. Ensuite il ferait venir Takcha Ushté, car bientôt celui-ci entrerait dans la tente-des-préparations, lieu où il resterait seul trois jours et trois nuits avant d'aller danser et contempler le soleil, avant d'aller souffrir au poteau-du-soleil suspendu par des lanières attachées à des bouts de bois passés dans les entailles faites dans la peau de sa poitrine.

En vérité ces lunes chaudes éprouveraient l'endurance, le pouvoir et la bravoure de plus d'un homme ici. Peut-être même que ce campement mettrait à l'épreuve tout le Peuple, partout. Le changement, véritable gageure d'une tribu.

X

Un vent chaud mais doux soulevait des tourbillons de poussière de terre desséchée et un soleil d'été vieillissant jaunissait les herbes sauvages de la plaine. Des petits-ailés, perchés ici et là sur les branches basses des arbres, attendaient la descente du ballon de feu, tandis que les chiens de camp, ventre plein, écoutaient vautrés leur chant tranquille.... et que le Peuple dansait.

Les batteurs installèrent le grand tambour de danse en bordure du terrain de fête et commencèrent à taper doucement son cercle, d'une percussion lente et régulière. Quatre chanteuses, des femmes connues pour leur belle voix, se rassemblèrent autour des batteurs, mêlant ce son différent au doux battement. Petit à petit, comme la pulsation d'un cœur, le tambour et les voix s'amplifièrent, s'accélérèrent, s'élevèrent. Tout à coup un homme bondit au centre, à la limite du feu-de-danse flamboyant, et, accroupi, entreprit le récit d'une action audacieuse. Tourbillonnant, sautant et tapant des pieds, il fit la description de son acte de courage avant d'inviter, d'un mouvement du menton, les autres hommes à se joindre à lui et à décrire, de la même manière, leurs hauts faits de bravoure. Le terrain de danse devint alors une masse tournoyante de mouvements et de sons.

Plusieurs personnes festoyaient sur le bord du cercle de danse, observant, se balançant, fredonnant, participant tous à leur manière à la danse et célébrant la générosité de la terre. Certains danseurs, leurs forces épuisées, rejoignaient pendant un temps les observateurs et remplissaient leur estomac de viande de *pte*. Les femmes lançaient des trilles, les enfants jouaient, les hommes riaient, et même les Shahiéla prirent part à cette nuit avec leurs danses à eux.

Ainsi le Peuple exprima sa joie.

Tokécha avait pris une décision après son entretien avec le voyant. En fait il avait pris de nombreuses décisions en ce jour mais, suite à l'une d'entre elles, il allait agir.... et agir dès à présent.

Quittant la tente sacrée, le jeune Khoka partit à la recherche de Takcha Ushté mais modifia son itinéraire avant de l'avoir trouvé. "Je ne vais pas me contenter de décider seulement, se dit-il résolu. L'action qui découle d'une décision, voilà la chose importante." Il pointa donc ses mocassins vers la horde de chevaux où se trouvait le quatre-pattes bouclé de ses saisons d'enfance.

Récemment Tokécha avait parlé à une certaine femme du clan Ishna car il avait remarqué que le fils de cette femme ne marchait qu'appuyé sur un bâton. Le jeune guerrier avait voulu en connaître la raison, étant donné le jeune âge de ce fils, et la femme Ishna lui avait expliqué qu'il avait été blessé au cours d'une attaque ennemie.

Comme le font toutes les femmes pendant une attaque, celle-ci avait couru se réfugier dans une ravine, son enfant dans les bras ; les femmes et les enfants se sauvent, dit le Peuple, les hommes restent et se battent. Mais au moment où elle atteignait la ravine, un cavalier ennemi était apparu et l'avait matraquée avant de rejoindre le champ de bataille. Instinctivement, elle avait serré fort l'enfant contre elle tandis qu'elle tombait et roulait sur le bord escarpé de la ravine. Aucun cri de douleur, aucun son ne s'étaient élevés de la femme ni de l'enfant tandis qu'elle avait protégé de son corps son jeune fils durant toute la journée où s'était poursuivi le pillage des tentes de son Peuple par l'ennemi victorieux. Quand, enfin, les envahisseurs avaient déserté le campement, elle s'était traînée hors de la crevasse où elle avait atterri, son fils toujours serré contre elle, pour aller à la recherche des siens qui auraient survécu à l'attaque. Bien que l'un de ses bras pendît sans vie à ses côtés, cassé sous l'impact du violent coup de matraque, elle avait d'abord examiné son fils pour voir s'il était blessé. Alors elle s'était rendu compte que, lors de la chute, le petit garçon s'était cassé les deux jambes.

Elle avait bien trouvé certains de son Peuple encore en vie, et quelqu'un avait bien remis en place les os des jambes du fils, et les os avaient bien guéri, mais l'une d'elles avait gardé le souvenir de la blessure et toute sa vie le garçon devrait s'aider d'un bâton pour marcher.

Tokécha se remémorait l'histoire de la blessure du garçon Ishna tandis qu'il détachait les lâches entraves des pattes de la petite créature aux poils bouclés. “*Shuh, shuh,* murmura-t-il, *shuh, shuh.*” Après s’être éloigné de la horde, son cheval en longe, il s’arrêta un moment pour regarder longuement dans les yeux ce petit-là, son ami des saisons d’enfance. Fermant les yeux, le garçon-devenu-guerrier appuya son visage contre une grande et douce joue couleur de sable.... et pleura.

Maintenant le jeune homme se tenait devant la tente d’une certaine femme Ishna, enfonçant un petit pieu dans le sol puis attachant la longe à ce pieu. Se retournant vers la femme debout, un petit garçon assis à ses côtés, il parla de la voix assurée et confiante d’un guerrier.

— Le jeune fils-guerrier de cette tente possède à présent un cheval. Il est vrai que celui-ci n’est peut-être pas le plus élégant des chevaux mais il l’emmènera sain et sauf quand et où il choisira d’aller. Le fils à califourchon sur son dos n’aura aucun besoin de force dans les genoux pour le diriger, une tape sur le col suffit pour le faire tourner.

Sentant une boule se former dans sa gorge, le jeune Khoka jeta un bref coup d’œil au garçon assis qui souriait. Détachant la plume à l’arrière de sa tête, il la glissa dans les épaisses mèches de la tête du garçon. “Quelqu’un de blessé à la guerre, si jeune soit-il, mérite une plume honorifique. Moi, Tokécha, fils du chef Khoka, dis ainsi.”

Puis il s’éloigna à grands pas vers la piste de danse où il avait aperçu pour la dernière fois Takcha Ushté.

Le jeune guerrier savait qu’il n’était pas prêt d’oublier le visage d’un certain garçon quand celui-ci avait regardé le petit cheval bouclé, un cheval qui appartenait au garçon à présent et qu’il avait gagné. Ainsi Tokécha traversa le campement, sans réfléchir, tout à sa joie. Il s’émerveillait de cette chose que le Peuple appelle donner, donner-pour-recevoir.

Il est normal qu'un homme accumule des biens, dit le Peuple. Il accumule pour avoir quelque chose à donner quand il choisit de le faire. Et il est certain que les piles de cadeaux s'élèvent haut pendant les cérémonies honorifiques. Précisément, en ce moment , Wakanka était assise avec un poinçon, des nerfs et des piques de porcs-épics, et préparait des cadeaux pour honorer son fils qui bientôt danserait au poteau-du-soleil. Tokécha avait bien pensé à faire un bâton symbolisant un cheval pour l'ajouter à la pile de cette femme durant la contemplation-du-soleil. Mais ce bâton aurait pu alors être pris par n'importe qui passant devant cette pile. Bien sûr, il voulait honorer Takcha Ushté mais il doutait qu'un cheval, même un cheval à l'aspect un peu particulier, dans les mains de quelqu'un qui n'en a nul besoin, apporte tellement d'honneur à l'homme suspendu au poteau-du-soleil.... ou au cheval. Ou à quiconque !

C'est pourquoi Tokécha voyait aussi autre chose dans cet acte de don, quelque chose qui élevait son âme d'une manière nouvelle pour lui. Certes il avait honoré un petit garçon handicapé, un garçon qui avait besoin d'un cheval. Mais il avait aussi écouté la voix de son pouvoir de raisonnement pour choisir à qui il donnerait son cheval. Ce faisant, se dit le jeune homme, il avait honoré un garçon, un cheval, un pouvoir sacré et lui-même. Il trouverait bien un autre moyen d'honorer celui-qui-contemple-le-soleil. Ne se souvenait-il pas de lui comme d'un frère ?

Le jeune guerrier Khoka se tenait à la stricte interprétation de l'intention des grands-pères quand ils avaient parlé de la circulation des cadeaux. " Bloquez le flot de n'importe quoi, avaient-ils dit, de l'eau, du sang.... ou des cadeaux, et le désastre s'abat peut-être sur chacun et sur tous. Mais jamais, au grand jamais, un homme ne donnera quelque chose sans comprendre qu'en vérité il donne-pour-recevoir. Car si un homme donne sans comprendre pourquoi il donne, il déshonore l'acte et lui-même. La chose la plus importante n'est donc pas le cadeau, mais à qui il est offert.... et pourquoi."

Les Shahiéla ressentaient eux aussi le bien qui circulait dans ce grand campement et ils exprimèrent le désir d'entretenir ce lien amical. Le Peuple-peint-en-rouge avait chassé avec cette tribu et festoyé ici. Mais il se souvenait aussi qu'un chasseur avait reçu une blessure pendant la chasse, une grave blessure. C'est pourquoi les visiteurs de ce camp extraordinaire élevèrent une pile de cadeaux devant la tente de l'homme blessé. Plus de trente *pte* avaient été tués par les flèches de ceux-qui-parlent-rouge le jour de la chasse et ils firent une pile de peaux, de cuirs, de robes provenant de ces créatures, disant seulement que peut-être la famille de ce chasseur trouverait une utilité à ces choses pendant que guérissait celui qui subvenait aux besoins de cette famille.

La fête avait renforcé l'amitié de plusieurs jeunes hommes du camp et ces jeunes-là formèrent un petit groupe pour aller capturer des chevaux, un groupe qui irait sur les dunes de sable à la recherche d'une horde sauvage. Tokécha fit partie du groupe, Blohkazi également, le guerrier Kanghi déclarant qu'il désirait connaître mieux la manière dont ce jeune homme attrapait un cheval.... un cheval qui, cette fois-ci, ne connaissait pas les habitudes des hommes. La taquinerie fit sourire-dans-sa-joue le jeune Khoka, droit sur le coursier noir et brillant capturé pendant l'expédition punitive contre les Absa, mais son visage resta impassible.

Trois soleils plus tard le groupe revint, dix-et-six chevaux captifs à la traîne de l'homme qui chevauchait en tête et parmi eux de bons et vigoureux étalons. Deux, de ces quatre-pattes, appartenaient à Tokécha et Blohkazi avait capturé une autre de ces créatures mais il n'avait que louanges pour décrire les actes d'un certain preneur-de-chevaux.

— Celui-ci n'a pas vu plus de dix-et-cinq hivers, rapporta le Kanghi, et pourtant il connaît bien la langue des grands-chiens. En vérité il semble apprivoiser ces géants non par la force de son corps mais par celle de ses mots.

Entendant ces paroles, Tokécha se souvint que bien des hivers auparavant, tandis qu'il apprenait les coutumes de son Peuple, on lui avait enseigné la différence entre éducation par la force et éducation par la patience. Est-ce qu'un homme, quand il apprivoise un cheval, agit différemment d'une mère quand elle éduque son fils ? Certainement tous savent que de taper sur un enfant fait entrer en lui, et non sortir, la méchanceté.

Les réjouissances, les danses et les dons se poursuivirent sur cette terre extraordinaire. Les soleils montaient à l'horizon puis redescendaient au son lancinant du grand tambour. Quatre hommes et quatre femmes, batteurs et chanteuses, maintenaient en vie de jour comme de nuit la pulsation forte et régulière de ce cœur. Le roulement du tambour, symbole de la force du Peuple, se répandait jusque sur les vieilles herbes jaunissantes de la plaine. Une fois encore, sous ces lunes exceptionnellement chaudes, le Peuple vit le signal de l'arrivée des éclaireurs. Une fois encore, ceux-ci coururent dans le camp avec des nouvelles pour les oreilles du Peuple. Et peut-être que le Peuple avait, cette fois, une raison de s'inquiéter, mais d'abord les *wakichunsa* devaient entendre ce que les éclaireurs avaient à dire.

La respiration coupée par sa longue course, un coureur donna un coup de pied au tas de crottin de *pte* et toucha des lèvres le tuyau sacré. Puis, comme s'il avait eu une racine amère dans la bouche, il cracha un seul, mais très désagréable mot.

— *Washichu* !

Enchaînant, un autre entreprit le récit :

— Les *washichu* arrivent ! Ils empruntent la même piste que la grande horde ! Les *washichu* viennent droit sur le camp !

Un murmure d'étonnement parcourut le Peuple assemblé. L'un des décideurs, pour calmer les auditeurs ébahis, ordonna aussitôt le silence d'un geste de la main.

— Peut-être que certains ne se rendent pas compte que tous et partout.... ceux en tout cas qui ont le pouvoir de raisonnement.... suivent les pistes des hordes de *pte*, que cette horde soit grande ou non, pour arriver à une certaine destination. Car ces pistes ne mènent-elles pas à l'eau, au bois, aux racines succulentes et aux herbes ?

Se retournant vers l'un des éclaireurs qui attendait, le *wakichunsa* exigea un rapport complet des faits. S'agenouillant au sol, s'aidant de traits dans la poussière pour indiquer les directions, celui-ci commença son rapport sur le petit groupe de Blancs qui voyageaient dans la direction du campement.

— Ces *washichu* se déplacent sur du bois-qui-roule, ce que les hommes blancs appellent "chariot". Deux de ces bruyantes choses grinçantes tirées par des grands-chiens d'étrange allure, aux longues oreilles et au court museau, portent aussi trois femmes. Un homme marche devant, grand comme un grizzly, il porte aussi un bâton-de-feu. L'une des femmes guide le bois-qui-roule derrière l'homme, deux autres sont assises dans le deuxième chariot, et encore une autre femme chevauche un grand et beau cheval foncé. Celle assise sur le cheval a des cheveux jaunes !

L'homme fit une pause et indiqua d'un signe au deuxième éclaireur de poursuivre.

— Quatre porteurs-de-vérité ont observé ce groupe pendant deux ou trois jours et ils ont remarqué de nombreuses choses étranges dans les coutumes de ces Blancs. Certes, le grand homme porte un bâton-de-feu, mais il l'utilise comme canne quand il marche, alors qu'il marche sans boiter. La petite femme forte qui guide le premier chariot tient la position de vraie-femme de ce grand homme ; mais sur les autres on ne sait rien encore. Quand la femme part chercher du bois, Grand-homme la suit en portant une massue tranchante. Mais quand il veut couper un arbre vivant avec cette massue, la femme tourne la tête des deux côtés dans un geste de négation. Alors l'homme laisse l'arbre droit et ramasse plutôt des branches de bois mort qu'il porte même jusqu'à leur campement.

Plusieurs femmes dans le groupe d'auditeurs se mirent à rire en entendant le récit de cet éclaireur. “ Nous l'avons vu effleurer la pipe, il dit donc bien la vérité, dirent-elles. Mais qui peut imaginer un homme, qu'il soit grand ou non, porter du bois ou de l'eau quand son épouse est à ses côtés ? Peut-être que ce porteur-de-vérité reste trop longtemps à regarder en direction du soleil et que la chaleur a perturbé ses sens et sa vision. ”

Certains, parmi les jeunes au sang chaud dans la tribu, et qui écoutaient aussi ce récit, y virent, eux, matière à faire d'autres plans : constituer un groupe de guerre, attaquer ces peaux blanches dont le chef portait un bâton-de-feu seulement pour l'aider à marcher. Pourquoi ne pas punir ces Blancs qui voyageaient sur une terre qui ne leur appartenait pas ? Pourquoi ne pas chasser ce groupe loin de l'endroit sacré où la grande horde était venue à la rencontre du Peuple ? Et bien que d'autres histoires d'hommes blancs fussent déjà parvenues aux oreilles de ce Peuple, ces histoires ne mentionnaient que des hommes voyageant sur l'eau de la rivière et apportant des choses pour le commerce, des hommes venus sans femmes, sans famille. Peut-être que ce Grand-homme avait l'intention de s'installer sur cette terre et d'inviter d'autres hommes et leurs familles à se joindre à lui ? Peut-être même qu'il construirait un tipi sur un tipi, jusqu'à ce qu'il fût énorme, comme d'autres l'avaient fait du côté où le soleil se lève ? En tout cas, c'est ce que certaines histoires rapportaient.

Rapidement, et avant que ces discussions ne prennent de l'ampleur, les décideurs demandèrent aux éclaireurs s'ils avaient d'autres faits à exposer. Et les porteurs-de-vérité avaient ajouté encore une autre chose importante.

— Le groupe avance lentement mais régulièrement, s'arrêtant souvent pour se reposer et pour que les femmes puissent étirer leurs jambes. Mais quand Grand-homme a entendu le son des tambours de la tribu, il a ordonné au groupe de s'arrêter et de monter le camp. Tant que moi et les autres éclaireurs qui informent le Peuple de ceci, ne sommes pas revenus, les Blancs restent dans ce camp et n'avancent pas... pas plus qu'ils ne reculent.

Des clameurs ahuries parcoururent les auditeurs, mais avant que la confusion ne s'empare de tous, les *wakichunsa* dirent au Peuple que sur ce campement sacré il n'avait rien à craindre. La tribu devait se souvenir du bien qui était venu à elle sur ce sol, elle devait aussi se souvenir que des braves Tasha et Khoka campaient à la pointe-des-cornes. En aucun cas un petit groupe de Blancs n'apporterait la peur dans les cœurs d'un Peuple fort qui, bientôt, verrait ses hommes danser au poteau-du-soleil.

Sur ce, les auditeurs se dispersèrent, retournant à leurs préparatifs pour la cérémonie et les *wakichunsa* entrèrent dans la tente du conseil pour parler et fumer encore avant de décider quelque chose en ce qui concernait ces étranges voyageurs. Les éclaireurs qui avaient fait le rapport se reposeraient ici pendant que deux autres partiraient retrouver ceux qui observaient encore les *washichu*. Les *akichita*, hommes de la compagnie du cercle d'été, renforceraient leur surveillance pour le cas où l'un des jeunes guerriers essaierait de s'échapper pour aller combattre les *washichu*. Personne ne devait dépasser la limite du campement tant que les décideurs ne sortiraient pas et n'auraient pas fait connaître leurs décisions. Ainsi dirent les *wakichunsa*.

Un voyant très âgé, qui dirigeait la cérémonie de contemplation-du-soleil, se mit en quête de Takcha Ushté. Le *wapiya* allait maintenant commencer l'initiation de celui qui bientôt entrerait dans la tente de préparation.

XI

Tandis qu'il traversait le camp, Wakankcha remarqua des nuages qui cachaient des pans de ciel et le voyant alla donc immédiatement discuter avec un certain *heyoka* avant que ne commence la cérémonie. Le Peuple sait que Wahziya, l'Homme-hiver, rend parfois visite à un soleil d'été vieillissant, jetant à terre des graines de neige mordantes, des graines qui piquent la peau et cassent les herbes sèches. Mais quand les *heyoka* représentent leurs rêves, leurs visions, ils forcent Wahziya à retourner vers le pays du Nord, car l'Homme-hiver a peur de ces danseurs contraires, de ces acteurs.

Nul homme n'ira bien sûr à la recherche d'une vision-d'éclair mais le Peuple dit que celui qui cherche une vision obtient d'habitude ce qu'il demande à voir, qu'il soit conscient ou non de sa demande. Ceux qui obtiennent une vision du *wahkinyan*, la zébrure étincelante, ont besoin pour une raison ou pour une autre de cette chose-là. Ils auront besoin aussi, toute leur vie durant, de jouer la comédie et de danser d'une manière contraire.

Aucun camp, grand ou petit, ne souhaite exister sans au moins un contraire en son sein. Car les *heyoka* exécutent de nombreux actes courageux qui maintiennent le bien dans le cercle du camp, que le Peuple comprenne ou pas que ces actes, quelquefois vulgaires, ce sont effectivement des actes de courage et d'audace. Les contraires sont aussi un exemple pour les petits de tous les camps. “Regarde le *heyoka*”, dit une mère à son enfant, et l'enfant comprend instantanément que son comportement doit être à l'opposé de ce que fait le danseur. Le *heyoka* apporte ainsi son aide au travail de la mère qui instruit son enfant dans les coutumes du Peuple.

Les contraires connaissent surtout l'importance capitale du rire. Le rire n'apporte-t-il pas le retour à la raison et au calme quand un Peuple cède à la panique, la confusion ou la terreur ? Le vieux prophète ne permettrait en tout cas à personne, homme ou puissance, de jeter ces choses-là dans le cercle-du-soleil de ce campement, et ainsi s'en allait-il dire aux *heyoka* de se tenir prêts à intervenir si Wahziya venait souffler le vent froid de l'hiver en ce lieu.

Les *heyoka* avaient eux aussi remarqué les formations nuageuses dans le ciel bleu et ils se préparaient déjà à chasser toute méchanceté qui pourrait être apportée par le vent d'une vieille lune d'été jusqu'au camp. Ces *heyoka*, ces rêveurs *wahkinyan*, se tiennent en effet toujours sur le qui-vive quand l'ordre et la paix du Peuple sont menacés.

Après avoir parlé avec les *heyoka*, Wakankcha se rendit tranquillement vers un endroit familier en bordure de campement, un endroit où il savait pouvoir trouver Takcha Ushté, le guerrier Tasha, qui devait bientôt réaliser le vœu de montrer sa gratitude sous le soleil brûlant de l'été. Tout à coup le frêle vieil homme entendit certaines phrases derrière ses oreilles, des phrases dans la langue des invisibles. Et lui, Wakankcha, vieux prophète de ce Peuple, reconnut la voix de cet ancien qui lui avait apporté tant, tant d'hivers auparavant, la sagesse quand il était un jeune homme aspirant à devenir *pezuta*. “Quand le soleil agit sur la terre, la graine pousse. A partir de maintenant le jeune Wakankcha doit se souvenir de lui-même comme d'une graine, avait dit le vieux Shakéhanskah. Et n'oublie pas d'observer sa croissance, mon fils.”

Ramenant ses pensées vers l'instant présent, le voyant se dit qu'il avait toujours conservé ses phrases derrière ses oreilles, pendant tous ces hivers, pendant tout son travail sur le long chemin qui mène à la vraie-vision. Aujourd'hui Shakéhanskah avait choisi de lui rappeler ces paroles pour qu'il les utilise, peut-être de la même manière, mais pour un homme différent. Ou bien alors, peut-être, pour quelqu'un d'autre encore ! Car le voyant connaissait le lien qui existait entre un jeune Tasha, un encore plus jeune Khoka et un antique prophète, un lien qui peut-être touche la vie de tous, même de ceux à naître.

En s'approchant de Takcha Ushté, le *wapiya* vit que Tokécha aussi était assis à cet endroit, parlant avec le Tasha. Mais la tâche du voyant ne concernait à présent que celui qui se rendait au poteau-du-soleil et il ignora donc la présence du jeune Khoka, s'adressant directement à Takcha Ushté, puis il repartit.

— Moi et toi devons parler maintenant dans la tente sacrée. Amène une pipe.

Takcha Ushté sourit à Tokécha après le départ du vieil homme ; un sourire pour partager ce qu'ils savaient tous deux de cet homme remarquable dont la brusquerie ne les dérangeait jamais. Les deux hommes, sans échanger un mot, se dirent aussi tout ce qu'il y avait à dire avant que le Tasha ne parte vers une petite tente, où il avait dormi depuis son arrivée sur le campement, pour y prendre sa pipe et se rendre chez le voyant.

Un guerrier et un ancêtre Tasha fumaient ensemble dans un petit tipi sacré, usé par le temps et sans décorations. Le voyant chantait dans la langue des invisibles grands-pères. Bien qu'aucun de ceux qui entendirent le chant s'élever du trou de fumée n'en comprît le sens, tous reconnurent le signal : bientôt les danseurs entreraient dans les tentes solitaires où ils resteraient trois jours et trois nuits sans nourriture, eau, ni sommeil.

La contemplation-du-soleil commence. Une tribu se régénère en exprimant sa gratitude.

XII

La lune, presque pleine, jetait une lumière inquiétante sur un grand, très grand cercle de tentes. De nombreux tipis s'étaient dressés en effet ici depuis le coucher du soleil. Les femmes, celles des clans où des hommes avaient fait un vœu, avaient dressé dans leur village un tipi sans décorations, une tente-de-préparation pour les danseurs. Une autre tente s'érigeait également derrière celle du conseil, tout à l'arrière du cercle, à l'exact opposé de l'ouverture aux pointes-des-cornes, une tente réservée à l'acteur principal de cette contemplation-du-soleil, Takcha Ushté. Wakanka et Pazuwashté avaient dressé cette tente dès les premières notes du chant du voyant et ces femmes avaient travaillé ensemble pour offrir un endroit digne de l'homme qu'elles connaissaient toutes deux comme fils et qui se préparait à la scarification.

Cette même lune éclairait une piste de danse, délimitée par de petits pieux plantés en cercle, ainsi que d'autres emplacements réservés aux chanteurs, aux batteurs, au poteau-du-soleil et au coin de terre nue sur lequel Wakankcha placerait le crâne de *pte* et la pipe. Le cercle tribal était tourné vers le soleil levant mais celui de la cérémonie regardait vers les Pahasapa, les Monts noirs, ces vieilles pierres sacrées qui sortaient de terre à l'ouest. Les Pahasapa, résidence des mystères volants, possédaient ces plates-formes-des-visions sur lesquelles certains jeunes hommes se rendent afin d'obtenir une preuve visible de leurs aspirations pour les saisons à venir.

Wakankcha et le Tasha restèrent assis ensemble tard dans la nuit, échangeant plus souvent des pensées que des mots. Par deux fois le voyant fit brûler la sainte herbe odorante, l'herbe-qui-jamais-ne-meurt, imprégnant ses mains dans la spirale de fumée, inspirant le riche parfum. Takcha Ushté ressentait plus que jamais le besoin d'un *initi*, le bain de vapeur nettoyant et purifiant, afin de se raffermir avant d'endurer le poteau-de-soleil. Endurer ? Le Tasha comprit tout d'un coup qu'il envisageait cette cérémonie de la plus haute importance comme un test d'endurance et non comme un rite de renouveau. L'homme médita alors sur l'intention exacte des grands-pères quand ils avaient inventé cette cérémonie pour instaurer l'unité entre tous, et pour chacun.

Peu après, la voix ferme et douce du *wapiya* interrompit les pensées du Tasha.

— Au prochain coucher du soleil, tu entreras seul dans la tente-de-préparation. Maintenant, va ! Repose-toi avant que ne commence la danse d'invitation.

Quand le soleil suivant atteignit son zénith, les messagers de chaque village chantèrent pour le Peuple.

— A la tombée du soleil, couvrez vos feux. A la fin du jour, ils envoient une voix aux puissances. La voix-de-l'invitation s'élève. Couvrez les feux et soyez attentifs aux hôtes quand le soleil disparaît.

Un soleil rougeoyant était posé à la limite de l'horizon, le Peuple couvrit les feux, puis se dirigea vers le cercle de soleil. Là, l'assemblée silencieuse attendit la cérémonieuse invitation, source d'inspiration.

Les batteurs frappaient légèrement du bout dénudé de leurs baguettes le pourtour d'un nouveau tambour. Le timbre clair du voyant s'éleva dans la chaleur de la plaine ; le saint homme avait entonné le chant d'invitation et les danseuses, quatre jeunes femmes n'ayant encore pas connu d'hommes, entamèrent la danse-d'envol-des-batteurs-d'ailes, ces ailés qui vivent là où dort le soleil.

— Le Peuple vivra.

Le chant du voyant avait ainsi commencé.... et fini.

Ceux-qui-contemplent-le-soleil attendaient au centre, le corps droit, élancé et fort.

D'un coup, le battement de tambour mourut : dix-et-sept contemplateurs se mirent en branle, en direction de leurs villages et des tentes-de-préparatifs que les femmes de leur clan avaient dressées là pour eux.

Takcha Ushté s'immobilisa un instant sur le seuil de la principale tente-de-préparatifs jusqu'à ce qu'eussent disparu les autres danseurs. Il vit du coin de l'œil les feux reprendre au fur et à mesure que le Peuple découvrait les braises. " Flamme, s'émerveilla-t-il, sur et sous la terre. " Puis il se baissa pour passer sous le rabat de la tente, le vieux prophète à sa suite.

Et les deux hommes s'assirent devant un petit feu. Méditant un moment, celui-qui-contemple-le-soleil fit un autre serment silencieux. Il se jura d'aller au poteau pour apprendre quelque chose, pour connaître quelque chose de plus sur cette cérémonie sacrée et sur lui-même. Certes, il se suspendrait au poteau-du-soleil par gratitude envers tout le bien qu'il avait reçu, mais il ne souffrirait pas seulement pour donner au Peuple une preuve d'endurance.

Observant le visage sévère de celui-qui-contemple-le-soleil, Wakankcha posa une main apaisante sur l'épaule de l'homme.

— Pas maintenant, toi-qui-contemples-le-soleil, attends le poteau.

Puis le vieil homme quitta la tente, laissant Takcha Ushté à une longue nuit de méditation. Durant ces trois prochains jours et nuits, celui-qui-contemple-le-soleil avait en effet l'intention de décrypter tous les sens des nombreux rituels qui composent cette grande cérémonie. L'homme en quête de vérité remplit donc le fourneau de la pipe, retira une braise du feu et fuma.

« Winkté compose tous les chants entonnés pendant la contemplation-du-soleil. » Ainsi avait dit Wakankcha.

Car qui mieux qu'un *winkté*, un double-esprit, peut ressentir toutes choses comme les perçoivent les hommes.... et les femmes ? Winkté, venu au monde dans un corps d'homme mais avançant dans ses hivers telle une femme, possédait ce double-esprit, ce qui n'était pas fréquent parmi le Peuple de la plaine. Mais quand un de ces rares-là apparaissait dans un clan, le clan comprenait alors le bien que les puissances lui avaient prêté. C'est en tout cas ce que disaient les Tasha, car ils connaissaient cet étrange-là depuis plus de vingt hivers et s'émerveillaient encore de ses chants et de sa voix aux tonalités d'oiseau.

Le Peuple évoqua son sang guerrier en ce matin du deuxième jour de la cérémonie où dix-et-six hommes partirent à cheval pour "attaquer" l'arbre choisi pour devenir poteau-du-soleil. Le principal-qui-contemple-le-soleil avait désigné Ahpepi pour "chasser" cet arbre. Ahpepi, chasseur vénéré des Tasha, l'homme avec qui ce-même-qui-contemple-le-soleil avait appris et chassé dans sa jeunesse. Qui mieux donc qu'Ahpepi pouvait décider sous quel arbre Takcha Ushté souffrirait ? Les dix-et-six démarrèrent dans un nuage de poussière comme lors d'une bataille et le soleil avait déjà dépassé son zénith quand les tambours annoncèrent leur retour.

Celui-qui-contemple-le-soleil sut, au son des tambours lancinants, que les guerriers étaient rentrés et il tendit l'oreille pour entendre les descriptions d'un Peuple excité par la progression des porteurs-d'arbre vers la piste de danse. Suivit un silence pendant que Wakankcha préparait le *paza*, le nom ancien de l'arbre, et couvrait le poteau de rayures rouges.

Des rayures rouges ! Au fait, pourquoi des rayures rouges ? Celui-qui-contemple-le-soleil rassembla ses pensées sur l'importance de cette couleur éclatante.

Rouge, le symbole d'un esprit qui ne meurt pas : le sang d'un Peuple, les vivants et ceux à naître. Et si le rouge symbolise le sang de ceux à venir, alors certainement, ce même rouge est symbole du pouvoir de régénération et des générations qui plus tard fouleront la plaine. Rouge, la couleur d'un soleil couchant, d'une blessure jaillissante et souvent aussi d'une grosse lune pleine. Si un homme veut montrer une grande affection pour sa femme, ne lui peint-il pas les joues et la raie de ses cheveux en rouge ? Le rouge, alors symbole de tendresse.

Puis, celui-qui-contemple-le-soleil se souvint d'une autre utilisation du rouge : la robe, celle dont se servait le Peuple pour envelopper ses morts. Mais pourquoi une bannière rouge flottait-elle au sommet d'un poteau-du-soleil ?

Bien que le Tasha se souvînt de plusieurs choses concernant le rouge, plusieurs choses importantes, pourquoi donc n'avait-il pas compris le sens de ces choses ?

A ce moment là, Takcha Ushté entendit les bruits d'un Peuple en train de nouer un paquet feuillu à l'intersection des poteaux, tandis que ceux qui avaient amené ce bois commençaient à tirer sur les lanières qui devaient lever puis redresser l'arbre. Hommes et femmes entonnèrent le chant que Winkté avait écrit pour cette cérémonie d'érection du poteau. Au quatrième essai les lanières amenèrent l'arbre à sa juste place, exactement dans le trou préparé par le *wapiya*. Le Peuple, son chant fini, tourna ses yeux vers Wakankcha qui s'éloignait du poteau dans la direction de l'ouverture du cercle. Là, le voyant commença à défricher un morceau de terre, non pas en forme de cercle mais d'un carré aux coins arrondis d'où saillaient quatre pointes. Quand le sol fut dégagé, il somma son auditoire.

— Observez cette terre souple. Ici réside une force de vie pas encore utilisée. Ici le *taku shkan shkan* est disponible et à la portée de tout homme, s'il le désire.

Puis le saint homme répandit à côté de la terre dénudée une mince couche de sauge où reposerait le crâne de *pte* et le râtelier à pipes.

Ces préparatifs terminés, le vieux prophète fit un signe au Peuple pour qu'il installe un endroit frais à l'intention des spectateurs de la contemplation-du-soleil, un pare-soleil qui entourerait une grande partie du cercle de cérémonie, cette structure devant être terminée avant que ne décline la lumière.

Juste avant la disparition du soleil, le voyant s'approcha de la principale tente-de-préparation une corne bouclée en guise de bol à la main, remplie de bouillon de racines, aucune autre boisson n'étant permise en ce lieu. L'homme portait aussi un petit disque de peau de *pte* rigide barré de deux lignes qui se croisaient au centre : ce disque, quelque chose que celui-qui-contemple-le-soleil devrait porter autour du cou pendant qu'il danse. Mais le Tasha, ignorant ces choses, resta assis, effondré, mal à l'aise, ayant visiblement perdu la maîtrise de lui-même durant son séjour dans la tente.

— Tu as recherché cette expérience, toi-qui-contemples-le-soleil. Alors, va à sa rencontre ! Tu prouves quelque chose ici et tu donnes quelque chose, mais apprends aussi et donc reçois. Ce bouillon réclame un lieu. Bois !

Le *wapiya* avait parlé rudement, et celui-qui-contemple-le-soleil avait rapidement redressé ses épaules voûtées et essayé de reprendre le contrôle de lui-même. Piqué par le ton de cette voix, le Tasha comprit ce que voulait lui dire le vieil homme et il retrouva la paix. Il but quatre lampées du bol tendu par l'ancêtre sacré.

Avant de quitter la tente, Wakankcha jeta un bouquet de sauge fraîche sur le cercle du feu. En se consumant, cette herbe odorante redonna du courage à celui-qui-contemple-le-soleil qui put alors mettre de côté toutes pensées sans rapport avec ce que le Peuple nommait *shkan*, *taku shkan shkan* : ce quelque chose en mouvement, cette force de vie qui circule.

— La puissance vitale recherche l'équilibre, dit-il aux braises flambantes, deux, ou deux fois deux. Terre et ciel, homme et femme, soleil et lune, chaud et froid, liquide et souffle, racine et tige, feuille et fleur, quatre directions. La force de vie suit un rythme, le battement régulier du cœur.

Le Peuple ne chante-t-il pas chaque chanson deux fois ou encore deux fois ?

Sa voix, à présent hardie, forte, apostrophait le cercle des braises rougeoyantes.

— Moi, qui-contemple-le-soleil, j'observe aussi ce rythme, cet équilibre. Moi-qui-contemple-le-soleil, j'existe par le corps et par l'esprit, dans mon sang et dans mes os, en pensée et en essence, au travers de la raison et au travers de la vérité. Moi-qui-contemple-le-soleil, deux et deux fois deux. Pourtant, moi-qui-contemple-le-soleil, n'ai pas le pouvoir de faire revivre une lune mourante ou un soleil couchant. Seule la force de vie dirige ces choses. Pourquoi donc ?

S'affaissant à nouveau, le regard fixé sur le vide de la tente, le Tasha comprit qu'il avait commencé à sonder les mystères, ces choses que l'on ne questionne pas. Il ramena son esprit à la raison, remplit une pipe, puis reprit le chemin de la vérité.

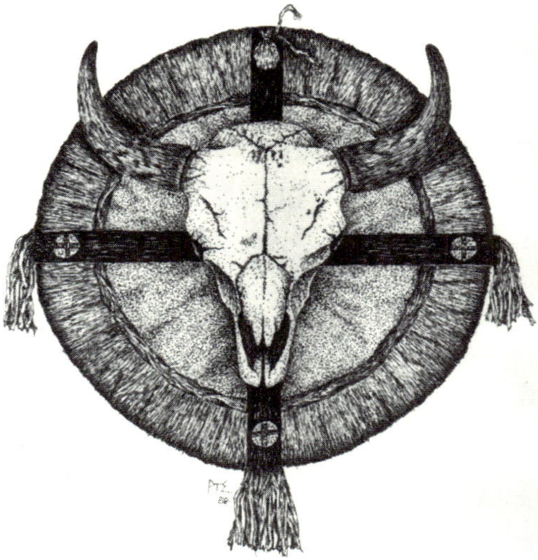

XIII

Une seconde longue nuit avait commencé sous les tentes-de-préparatifs pour ceux qui s'apprêtaient à contempler le soleil, mais pour le Peuple une nuit d'une tout autre nature débutait. Quand la structure qui devait protéger du soleil fut solidement érigée, ceux qui s'étaient joints aux rituels de ce jour firent quatre fois au galop le tour de ce cercle, le martèlement des sabots scandant la mesure de leurs chants. Les voix de femmes se mêlèrent à la mélodie des hommes, les femmes adressant leur chant vers la terre et les hommes vers le ciel.

Puis l'assemblée se clairsema et le Peuple quitta le cercle du soleil pour s'en retourner vers les villages. En cette nuit-là, certains membres de la tente *akichita* avaient l'intention de se peindre et de déambuler dans le campement en chantant et dansant. Les jeunes femmes de la tribu et les vieilles qui les surveillaient se rendirent, quant à elles, directement à leurs tipis d'où elles ne sortiraient plus avant que ceux-qui-contemplent-le-soleil ne se rendent au poteau. Car le soleil suivant se lèverait sur la troisième journée de cérémonie, une journée où tout est permis, une journée de privilèges inhabituels.

Explosant à la limite de la terre, ce soleil matinal vit un *heyoka*, qui portait des images de *pte* et d'homme, grimper au poteau-du-soleil et accrocher ces formes masculines au nid symbolisé à l'intersection des poteaux. La journée des blagues salaces et des rires gras pouvait démarrer, une journée durant laquelle homme ou femme peuvent choisir de satisfaire un besoin naturel si tel est leur désir.

“ Quiconque, dit le Peuple, utilise ce soleil pour tester sa puissance ou connaître une jeune femme comme épouse, doit le faire de manière discrète car personne ne souhaite que cet acte apporte de la peine. ” Pourtant, aucune femme n'oserait marcher seule en ce jour sur le chemin de l'eau ou du bois. Partout, les jeunes femmes pures des clans réunis resteraient assises derrière les bâtons croisés, sans quitter la tente ou admettre de visiteurs, et sous l'œil vigilant des mères et grands-mères.

Le soleil monta puis redescendit. Et quand celui-qui-apporte-la-chaleur toucha à nouveau terre, les flèches des huit arcs des pères-guerriers arrachèrent les effigies permissives du poteau-du-soleil, signant la mort du soleil-des-privautés.

Tandis que ce soleil disparaissait, Wakankcha retrouva celui-qui-contemple-le-soleil dans la tente-de-préparation. Le Tasha toujours assis, épuisé, vidé, luttait contre le sommeil.

Le voyant observa pendant un moment le contemplateur-du-soleil fatigué, puis, mouillant une poignée d'herbe, il en approcha les tiges des lèvres de l'homme. Les privations avaient fait ressortir les os du visage et creusé les joues du fort guerrier Tasha; on aurait presque pu lui donner l'âge du *wapiya*. Wakankcha remplit alors une pipe, la dernière que ces deux-là fumeraient avant que ceux qui en avaient fait le vœu se rendissent au poteau.

La pipe finie, Wakankcha resta assis à observer l'homme à ses côtés dans sa globalité. Il sut alors que, quoi qu'il arrivât à celui-ci quand il serait au poteau-du-soleil, cela aurait lieu à l'intérieur de cet homme et que les mots désormais ne représentaient rien d'autre qu'une distraction. Ce contemplateur avait atteint un niveau de compréhension supérieur, reconnaissant à son propre esprit, et à lui seul, le pouvoir de contrôle. Ce serait lui à présent, Takcha Ushté, qui dirigerait cette cérémonie. Malgré cela le voyant donna encore une ultime graine-pensée à ce fils Tasha, murmurant presque :

— Souviens-toi, toi-qui-contemples-le-soleil, de ce que tu sais depuis tous tes hivers. Ce qu'un homme reconnaît, lui appartient. Identifie le pouvoir-de-vie, reconnais cette force de vie qui va en permanence dans toutes les directions. Tu es assis, vide, prêt à éprouver quelque chose. Un cercle de *shkan* t'entoure. Remplis-t'en !

Le contemplateur démuni vit les talons des mocassins en lambeaux disparaître par l'ouverture de la tente et sut ainsi que le vieil homme ne lui offrirait pas, avec ou sans cérémonie, le soulagement d'un *initi*. Le voyant attacherait non pas un homme à ce poteau-du-soleil mais une coquille peinturlurée. Quoi qu'il eût à faire d'autre que danser et souffrir durant cette cérémonie, la coquille peinte ne le découvrirait qu'au fur et à mesure de ses besoins.

Ce défi réveilla en un instant tous les sens du corps épuisé de celui-qui-contemple-le-soleil, un défi destiné peut-être à renforcer sa puissance quand il verserait son sang sur la terre près du poteau-du-soleil. Mais avant d'accepter les entailles et d'être transpercé dans la chair de sa poitrine par les bâtons, il danserait sur cette terre là, dure sous ses pieds, il danserait et maintiendrait en permanence le contact avec la seule chose connue de lui en laquelle il pût avoir confiance, la chose qui donne tout afin que le Peuple puisse vivre : la terre.

Petit à petit le Tasha vit une calme raison revenir dans cette tente auprès de l'homme assis là, un homme qui avait semblé tout autre pendant un moment. Takcha Ushté comprit qu'il avait déjà commencé à recourir au *shkan*, à se "remplir" comme le lui avait suggéré le voyant. Car le sens des choses sur lesquelles il avait ici médité commençait à pénétrer en lui. Pourquoi la couleur rouge ? Pourquoi le bouillon de racines ? Pourquoi la force de vie ? Et pourquoi ce poteau-du-soleil ? Ou même encore pourquoi toute cette cérémonie ? Pourquoi ? Pourquoi ? Pourquoi ? Pourquoi ?

La même raison reliait sans bruit ces choses et d'autres encore. Le besoin. Le rouge, le bouillon de racines, la force de vie, la cérémonie, n'importe quelle cérémonie, tout cela symbolisait une autre chose, dont le Peuple avait besoin pour être en accord avec une certaine manière de vivre, pour trouver l'équilibre durable à l'origine de tout. Sans symbole, comment le Peuple pouvait-il se raccrocher au bien de ce "quelque chose en plus" ? Le symbole ne fait qu'envelopper la vérité qu'il contient mais il est quelque chose dont quelqu'un peut se saisir, s'emparer quand il en éprouve le besoin.

Sentant une force nouvelle se glisser dans son corps épuisé, celui-qui-contemple-le-soleil regarda la pipe posée sur le râtelier à ses côtés. Avec des gestes doux, il souleva cet objet sacré et le plaça sur son cœur. Poursuivant son idée, il commença à remplir solennellement le fourneau en pierre rouge. Alors, semblant provenir des braises flamboyantes devant lui, une voix tranquille emplit l'obscurité de la tente. Mais la voix était bien la sienne.

— Tu remplis une pipe, toi-qui-contemples-le-soleil. Tu fumes et par ce geste tu t'engages à la vérité.

Reposant le fourneau rouge sur la terre près de la pointe de son mocassin, le Tasha contempla longuement cette chose sacrée entre toutes pour le Peuple. Il n'allait certainement pas évoquer ici toute la légende de la pipe, d'ailleurs les légendes ne se récitaient que pendant le temps des lunes froides, mais il recherchait ce qui, dans cette légende, lui permettrait de mener à terme sa réflexion.

Le guerrier Tasha comprit rapidement que cette pipe, cet objet si sacré, n'était lui aussi qu'un symbole, un objet dans lequel la vérité est enveloppée et peut-être même dissimulée. Ne fût-ce qu'un effleurement de son tuyau, disaient-ils, oblige à dire la vérité. Et donc, depuis le temps où Ptesanwin, la-blanche-*pte*, avait apporté la pipe au Peuple, les hommes fumaient ensemble avant de parler, avant de tenir conseil, avant, pendant et après toute cérémonie, avant et après toutes choses.

Tenant toujours la pipe dans ses mains, Takcha Ushté étira ses bras devant lui et leva ses yeux cernés de noir vers le trou de fumée de la tente. Regardant les étoiles au-dessus de ce trou, il exposa sa découverte aux petits soleils-de-la-nuit.

— Cette pipe est le symbole de la vérité, par-dessus tout elle est sacrée, mais sans un homme pour aspirer la fumée de son tuyau, cette pipe n'est rien d'autre qu'un morceau de bois et de pierre. L'homme, donc, est la chose sacrée. Si son esprit et la vérité se réclament de la même essence cependant.

Ramenant la pipe vers sa poitrine, celui-qui-contemple-le-soleil allongea son corps fatigué sur la terre chaude proche du feu mourant, ferma les yeux et s'endormit.

Pendant que tous-ceux-qui-contemplent-le-soleil se préparaient à aller au poteau, Tokécha, lui, employa son temps à approfondir ses connaissances et ses réflexions. Le jeune Khoka rendit visite aux villages de ce grand campement pour se rendre compte des différences entre leur nature et celle de sa tribu. Il fit aussi la rencontre de certains Shahiéla, s'imprégnant intensément des habitudes quotidiennes de ceux-qui-parlent-rouge. Bien sûr, ceux du Peuple-peint-en-rouge ne lui racontèrent pas leurs légendes, car en cela leur coutume rejoignait celle de son Peuple : les légendes appartiennent aux lunes froides, avaient-ils dit, à la période des hommes-dans-les-tentes, des familles assises ensemble. Mais ils lui décrirent leurs cérémonies sacrées, leurs objets sacrés et il put y remarquer des ressemblances entre les deux tribus.

En rendant visite à ce cercle tribal d'été, les Shahiéla avaient eux aussi pu remarquer les similitudes entre la contemplation-du-soleil et leur importante cérémonie d'été, qu'ils nommaient la cérémonie-du-chapeau-sacré. D'ailleurs ceux-ci s'apprêtaient à quitter sous peu leur place de visiteurs de ce camp pour retourner vers leur Peuple et prendre part à leur propre cérémonie sous la vieille lune d'été. De plus, ce Peuple, bien qu'il utilisât lui aussi une pipe pour se relier à la vérité, possédait autre chose pour préserver l'unité et la force : des flèches sacrées et quatre arcs qui lui avaient été apportés il y a de cela bien des hivers quand le Peuple avait eu grand besoin de quelque chose de bon. Ce symbole du bien, tout comme la pipe pour un certain Peuple, lui avait été donné par une messagère.

D'écouter les histoires de ces objets sacrés amena Tokécha à se poser de nombreuses questions sur la signification de certains mots. Et il s'interrogea encore plus sur leur sens en écoutant d'autres histoires de *washichu*, ces Blancs qui campaient non loin de ce site.

Certains, en parlant de ce groupe de *washichu*, avaient parlé "d'ennemis" et soudain le jeune Khoka s'était rendu compte à quel point ce mot avait perdu pour lui tout son sens.

Il se remémora le temps où le Peuple avait parlé des Shahiéla comme de ses ennemis, alors qu'à présent ces mêmes personnes étaient reçues ici en invités d'honneur, avaient trouvé de la viande sur un terrain de chasse sacré et avaient honoré un chasseur blessé d'une pile de cadeaux et de plusieurs peaux. Bien sûr quand quelqu'un, n'importe qui, vient menacer la perpétuité du cycle des vies du Peuple, celui-ci l'appellera ennemi et le combattra. Pourquoi cependant appeler un autre homme ainsi uniquement parce qu'il campe à un certain endroit, passe par un certain chemin…. ou peut-être possède une certaine nature ?

De nombreuses choses nouvelles avaient rendu Tokécha songeur durant ces deux, trois derniers soleils, mais il décida de laisser ces pensées de côté pour l'instant. Quand l'obscurité s'effacerait devant la lumière, ceux-qui-contemplent-le-soleil s'avanceraient vers le poteau et commenceraient à danser et à souffrir. Rien n'avait plus d'importance à ses yeux que le bien qui pourrait échoir au participant le plus important de la cérémonie, quelqu'un dont il choisissait de se souvenir comme d'un frère.

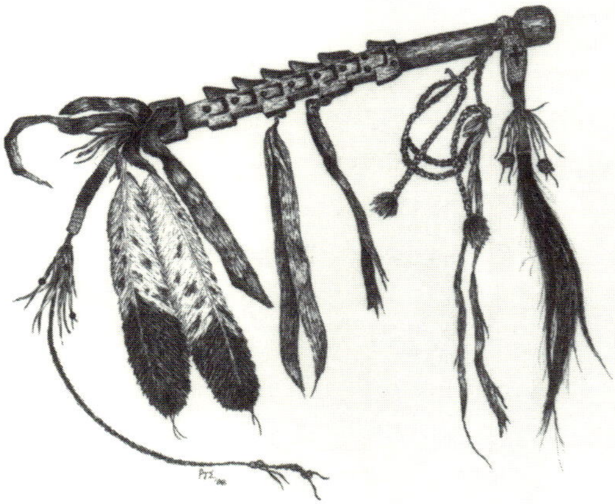

XIV

Des petits soleils-de-nuit souriaient de toute leur brillance dans le ciel obscur au-dessus des nombreuses tentes de cet extraordinaire cercle tribal d'été, et ces mêmes étoiles écoutaient silencieusement les douces sonorités de la voix d'un ancien prophète qui chantait, dans la langue des grands-pères invisibles, pour les puissances, quelles qu'elles fussent, qui planaient au-dessus de la tente sacrée, usée et en lambeaux. Par trois, quatre fois il brûla l'herbe éternelle, imprégnant ses mains, ses bras et son visage dans les volutes de l'odorante fumée qui emplissait la petite tente. Tandis qu'il chantait, ses mains purifiées façonnaient un os d'aile de *wambli* pour le transformer en sifflet – cet objet, quelque chose qui trouverait sa place autour du cou d'un certain-qui-contemple-le-soleil et qui lui servirait, s'il le désirait, à envoyer un message aux puissances pendant qu'il danserait. Après avoir décoré le sifflet tel que la coutume l'exigeait, le voyant mit cette chose de côté et, s'emparant d'un deuxième os, fabriqua un autre sifflet identique au premier. Celui-ci en cadeau pour quelqu'un d'appelé Tokécha, le différent, quelqu'un qui lui aussi pourrait avoir besoin d'envoyer une voix vers le ciel.

Les sifflets terminés reposaient côte à côte sur la couche de sauge près de la chaleur du cercle du feu et le vieil homme envoya les paroles d'un autre chant à travers le trou de fumée vers le ciel noir au-dessus. Il saisit alors deux petits sacs de peinture en poudre et quitta la tente en direction du centre et de la tente-principale-de-préparation où Takcha Ushté l'attendait assis.

Juste avant que n'apparût l'étoile du matin, un voyant ancestral, ridé, se tenait face à un certain-jeune-qui-contemple-le-soleil, vidé. Le voyant, mélangeant la poudre de terre rouge avec de la graisse, lui enduisit tout d'abord le corps et le visage de cette mixture. Ceci fait, il mélangea de la poudre noire de bois brûlé avec sa salive et, avec un petit bout de bois, peignit des cercles noirs autour de la bouche de l'homme, de ses chevilles, de ses poignets, de ses épaules. Quand il voulut tresser les cheveux de celui-qui-contemple-le-soleil comme la cérémonie l'exigeait, le saint homme vit le Tasha reculer, refusant cela. Les yeux perçants de Wakankcha rencontrèrent un regard de défi quand il leva les siens vers le visage émacié devant lui. Le jeune-homme-devenu-vieux prononça les premiers mots échangés par ces deux-là depuis que le *wapiya* était entré dans la tente :

— Les mèches restent libres. Je le décide ! J'offre à mon esprit le pouvoir de voler.

Le visage impassible du vieil homme ne trahit rien des sourires dont son vieux cœur dans sa poitrine s'emplissait, bien qu'il sût aussi ce qui attendait celui qui bientôt danserait en contemplant-le-soleil. " Quelqu'un s'ouvre, se dit-il, commence à faire bon usage du *shkan.* "

Wakankcha noua le disque en peau de *pte* rigide ainsi que le sifflet de *wambli* autour du cou du Tasha, et, levant les bras, il plaça une plume dans les longs cheveux noirs et détachés de l'homme. Puis il parla doucement.

— Je m'en vais à présent. A mon retour, je serai suivi de dix-et-sept danseurs. Ils se posteront autour de cette tente pour attendre le plus important de ceux-qui-contemplent-le-soleil afin qu'il conduise les autres au poteau-du-soleil. Les sages t'offriront des phrases sacrées qu'il faudra chanter en dansant. Ces.... ....

Le Tasha l'interrompit effrontément :

— Moi, Takcha Ushté, n'ai plus besoin d'autres mots.

Se glissant par l'ouverture, le *wapiya* se fondit dans la nuit pâlissante.

La lumière de l'étoile du matin clignota sur les visages attentifs de ceux du Peuple, presque tous apparentés aux danseurs, qui attendaient, déjà peints, sur la piste de danse. Mais, au fur et à mesure plus nombreux quand la nuit eut disparu, d'autres s'approchèrent du cercle du soleil, le poteau-du-soleil se dressant haut au-dessus de la plaine brûlée. Nul ne parlait dans l'assemblée solennelle car toutes les pensées allaient vers ceux qui danseraient ici. Et ils attendaient.

Bientôt le Peuple vit une rangée d'hommes qui se déplaçait vers le centre du campement. Un vieux prophète marchait en tête, portant une pipe, ses mains et son visage peints en rouge, une robe effilochée accrochée à ses fines épaules. Les observateurs virent cette colonne s'arrêter devant une tente, toute simple, à l'arrière du grand tipi du conseil. Ils virent le plus important de ceux-qui-contemplent-le-soleil sortir de cette tente, se placer à l'avant de cette colonne et la conduire vers le cercle de danse. Et au moment où, derrière Takcha Ushté, le voyant pointait le tuyau de la pipe sacrée vers le cercle rouge qui flamboyait là où la terre et le ciel se rencontrent, le Peuple ressentit les résonances du grand tambour. Puis il entendit la voix du saint homme qui entonnait le chant d'ouverture.

Par quatre fois la forte voix répéta le même chant, ceux-qui-contemplent-le-soleil se tournant à chaque fois vers une autre direction.

— Grand-père, écoute-moi. Depuis la terre, sur le souffle de la terre je te fais parvenir une voix. Le Peuple vivra.

Le chant terminé, Wakankcha s'approcha du carré de terre souple qu'il avait préparé et y plaça le fourneau de la pipe sur le crâne de *pte*, reposant le tuyau sur le petit râtelier à son côté. Puis, ceux-qui-contemplent-le-soleil avancèrent sur la piste de danse et formèrent un cercle autour du poteau, laissant un espace vide pour ne pas refermer le cercle.

Takcha Ushté ne bougea pas.

Le principal contemplateur-du-soleil se tenait droit, les yeux fixés sur le symbole du nid placé au croisement des poteaux et sur la bannière rouge immobile suspendue à ces branches. “ Peut-être, pensa-t-il, que la peau rouge devient une robe-de-mort dans laquelle ils enveloppent le corps exténué d'un certain danseur principal. Mais pas tout de suite ! ” Et il commença à balancer son poids, du talon à la pointe du pied, sur une jambe puis sur l'autre. Ce pas, celui des danses de cérémonie, avaient dit les grands-pères.

Batteurs et chanteurs mêlèrent leurs voix en un seul chant.

Wakanka et Pazuwashté arrivèrent alors au cercle du soleil, chacune flanquée d'un cheval tirant un travois chargé de hautes piles de cadeaux pour honorer un fils-qui-contemple-le-soleil. Ni l'une ni l'autre des femmes ne permirent à leurs yeux de se tourner vers les danseurs. En revanche, toutes deux détachèrent les travois de leurs chevaux et se dirigèrent vers les feux de fête dont elles avaient la charge ; elles savaient que ceux qui, en ce jour, voudraient une viande savoureuse la trouveraient auprès de feux Tasha et Khoka. Plusieurs jeunes femmes, dont deux ou trois prisonnières Absa qui avaient commencé à parler la langue de leurs ravisseurs, avaient demandé à s'occuper de ces feux pour libérer les femmes des chefs occupées à des choses plus importantes. Parmi ces captives, on pouvait reconnaître celle à qui Tokécha avait donné un minuscule fourreau vivant le jour de l'expédition punitive Kanghi.

La jeune femme Absa avait refusé de faire connaître son nom aux vieilles édentées qui surveillaient les captives et ces harpies avaient eu beau la harceler, la taquiner et la tourmenter pour essayer de lui arracher de force son nom, celle-ci n'avait pas cédé tout en se refusant également à ressentir de la colère envers ses persécutrices. La captive, quelqu'un de peut-être dix-et-six hivers, avait exécuté toutes les tâches que les vieilles lui avaient attribuées, sans donner dans les habituelles récriminations ni tomber dans le langage ordurier qu'utilisaient souvent les captives à l'encontre de leurs gardiennes. Quand un vieux fabricant d'arcs avait requis une autre paire de mains pour seconder sa femme, elle l'avaient autorisée à prendre cette place dans la tente. La captive avait donné son accord, mais elle avait dit aussi fermement qu'elle ne consentirait pas à devenir la deuxième femme de cet homme.

L'épouse du fabricant d'arcs avait trouvé bien agréable d'avoir en renfort dans sa tente les fortes mains de la jeune Absa mais elle avait été affligée de voir qu'à elle aussi la captive refusait de donner un nom par lequel l'appeler. Le fabricant d'arcs, qui avait tout de suite remarqué les grands yeux ronds et les mouvements rapides de la nouvelle femme dans la tente de son épouse, avait mis un terme à ces problèmes de nom en lui donnant celui de Tahwiyéla, petite biche. « Peut-être qu'ainsi, marmonna-t-il, le calme reviendra auprès d'une certaine épouse préoccupée. »

Tahwiyéla, satisfaite du nom, avait fait preuve d'une disposition plaisante et ils avaient vite consenti à laisser la jeune femme partir seule à la recherche de bois ou d'eau et même à faire de petits tours dans le campement parmi le Peuple. Au cours d'une de ces promenades, la captive avait demandé à avoir le privilège de s'occuper du feu de fête des Tasha.

Le Peuple regardait. Le soleil monta et descendit. Et les mouvements traînants de ceux-qui-contemplent-le-soleil se poursuivaient.

Le voyant se tenait assis, jambes croisées, près du carré de terre dégagé sur lequel étaient disposés la pipe et le crâne de *pte*. Le vieil homme avait autorisé les danseurs à prendre quatre pauses, de courte durée. Certains, parmi les danseurs, s'étaient assis sur leurs robes en attendant que le chant du vieil homme les rappelle à la danse. Mais pas Takcha Ushté. Celui-ci était resté debout, là où il avait dansé, immobile, les yeux fixés sur le pourtour du soleil, refusant la sauge fraîche dont les feuilles sont connues pour enlever la fatigue qui accompagne l'effort et que les jeunes femmes proposaient aux danseurs pour essuyer leur front.

C'est à ce détail que Wakankcha comprit que le danseur principal suivait à présent un rythme différent, ce rythme, le sien.

Le chant du *wapiya* résonna encore dans la nuit tombante. Ceux-qui-contemplent-le-soleil se remirent sur leurs pieds et reprirent les pas de cérémonie talon-pointe et ceux de Takcha Ushté l'emmenèrent déjà vers le poteau. Puis la nuit s'en alla vers le matin. Les très vieux et les très jeunes dormirent mais la plupart restèrent assis, émerveillés, reconnaissants envers le bien qui émanait de cette grande cérémonie du renouveau.

L'un des observateurs, Tokécha, restait à l'écart car il avait choisi d'offrir toute la force de son esprit à celui-qui-contemple-le-soleil, quelqu'un qu'il connaissait comme un frère-ami. Le jeune Khoka gardait les yeux fixés sur la forme qui doucement se mouvait et dont la silhouette se détachait sur l'obscurité du ciel. Ne sachant pas comment envoyer sa force au danseur, il fit le vœu de ne pas quitter l'homme des yeux, tout comme l'homme ne quitterait pas des yeux le soleil.... ou le ciel étoilé. « Peut-être que quelque chose d'utile emprunte le chemin du regard de moi vers mon frère, se dit-il, quelque chose dont Takcha Ushté ressent le besoin. »

Parmi ceux qui vécurent la nuit-quand-elle-passe-par-son-milieu, se trouvait aussi Woksapa, père de sang de celui-qui-contemple-le-soleil. Le chef Tasha, debout près d'un groupe de personnes silencieuses, observait non seulement un fils-qui-danse mais aussi un jeune Khoka assis qui ne quittait pas des yeux ce fils. Sans bruit, il fut rejoint par Wiyaka, le chef Khoka, qui apparut à ses côtés. L'homme regarda lui aussi pendant un temps dans la direction du poteau, puis prit doucement la parole.

— Ces deux-là forment peut-être un lien semblable à celui qui nous unit, que ces deux-là l'officialisent un jour ou non.

Woksapa se retourna vers celui qu'il avait appelé frère depuis tant et tant d'hivers. Il se souvint de toutes les bonnes choses qui avaient résulté du lien formé avec cet homme qui maintenant dirigeait le clan appelé Khoka. Il autorisa alors sa mémoire à lui offrir une image de ses saisons de jeunesse, de ses saisons de garçon, une période où il ne reconnaissait pas encore Wiyaka comme frère.

Nombreux étaient ceux qui avaient gardé le souvenir de ce jeune Wiyaka agité, insouciant, écervelé, qui se jetait à toute force dans des actes impulsifs et destructeurs, responsable, plus souvent qu'à son tour, de dégâts dans le campement. Pourtant le jeune Woksapa Yuha avait vu au-delà de ces méfaits, il avait vu un garçon en quête de savoir, même s'il chassait sans guide pour lui indiquer la direction vers laquelle pointer ses mocassins. Ainsi le jeune Woksapa avait invité Wiyaka, quelqu'un de plus jeune que lui de deux ou trois hivers, à prendre part à certains travaux-de-garçons sur le campement.

Woksapa, qui approchait à présent des quarante-et-cinq hivers, regardait cette image vieille de presque trente-et-cinq hivers maintenant et pourtant il la voyait clairement, éclatante de vie.

Deux jeunes, guère plus que des garçons en vérité, travaillaient ensemble à apprivoiser une paire de jeunes chiots de camp. Certainement un observateur n'aurait pas utilisé les mots “ travailler ensemble ” pour décrire l'étrange méthode qu'employaient ces deux-là, car, tandis que Woksapa émettait des sons de gorge apaisants et caressait doucement l'arrière des oreilles et du museau des chiens, son jeune compagnon criait, tapait du pied, et tirait brutalement sur la corde serrée qu'il avait enroulée autour du cou de l'une des créatures. Dans sa main dressée, on pouvait voir un bâton, quelque chose qu'il pensait peut-être utiliser comme massue si le chien n'obéissait pas à ses cris. Aussitôt, Woksapa s'était interposé entre le garçon et le chien, mettant celui-ci au défi d'exécuter sa menace.

— Est-ce que mon jeune ami s'imagine que d'éclater la tête de ce quatre-pattes d'un coup de massue transformera celui-ci en porteur-de-charges docile et utile pour l'une des femmes de ce camp ? demanda-t-il d'une voix ferme.

Abaissant sa main le jeune Wiyaka avait répondu du tac au tac, sur le même ton.

— Est-ce que mon ami ne remarque pas que j'ai obtenu du chien ce que je lui avais demandé ?

Regardant derrière lui, Woksapa avait vu que la créature restait assise, sans bouger, tout comme le lui avait ordonné le garçon. Abandonnant sa querelle, Woksapa s'était détourné. Il avait dû admettre que son ami possédait quelque chose qui, un jour peut-être, lui offrirait le rang de chef parmi le Peuple. Que ce chef fût sage ou qu'il terrorisât son village afin d'être suivi, cela restait à voir. Malgré cela, il se sentait attiré par ce jeune-là et Woksapa avait gardé l'idée que quelque chose de bon pourrait en sortir. Il en avait eu l'intime conviction même s'il n'avait parlé que du haut de ses dix, douze hivers.

Le Tasha quitta cette image-souvenir pour revenir au présent et à l'homme debout à ses côtés. Observant la mine de son frère-ami, il reconnut que le passage de tous ces hivers l'avait changé presque autant que lui-même. L'agitation avait bien sûr fondu comme neige au soleil et les actes impulsifs et destructeurs ne faisaient plus à présent de dégâts dans le campement. Ce chef avait simplement réorganisé ses traits de caractère, les avait utilisés pour renforcer sa puissance, devenant d'une bravoure et d'une audace rarement égalées à ce jour dans la plaine. Avec une poignée de jeunes guerriers au sang chaud et sans foi ni loi il avait formé le clan Khoka, un clan qui à présent représentait une force dans la tribu, un clan respecté non seulement pour sa force guerrière mais aussi pour sa façon de vivre sous chaque soleil qui se levait et se couchait. Et aucun, parmi ceux qui suivaient ce chef Khoka, n'avait jamais eu à se plaindre d'une tête éclatée ou d'os brisés ; c'est pourquoi tout homme apportait avec plaisir sa force à un groupe dans lequel Wiyaka portait la pipe.

Les visages des frères-amis arboraient maintenant tous deux un large sourire. Leurs regards tournés vers le poteau-de-soleil symbolique, ils voyaient celui sous lequel ils avaient dansé et avaient été scarifiés ensemble. Un soleil sous lequel ils avaient été pendus à la même lanière, une lanière dont un certain, bien plus jeune, Wakankcha avait divisé l'extrémité pour que tous deux au même moment se libèrent en déchirant la chair de leur poitrine. Ils n'avaient pas oublié non plus le bien qui était résulté de cette contemplation-du-soleil. Les deux hommes, un sourire encore aux lèvres, s'éloignèrent du cercle de soleil dans la direction des feux de fête aux pointes-des-cornes et des bosses bien grillées dans leur graisse. Juste ce qu'il fallait pour contenter l'esprit d'un homme.... et son ventre creux.

Dix-et-huit-qui-contemplent-le-soleil frappaient toujours en rythme la terre dure sous leurs pieds, tandis que la nuit cédait le pas au matin.

Takcha Ushté déplaçait son poids d'une jambe sur l'autre, les yeux fixés sur le symbole du nid attaché tout en haut du poteau. Mais ces yeux ne voyaient rien, car l'homme n'avait plus besoin de visions terrestres et utilisait à présent ses yeux-esprit. Son regard avait changé et contemplait un autre royaume mais il ne laisserait pas encore son esprit s'envoler, pas encore. " Il est certain que je danse ici pour accéder à la connaissance, se dit-il, mais je danse aussi pour apporter du bien au Peuple et parce que j'en ai fait le serment. Je ne m'accorde donc pas le pouvoir d'envol tant que je n'aurai pas reçu les entailles et versé mon sang à la terre. "

Tokécha, assis toute la nuit les jambes croisées à la manière du *wapiya*, ressentait une raideur envahir tous ses os. Jamais auparavant il n'était resté assis aussi longtemps sans bouger. Le jeune Khoka étira lentement ses jambes douloureuses et vit que l'homme qu'il regardait avait quitté l'endroit où l'aide d'un jeune frère-ami pouvait lui être utile. Pourtant, Tokécha resta assis.

Et le soleil monta vers son zénith.

XV

Ce même soleil, à présent au milieu de sa course, irradiait une chaleur brûlante, assoiffante et une lumière aveuglante qui desséchait les herbes de la plaine. Certains restaient assis tranquillement sous le pare-soleil, éventant d'une faible fraîcheur leurs chauds visages, pendant que d'autres déambulaient parmi les spectateurs ou festoyaient auprès des feux-de-cuisson. Dans le campement paisible, n'osant entrer dans le cercle de soleil, une certaine Tahwiyéla errait, quelqu'un d'encore connu comme captif car personne ne l'avait véritablement adoptée ni prise pour épouse.

La jeune et mince femme Absa jetait de brefs regards dans la direction de la piste sacrée, des regards admiratifs pour celui qu'elle n'avait vu qu'une seule fois, quand il avait franchi le pas de la tente de préparation principale et mené la procession des danseurs vers le poteau-de-soleil.

Alors que le soleil amorçait sa lente descente, Wakankcha tout à coup se rendit compte qu'il regardait un espace vide près du poteau-du-soleil; l'espace même où, seulement quelques instants auparavant, Takcha Ushté dansait. Le voyant se redressa vivement et les battements de tambour, les chants, cessèrent. Rapidement le saint homme fit le signal indiquant une pause pour les danseurs : les jeunes femmes apporteraient à tous ceux qui le désiraient de la sauge et une pipe, sauf au danseur principal. Des murmures de stupéfaction parcoururent les observateurs et des mains recouvrirent les bouches de plus d'un parmi eux. Takcha Ushté, les yeux toujours fixés en direction de la boule de feu éblouissante, gisait étendu sur sa robe. Mort ? Personne ne le savait, tandis que Wakankcha se dépêchait auprès de lui.

Regardant les yeux qui ne pouvaient le voir, le vieil homme fut soulagé. Celui-qui-contemple-le-soleil vivait. Il vivait.... et celui-là-qui-contemple-le-soleil se permettait à présent d'inverser la coutume et d'instruire un saint homme.

— J'ai fini de danser.... .... Je choisis d'accepter les entailles, les lanières, maintenant. Je décide.... ce choix.... m'appartient.

Son cœur empli de joie, le vieux voyant fit un signal au batteur ainsi qu'aux chanteurs, et immédiatement les voix et la cadence régulière, rythmée, reprirent de concert et s'élancèrent sur la plaine. Les mains de l'ancêtre dirent aussi que ceux qui voulaient offrir leur chair allaient le faire à présent car la danse de cette contemplation-du-soleil était terminée. Aussitôt, tous les *wapiya* s'occupèrent des hommes qui avaient fait le vœu d'entailler leurs bras et leurs jambes ; au total soixante entailles prélevées sur huit hommes furent placées sur la couche de sauge à la base du poteau. Mais seules les mains de Wakankcha, vrai-prophète du clan Tasha, entailleraient la chair de la poitrine du plus important de ceux-qui-contemplent-le-soleil, ces mêmes vieilles mains fermes qui donnaient les directives importantes pour cette cérémonie extraordinaire sous un soleil d'été vieillissant.

Takcha Ushté resta tranquillement allongé, immobile, tandis qu'un couteau d'os, tenu par des mains agiles et ridées, découpait avec précision et rapidité quatre entailles – deux de chaque côté – dans la chair au-dessus de la poitrine. D'un petit pincement, la peau se détacha de la chair et le couteau put se glisser en dessous, les deux entailles faites quasi simultanément. La pénétration du bâton, auquel le saint homme devait attacher la lanière à l'aide d'un petit morceau de bois plat qui soulevait la peau, se fit sans mal. Tous ces gestes traditionnels furent accompagnés d'un chant, un chant dans la langue étrange des grands-pères invisibles, ancêtres qui eux aussi avaient dansé au son du tambour durant une semblable cérémonie.... mais sous le soleil d'un autre été vieillissant.

Soixante morceaux de chair reposaient sur le lit de sauge du cercle de danse que tous avaient déserté, sauf celui dont le corps fatigué resterait suspendu au poteau jusqu'à ce qu'il déchire les lanières de sa poitrine. Le Tasha-qui-contemple-le-soleil avait accepté l'agonie de son Peuple dans son propre corps – cette chose, son unique possession. C'est pourquoi le vieux voyant tourna une fois encore son visage crevassé vers le soleil et d'une voix forte envoya ces mots en direction de la chaleur qui donne la vie, cette fois dans une langue que tous ceux qui écoutaient pouvaient comprendre.

— Puissances, soyez attentives ! Celui qui voyage vers vous maintenant vient de son plein gré. Acceptez-le ! Il cherche la connaissance, prêtez-lui donc quelque chose !

Takcha Ushté, à l'aide d'une lanière, se remit sur ses pieds. Wakankcha saisit le sifflet *wambli* autour de son cou et l'introduisit entre les lèvres brûlées de l'homme. Les deux hommes, le vieux et le jeune, restèrent face à face un moment avant que celui-qui-contemple-le-soleil ne s'avance vers la terre sur laquelle il avait si durement dansé. Tournant son visage face au soleil, il pesa de tout son poids vers l'arrière, tirant sur la lanière qui le retenait au poteau, tendant sa peau là où celle-ci pénétrait sa poitrine. Les observateurs purent alors le voir envoyer son souffle dans le sifflet *wambli* et entendre la note aiguë résonner dans tout le camp, et le Peuple s'émerveilla d'assister à une telle démonstration de force.

Debout, à présent, Tokécha ressentit un pincement douloureux sur sa propre poitrine. L'eau, accumulée aux coins extérieurs de ses yeux, débordait et inondait son mince visage. Des larmes de joie, semblables à celles-ci, pouvaient maintenant se voir sur les visages de plusieurs témoins de cette cérémonie.

Le voyant Tasha recula, laissant celui-qui-contemple-le-soleil seul dans le cercle du soleil.

Takcha Ushté se sentit soulevé, emporté, guidé par ces puissances, quelles qu'elles fussent, qui lui donnaient de la force. Mais où celles-ci l'emmenaient-elles ? Cela, il l'ignorait. Il restait debout, insensible au battement du tambour et à la chaleur ardente du soleil. Mais l'intensité de la lumière avait décrû, ne laissant qu'un doux rayonnement autour de lui, quelque chose d'apaisant après l'épreuve du poteau. Son épreuve ? La contemplation-du-soleil serait-elle donc terminée ? Arracherait-il ses chairs sans même s'en rendre compte ? Son regard se posa sur sa poitrine mais celui-qui-contemple-le-soleil ne vit ni entailles, ni lanières, ni sang. Aucune trace de ces choses ; seule sa peau, aussi lisse et douce qu'auparavant. Il comprit tout à coup que là.... au centre.... les symboles n'avaient pas leur place.

Au centre ?

Celui-qui-contemple-le-soleil regarda fixement dans la direction de l'agréable lumière mais ne vit rien. Rien à défier, rien à craindre. Il comprit qu'il se tenait à cet endroit appelé " centre ". Le centre, un endroit vide, un endroit facile à atteindre dès lors qu'un homme se relie, en esprit et dans son corps, à la véritable compréhension. La contemplation-du-soleil était l'un des chemins qu'un homme pouvait emprunter pour voyager vers cette compréhension. Mais la contemplation-du-soleil était aussi un symbole, quelque chose qui reliait le Peuple, qui redonnait force à chacun et ainsi redonnait force au tout. Sans symboles ni rituels, une tribu, n'importe quelle tribu, pouvait se diviser, s'affaiblir. La tribu, le Peuple, ce quelque chose d'entier grâce à la force de chacun.

Le Tasha ignorait à quel moment exactement son esprit avait rejoint le cercle sacré du soleil. Mais il avait repris conscience du poteau-du-soleil et des lanières qui le retenaient à ce bois, même si ces choses avaient perdu de leur importance maintenant. L'homme jeta un coup d'œil au sol, entre ses pieds, et remarqua que la terre était collante là où s'étalait une tache de sang rouge foncé qui avait coulé des entailles de sa poitrine. Le Tasha comprit qu'il avait tenu son serment et que par cet acte son Peuple se renouvellerait, se renforcerait. Celui-qui-contemple-le-soleil ressentait le besoin d'en finir avec la scarification, cette torture consentie ; aussi, tirant sur ses lanières, il entama le finale dramatique de cette cérémonie, celui dont le Peuple était toujours friand. Mais cet homme-là n'allait transformer, ni lui-même, ni la cérémonie, en spectacle. Bien sûr il romprait ses entailles, mais rapidement et proprement.

Une fois encore celui-qui-contemple-le-soleil dirigea son regard vers la boule de feu rouge qui disparaissait et dont seule une moitié restait visible, là où la terre rencontre le ciel. Silencieusement l'esprit du Tasha, d'une voix audible de lui seul, envoya sa gratitude à la plus puissante des puissances. Et il mit des mots sur cette connaissance qui serait la sienne pour aussi longtemps qu'il posséderait un souffle.

XVI

Moi, Takcha Ushté, me suis tenu au centre. Le centre, un lieu où j'ai pu me relier à une entière compréhension et à la vérité.... .... Grâce à cela j'ai acquis une certitude.... .... Je comprends le sens de toutes choses car je connais maintenant mon propre esprit.

Je possède ma vie et tout ce qui m'arrive, arrive par moi.... .... Je sais donc que tout ce qui circule, s'écoule de moi et retourne a moi.... ....

Les quatre directions se rencontrent en moi.

Je suis homme,
corps et esprit.... ....
Je suis homme,
raison et choix.... ....
Je suis homme,
vérité et compréhension.... ....
Je suis homme, Takcha Ushté,
quelqu'un qui s'est tenu au centre.

Je suis Takcha Ushté.

Je suis le centre.

Quatre violentes secousses déchirèrent la chair retenant les bâtons, et les lanières de l'homme suspendu mollement au poteau tombèrent. Le corps de celui-qui-contemple-le-soleil bascula en arrière un instant, tandis qu'il essayait de trouver l'équilibre sur ses jambes épuisées. Deux hommes se tenaient à côté du carré de terre souple sur lequel se dressaient le crâne de *pte* et la pipe. Deux hommes, l'un très jeune et l'autre très âgé, disponibles pour prêter main-forte à un autre, si celui-ci ressentait le besoin d'une telle aide. Mais les puissances n'avaient pas prêté que de la connaissance à celui-qui-contemple-le-soleil et Takcha Ushté, embrassant sa propre force, retrouva son équilibre et se redressa.

Le Peuple, régénéré et renforcé, lança des cris de joie, des trilles, des bravos tandis qu'il regardait les trois hommes debout, côte à côte, dans les dernières lueurs du jour. Alors, le principal contemplateur-du-soleil, Wakankcha et Tokécha à sa suite, s'éloigna du poteau-du-soleil. Et une extraordinaire cérémonie de contemplation-du-soleil prit fin.

XVII

Quelqu'un alluma un feu et la lumière vacillante dansa sur les formes sombres des mères qui portaient de minuscules fourreaux vers le cercle sacré du soleil. Avant que le bien ne se dissipe de cet endroit et qu'il se répande dans les herbes folles, ces mères coucheraient leurs petits sur la terre au pied du poteau. Existe-t-il une mère quelque part qui voudrait priver son enfant, garçon ou fille, du bien qu'il peut absorber et ce quelle qu'en soit la source ? Et quel bien pourrait être supérieur à celui qui règne sur le sol sacré de la contemplation-du-soleil ? Et donc les mères depuis toujours, du moins aussi loin que la mémoire pût remonter, amenaient à la fin de la cérémonie leurs nourrissons, ceux qui n'ont pas encore vécu un hiver entier, sur la piste de danse des contemplateurs. Là, utilisant le pouvoir qui s'élève encore de ce site sacré, plusieurs *wapiya* perceraient les oreilles des plus jeunes du clan à l'aide d'un poinçon en os et d'un chant. Et cette fois-ci, parmi ceux qui attendaient de se faire percer les oreilles, il y avait quelqu'un appelé Hukala. Hukalawin, naguère un minuscule paquet prisonnier et qui, sa mère à ses côtés, détenait maintenant le titre de fille de Pazuwashté.

Après avoir quitté le cercle-du-soleil, le vieux voyant se sépara du contemplateur et du jeune Khoka car il savait qu'à présent Takcha Ushté se rendrait tout droit dans la petite tente près des pointes-des-cornes pour se restaurer et dormir, choses nécessaires pour guérir d'une scarification. En ce qui concernait la célébration-du-soleil, son travail était terminé, mais le vieil homme se souvenait maintenant d'un jeune Tokécha, quelqu'un pour qui il avait la place de deuxième père et qui avait fait le serment d'aller sur une plate-forme en quête de visions, en quête de quelque chose qui lui confirmât les buts de sa vie. Les vieux os fatigués de l'ancêtre *wapiya* l'amenèrent donc, au-delà de la tente sacrée tout usée, vers les rochers bien-aimés, un endroit paisible d'où envoyer encore une autre voix, une voix demandant aux puissances des plates-formes de répondre aux cris d'un certain jeune Khoka.

S'immobilisant devant l'ouverture de la tente érigée spécialement pour lui par la mère pendant ce campement d'été, Takcha Ushté se retourna vers le frère Khoka, hâlé par le soleil, qui attendait à ses côtés. Ni les joues creusées, ni les yeux enfoncés, ni le sang en train de sécher sur la poitrine de celui-qui-contemple-le-soleil ne pouvaient diminuer le calme et la satisfaction qui vivaient à présent dans cet homme. Désirant partager un peu de ces bienfaits avec le jeune Khoka, sobrement il donna voix à ses pensées.

— Le voyant exige que ceux qui se rendent sur les plates-formes, y aillent une pipe à la main. Celle-ci peut apporter un soutien à mon frère-ami pendant qu'il attend que les puissances lui prêtent quelque chose.

Intrigué par ce qu'il venait d'entendre, le jeune homme abaissa son regard vers les mains qui lui tendaient quelque chose. Emerveillé, Tokécha vit une pipe, au fourneau et au tuyau aussi magnifiquement sculptés que ceux de celle posée sur un crâne de *pte* pendant que dix-et-huit dansaient en contemplant-le-soleil. Nul mot ne put traduire sa pensée ; il resta donc là à admirer la pipe sacrée reposant dans les mains assurées du contemplateur Tasha. Puis, quand les mains firent un léger mouvement vers lui, répétant le geste d'offrande, il vit ses propres mains s'emparer avec délicatesse de cette chose et poser ce symbole sacré tendrement au creux de son bras gauche, comme le demande la coutume.

Soulevant le rabat, le Tasha se courba pour entrer dans son tipi. Jetant un regard par-dessus son épaule, un large sourire élargissant sa bouche desséchée, il ajouta à l'intention du jeune homme resté sur le seuil.

— Pendant que mon frère se tiendra sur une plate-forme à mourir de faim, je dormirai. Chacune de ces choses donne de la force à un homme.

Puis le contemplateur disparut par l'ouverture de la tente et Tokécha se détourna, ses pieds l'emmenant dans la direction de la tente sacrée, ses yeux toujours posés sur la pipe que berçaient ses bras.

Les contemplateurs se reposaient, un jeune Khoka assis contre une tente rapiécée et vide attendait le retour d'un vieux voyant, le Peuple festoyait et autour des différents feux les conversations portaient encore sur les *washichu*. Certains éclaireurs étaient revenus de leurs repaires proches et racontaient d'autres histoires au sujet d'un grand groupe de Blancs qui voyageaient sur la rivière boueuse, ce groupe dirigé par un chef qui avait dit son intention de rendre visite à tous, tous les camps du Peuple. " Nos frères rouges ", avait-il dit, puis se reprenant, " nos enfants rouges ". A ces paroles stupides, le rire avait gagné les auditeurs. Quel homme essaierait de devenir un parent de quelqu'un, de quiconque, sans savoir d'abord si celui-ci lui avait fait le signe d'acceptation de ce lien-*hunka* ? Parmi le Peuple il se trouvait déjà suffisamment de bonnes personnes avec lesquelles choisir des liens de parenté. Quel bien pouvait-il ressortir de s'apparenter à ces *washichu* aux visages poilus ?

Mais ces Blancs-qui-souhaitaient-devenir-des-parents avaient dit qu'ils venaient aussi pour une autre raison, pour faire quelque chose qu'ils appelaient un traité. Personne ne connaissait la signification de cette chose à l'étrange sonorité mais certains, comprenant quelques mots de la langue des Blancs, dirent que ce traité consistait en une feuille sèche et blanche couverte de marques noires qui la traversaient en lignes droites. Chacun de ces traits avait une signification et tous ensemble ils représentaient ce que les *washichu* voulaient garder en mémoire. Ainsi le Peuple comprit le traité comme quelque chose de semblable à ce que celui-qui-se-souvient, dans la tribu, fabriquait chaque hiver pour enregistrer les événements les plus importants, quelque chose de similaire à l'inventaire-d'hiver. Ensuite les conteurs ajoutèrent une autre chose étrange concernant cet inventaire-d'hiver, ce traité. Cette dernière chose avait alors suspendu le rire des auditeurs et fait apparaître non seulement la confusion mais aussi une chose rare sur ces visages impassibles. La peur.

Le chef *washichu* avait expliqué que ces traits noirs sur la feuille du traité parlaient d'une promesse de son Grand-frère-blanc. " Ce père, avait dit le chef, dresse sa grande tente là où le soleil se lève ; là il siège en tant que chef absolu de tous les hommes blancs, sa voix exprimant les besoins et les désirs de son peuple. "

Des murmures d'ahurissement se répandirent dans le cercle des auditeurs. Quel homme osait ainsi dire les pensées d'un autre homme ? Est-ce que chaque *washichu* ne possédait pas, comme tout homme, sa propre langue ? Une langue avec laquelle il exprimait ses propres désirs, ses propres besoins ? Certains autour du cercle replièrent alors leurs robes sur leurs yeux et détournèrent leur visage des conteurs, signifiant par ces gestes qu'ils avaient assez entendu de cette conversation, qu'ils n'écouteraient plus. D'autres voulurent savoir quelle promesse ce père si puissant avait tracée sur la feuille blanche et sèche, quelle chose les dizaines-de-dizaines-de-dizaines de Blancs avaient à dire à leurs " enfants rouges ".

Ceux-là entendirent quelqu'un leur expliquer les demandes du puissant père-blanc : les Indiens vendraient leur terre au gouvernement des hommes blancs. " Les Indiens ? " Les chefs toucheraient-le-bâton et feraient une marque signifiant leur accord de laisser voyager en sécurité tous les *washichu* qui passeraient sur cette terre. " Les chefs ? " En échange de cet accord territorial, le père-blanc donnerait aux Indiens de l'argent, de nombreux rouleaux d'argent. Il donnerait aussi sa promesse de protéger l'homme rouge des ennuis qui parfois accompagnent le *washichu*-voyageur.

La confusion s'empara alors soudainement de toute l'assistance. Vendre la terre ?.... Gouvernement ?....

Accord territorial ?.... Argent ?.... Protection ?.... Nul dans l'assemblée ne connaissait la signification des paroles de l'homme blanc. Peut-être que les *washichu* insultaient le Peuple en disant "Indien", en disant "chef" ? Qui connaissait le vrai sens caché dans ces mots inconnus ? Pas un seul des hommes assis dans le cercle n'était sûr de quoi que ce fût à présent. Pourtant quelqu'un ajouta encore quelque chose.

Aucun dirigeant ne s'étant avancé pour toucher-le-bâton, à la fin des explications données par le dirigeant du groupe de *washichu* sur le message griffé sur la feuille sèche, il les avait donc invités à festoyer et à danser. "Est-ce que nos frères rouges laisseraient passer la chance de se rassasier de bosses fraîches ?" avait-il demandé.

Ne voulant pas se montrer impolies envers ces voyageurs de la rivière au teint pâle, ces tribus avaient accepté l'invitation. Mais à un certain moment, pendant cette nuit de fête et de danse, le dirigeant *washichu* avait apporté un grand récipient de la boisson-qui-brûle et en avait servi de nombreuses tasses aux principaux dirigeants, en disant qu'il offrirait de beaux présents à ceux qui prendraient le bâton qui marque et toucheraient de ce bâton la feuille du traité. Quand l'eau-qui-rend-fou avait eu privé certains de leur pouvoir de raisonnement, ces hommes avaient fait les petites marques qui signifiaient leur accord aux demandes du puissant-père-blanc qui vit là-où-se-lève-le-soleil.

En apprenant ces actes de traîtrise, tous avaient instantanément cessé de danser et de jouer du tambour. S'emparant des armes qu'ils avaient mises de côté en cette nuit de réjouissance, certains avaient commencé à se dresser contre ces Blancs fauteurs de troubles. Mais ces guerriers avaient eux aussi ingurgité des gorgées de cette boisson jaune et forte et la vraie bataille n'avait jamais pu commencer, car ces guerriers n'étaient plus qu'une petite troupe d'hommes braillards et trébuchants dont les jambes avaient perdu le pouvoir de les maintenir debout. Pourtant, ayant remarqué la colère dans plusieurs yeux, les *washichu* avaient compris qu'ils avaient épuisé l'hospitalité de ce campement et que ce groupe qui-fait-le-traité serait en vrai danger quand ces guerriers reprendraient leurs esprits. Et donc les Blancs avaient grimpé sur le bois-qui-flotte qu'ils avaient laissé au bord de l'eau et, discrètement emportés par le courant, avaient disparu dans la nuit.

Tous ceux qui avaient écouté ce récit restèrent silencieusement assis à tirer sur leurs pipes, méditant sur ce qu'ils venaient d'entendre, cherchant à en tirer la leçon. Le calme était revenu. Quand, une nouvelle fois, un homme prit la parole, il donna voix à une compréhension à laquelle tous les autres pouvaient se rallier aisément. Les actes déraisonnables de cinq ou six hommes ne parleraient jamais, au grand jamais pour tous, que ces hommes eussent fait ou non des centaines de petites marques noires sur une feuille blanche et sèche.

Ceux qui avaient écouté ces histoires de *washichu* rejetèrent alors les autres pensées qui leur venaient sur cette question et se relièrent à nouveau avec la force de régénération de la contemplation-du-soleil. "Que ces visages poilus fassent leurs traités, se dirent-ils. Quel mal peut donc bien apporter une feuille blanche et craquante ?"

Wakankcha était assis avec le jeune chercheur-de-vision Khoka devant le petit feu de la tente sacrée, et le voyant l'instruisait gentiment des coutumes à observer par ceux qui vont aux plates-formes à la recherche d'une force accrue.

— Mon fils ira à l'endroit où les arbres poussent nombreux, pour choisir dix-et-six jeunes qui deviendront la tente de transpiration qu'il utilisera pendant l'*inipi*, la cérémonie de purification. Avant de couper ces arbres, il leur donnera la raison pour laquelle il le fait et leur expliquera qu'il a besoin du bien contenu en eux, de la même manière que celui qui se nomme deuxième-père d'un certain qui recherche une vision explique à son fils que ce peuple-debout comprend et accepte les coutumes du Peuple.

Le *wapiya* dit aussi au chercheur de ramasser un certain nombre de pierres qui, chauffées au feu sacré devant cette tente, seraient ensuite apportées à l'intérieur de la tente de purification.

— Moi, Wakankcha, apporte l'eau à verser sur ces pierres chaudes, l'eau qui en se répandant sur ces pierres change de forme, s'élève dans le ciel en vapeur puis change à nouveau et retourne à la terre sous forme de pluie. Un cercle continu…. murmura-t-il tout bas, sa voix se perdant dans le silence.

Tokécha resta encore un moment à attendre ce que l'ancêtre aurait peut-être à ajouter. Mais quand il vit que les pensées du saint homme étaient parties dans un autre lieu, il quitta la petite tente pour le bois touffu et une conversation avec dix-et-six souples du peuple-debout.

XVIII

Les lunes chaudes vieillissaient mais la force de régénération de la contemplation-du-soleil planait encore sur ce grand campement d'été. Plusieurs jeunes guerriers formèrent des groupes d'attaque pour aller à la recherche de chevaux ou de bagarres tandis que d'autres chantaient, dansaient ou se pavanaient en faisant le récit d'actes de bravoure passés pour impressionner les membres de certaines tentes *akichita*, qu'ils espéraient être invités à rejoindre. Assises ensemble, les femmes parlaient et travaillaient de concert, satisfaites de la joie d'une tribu unie. Pendant ce temps, le plus important de ceux-qui-contemplent-le-soleil dormait.

Le fumet d'une soupe chaude et savoureuse parfumée de racines et de baies réveilla le Tasha alors que la lueur pâle d'un nouveau soleil commençait à éclairer le ciel. Bien que, du coin de l'œil, il eût remarqué des mocassins familiers franchir silencieusement le seuil de la tente, il resta allongé. " Est-ce qu'un homme peut vivre sans la bonté de celle qu'il appelle mère, se demanda-t-il alors qu'il tendait le bras vers le bol de soupe, que la coutume permette ou non à ces deux-là de se parler directement ? " Puis, tout en mangeant les morceaux de viande grillée que sa mère savait qu'il appréciait particulièrement et qui flottaient dans la graisse au-dessus de la bonne soupe, l'homme partit à la recherche d'autres pensées sur ce que son Peuple appelait famille, famille de sang ou de choix.

" Bien sûr, à tout âge, un fils connaît la bonté de sa mère. Mais peut-être qu'après un certain nombre d'hivers, un fils véritablement bon permet à sa mère de sang de trouver le temps pour faire autre chose que de lui apporter des bols de soupe pendant que lui dort. " Fermant ses yeux, le fils de Wakanka se rallongea sur ces robes de nuit. Souriant, il donna voix à une nouvelle idée. " Il prend peut-être une épouse ! "

Immédiatement il se rendormit.

Plus d'une fois Takcha Ushté se réveilla et trouva disposée à ses côtés la bonne soupe, mais il ne revit pas les mocassins familiers de sa mère. La soupe semblait plutôt arriver sur des pieds mystérieux. L'homme ouvrit les yeux et, ne voyant pas de soupe près de lui, décida de faire semblant de dormir pour découvrir quelque chose. En entendant un doux grattement sur le rabat, celui-qui-contemple-le-soleil resta silencieux, l'oreille aux aguets, tandis que quelqu'un soulevait la peau, entrait dans la tente, disposait un bol puis s'éloignait rapidement. Un coup d'œil rapide vers le rabat, avant que le porteur de soupe ne disparût, plongea le Tasha dans la perplexité car les mocassins qu'il avait vu sortir de la tente appartenaient aux pieds de l'ennemi. Des mocassins Absa avaient apporté une soupe à un contemplateur Tasha " endormi ".

Un jeune guerrier Khoka, qui imaginait son frère-ami en train de dormir, marchait vers les plates-formes-des-visions vêtu seulement d'un pagne et de mocassins, une robe et une pipe à son bras. Un ancien voyant marchait à ses côtés et lui donnait des consignes pour faire face aux événements des prochaines trois ou quatre lunes.

Tokécha avait choisi d'aller trois jours sur les plates-formes, disant au voyant que si les puissances ne l'entendaient pas avant le lever du quatrième soleil, elles ne l'entendraient jamais.

— La coutume exige certaines choses de celui qui désire une vision, qui cherche un porteur-de-message, une créature qui vienne lui dire quelque chose que les puissances veulent lui faire comprendre. Mais moi, Tokécha, ne resterai pas sans sommeil à mourir de faim pendant que les puissances ignorent ma voix. Aussi je préviens mon père-*hunka*, ici et maintenant, que je connais d'ores et déjà le travail qui a le plus d'importance pour moi. Certes, je vais aux plates-formes respectueux des us et coutumes, mais j'ai bien l'intention d'obéir à mon pouvoir de raisonnement et de suivre mes choix. Si les puissances le veulent, qu'elles m'accordent une créature pour m'aider dans ce travail !

Sourires, gratitude et joie envahirent le corps fragile du saint homme, le réchauffant autant que la robe chaude qui en hiver couvrait sa peau ridée. Mais le visage impassible de l'homme ne trahit rien de cela. Au contraire, il plongea son regard ferme dans les yeux décidés du jeune Khoka tandis qu'il lui attachait soigneusement un sifflet d'os de *wambli* autour du cou.

— Quelqu'un qui dansait récemment en contemplant-le-soleil portait au cou un sifflet identique et il en a fait bon usage pendant son épreuve. Peut-être mon fils trouvera aussi un moyen de rendre utile ce sifflet pendant son attente sur la plate-forme. Grimpe à présent et dès ton retour, viens directement à la tente sacrée.

Ainsi Tokécha, un sifflet jumeau autour du cou et une pipe très particulière à la main, jeta-t-il sa robe sur son épaule pour entamer la difficile escalade jusqu'aux plates-formes élevées des chercheurs de visions. Le vieux *wapiya* le suivit des yeux un moment puis se détourna, et ses pieds âgés l'emmenèrent droit au minuscule tipi sans décorations où il se reposerait jusqu'au retour du jeune Khoka en possession d'une vision. Car cela ne faisait aucun doute, cet homme, maintenant et plus tard, verrait toujours ce qu'il cherchait à voir. Wakankcha disait cela.

XIX

Tokécha avait grimpé facilement sur la première des nombreuses plates-formes de cette butte, mais celle-ci n'avait pas semblé vraiment inviter sa présence, aussi avait-il poursuivi vers la suivante, puis la suivante, mais aucun de ces endroits ne lui semblait posséder les caractéristiques requises pour se rapprocher de la puissance qui voudrait bien entendre son appel. En atteignant une petite saillie légèrement en surplomb des rochers, celui-qui-cherche-une-vision ressentit de l'amitié se dégager des pierres, une chaleur accueillante, bien qu'un vent froid lui cinglât le visage quand il se pencha au bord de cette saillie. Il étala sa robe sur les pierres éparses au fond de la saillie et, debout, la pipe de la récente contemplation-du-soleil posée dans le creux de son bras gauche, se mit à observer le ciel clair et sans nuages.

Tout à coup, le jeune-Khoka-à-la-recherche-d'une-vision se sentit la plus petite chose qu'il eût jamais connue.

Le jeune homme resta ainsi, scrutant le ciel de jour comme de nuit, mais il n'entendit rien et ne vit rien, rien d'autre que l'immensité, l'ampleur de cet endroit qui dominait tout. Quand la lumière fit à nouveau son apparition aux confins de la terre, avec elle apparut aussi la fatigue dans les jambes de celui-qui-cherche-une-vision. Le vent du petit matin lui glaçait la peau et fouettait son corps mince et fort. Pourtant il ne bougea pas et, tandis que s'écoulait une autre journée, une autre nuit, ses yeux continuèrent à interroger le bleu mystérieux.

Puis le soleil revint rendre visite au rebord sur lequel le Khoka, debout, fixait l'espace, les yeux à présent cerclés de sombres contours, enfonces dans sa peau desséchée. Une fois, durant ce troisième soleil, le chercheur remarqua la formation dans le ciel clair d'une grosse bouffée grisonnante et il se redressa, sur le qui-vive, prêt à accueillir tout ce que les puissances lui enverraient. Mais la chaleur brûlante du soleil dissipa cette bouffée et absorba l'humidité grise de ce porteur-d'eau, laissant place à un ciel où seul le soleil doucement avançait. Quelque chose de nouveau s'insinua en celui qui se tenait sur la plate-forme. La colère.

Le manque d'eau et de nourriture commençait à faire son effet. L'homme, quelqu'un de seulement dix-et-cinq hivers, se sentait épuisé, desséché, esseulé ; pourtant il se tenait toujours aussi prêt à entendre ce que la puissance, qui voudrait bien lui parler, avait à lui dire. Mais pas le moindre son n'était venu à lui et il se demanda tout à coup si les voix du ciel n'avaient tout simplement pas repéré celui qui se tenait silencieusement à attendre sur le rebord. Son regard s'abaissa sur la pipe au creux de son bras et Tokécha vit le moyen de s'adresser à la puissance qui planait au-dessus de ce lieu.

Doucement il prit la pipe de ses deux mains, et la tenant au niveau de son cœur, avança les bras. Puis il parla avec la voix d'un homme qui peut-être avait deux fois plus d'hivers que lui, un homme qui désirait que quelqu'un l'entende.

— Grands-pères, écoutez-moi ! Soyez attentifs à cette voix ! Quelqu'un vient à cette plate-forme purifié, portant une pipe et les oreilles ouvertes à ce que vous lui direz. Ce même quelqu'un rend visite à cet endroit, respectueux de la coutume, et il n'a ni mangé, ni bu, ni cédé au sommeil. Cet homme amène aussi la raison, sa raison à lui, comme compagne, et il ne va pas utiliser tous ses hivers debout à attendre ici quelque chose qui ne vient jamais. Moi, Tokécha, fils des Khoka, quitterai cette plate-forme dès que le prochain soleil éclairera le ciel, que les grands-pères m'aient envoyé au non quelque chose que le voyant Tasha puisse interpréter.

Le garçon-devenu-homme souffla plusieurs fois, des appels courts et forts, dans le sifflet en os d'aile attaché à son cou et le son strident déchira l'air. Puis il attendit, regardant, écoutant, espérant.

Il ne se passa rien.

Le jeune homme se détourna du rebord et alla vers sa robe où il s'allongea. Il installa la pipe sur sa poitrine et, la tenant toujours des deux mains, ferma ses yeux fatigués. Un instant plus tard un vent violent cingla l'arrière de la plate-forme derrière sa tête. Des graines de neige dures martelèrent son corps et cognèrent la pipe. Immédiatement, il se redressa pour protéger cet objet sacré, mais la zébrure d'un éclair l'atteignit aux jambes et il s'écrasa durement sur les pierres jadis amicales mais qui maintenant ne l'étaient plus. Toujours agrippé à la pipe, celui-qui-cherche-une-vision se remit debout, s'arc-boutant pour faire face au vent violent, les yeux vigilants à tout mouvement.... car tout, partout, semblait bouger à présent. Des nuages noirs emplissaient le ciel et l'éclair suivant atteignit une autre cible, sa lumière donnant naissance à un son fracassant, impressionnant, un son qui crépita dans la tête du chercheur avant de s'éloigner, à la poursuite peut-être de la lumière-éclair. Le jeune Khoka se tenait à nouveau droit et fort, la pipe bien serrée contre son corps, acceptant, sans le défier, le pouvoir des puissances.

Aussi rapidement que cette violence volante était apparue, elle disparut. Les nuages noirs rétrécirent et silencieusement partirent dans le lointain, vers une autre plate-forme où, peut-être, un autre chercheur attendait. Face à un ciel aux couleurs telles qu'aucun homme, aucun homme sensé, ne chercherait à les nommer, Tokécha avait trouvé le calme, un calme qu'il n'avait jamais ressenti auparavant. Il remarqua une vallée qu'il n'avait pas vue avant que la violence n'éclate, une vallée peu large mais profonde. Sur le sommet d'une colline, de l'autre côté de la vallée, un cornes-fourchues l'observait et cette créature semblait en attendre une autre.

Tandis que le jeune chercheur s'émerveillait de la beauté de ce quatre-pattes, il aperçut du coin de l'œil quelque chose d'autre au pied de cette haute colline. Ce quelque chose, ou plutôt ces quelques choses se déplaçaient lentement mais sûrement vers le quatre-pattes.

L'homme-visionnaire, celui appelé Tokécha, contempla ce que le Peuple appelle un mystère ; quelque chose qu'il ne comprenait pas encore entièrement.

Cherchant du regard le cornes-fourchues, il ne vit plus rien. Même la colline avait disparu. Le jeune homme se tenait de nouveau sur un petit rebord élevé d'où il ne voyait qu'un ciel bleu, clair et sans nuages. Il poussa un soupir de déception, jeta sa robe sur son épaule et, sa pipe fermement en main, amorça sa descente. Il était temps d'avoir une conversation avec un sage vieux-voyant.

A l'approche de la tente sacrée, l'odeur familière de l'herbe de cérémonie en train de brûler atteignit les narines du chercheur-de-vision sur le retour. "*Hahii*, pensa-t-il, peut-être que l'ancêtre a déjà de la compagnie." Contrarié par cette idée, Tokécha leva la main pour gratter le rabat, peut-être pas si légèrement que ça. Mais avant même qu'il eût touché cette peau, le *wapiya* lui dit d'entrer. Il regretta aussitôt son impatience, mais abandonna tout aussi rapidement ce regret. "Depuis quand le regret amène-t-il le réconfort ?" se souvint-il d'avoir entendu.

En entrant dans le minuscule tipi, Tokécha vit que le *wapiya* remplissait une pipe, et donc le chercheur-de-vision comprit qu'il toucherait de ses lèvres le tuyau et s'engagerait à dire la vérité avant même que ces deux-là ne parlent de son expérience aux plates-formes.

Le jeune homme, avachi devant un feu qu'il contemplait sans le voir, se demandait quelle pouvait bien être l'utilité d'un feu en un jour où le soleil brûlait jusqu'aux herbes de la plaine.

La voix du voyant brisa le silence, ses mains âgées lui tendant la pipe :

— Peut-être mon fils vient-il ici avec quelque chose à raconter à un saint homme et il sait que je n'écoute que la vérité.

S'emparant de celle que le voyant lui offrait, Tokécha regarda l'autre pipe couchée sur le sol devant lui, une pipe qu'il avait apportée aux plates-formes. Mais s'il ne demanderait rien pour l'instant, par contre il toucha de ses lèvres le tuyau de la pipe offerte.

Quand ils eurent fini de fumer, Wakankcha plaça la pipe sur le petit râtelier à ses côtés puis se retourna et de ses yeux perçants interrogea le visage du Khoka, cherchant à y déceler des signes de doute ou d'hésitation. Il n'en trouva pas et attendit donc. Pas très longtemps, car bientôt une gorge sèche s'ouvrit et se lança dans le récit des jours et des nuits passés sur un certain rebord.

— J'atteins facilement une plate-forme qui m'invite à y demeurer. Là, je parle aux pierres et leur explique l'importante chose qui m'amène dans leur campement. Les pierres acceptent ma visite, je jette donc là ma robe et me tiens debout, la pipe à la main, les yeux scrutant le ciel pour y voir ce qui se présente. Je reste à cet endroit deux, trois soleils dans la lumière et dans l'obscurité. Je ne vois rien, je n'entends rien et donc je m'imagine que les grands-pères ne m'ont pas encore découvert sur ce rebord. Je pense à aller sur une autre plate-forme mais j'y renonce, craignant que les grands-pères puissent me manquer et ne pas choisir d'honorer de leurs voix mes oreilles. Moi, Tokécha, sais que je viens à cet endroit sans qu'il ne me manque rien aussi je décide de faire connaître ma présence. Je crie, bien que je ne possède pas une voix pour crier. J'appelle les puissances avec le sifflet réservé à cet usage que l'on m'a donné. Puis j'attends.

En entendant ces mots, le voyant jeta un regard entendu au trou de fumée de la tente, se demandant si les puissances avaient déjà rencontré un esprit semblable à celui qui vivait à présent dans cet exceptionnel fils Khoka. Puis un sourire se forma à l'intérieur de la joue du saint homme car il comprit tout à coup que les grands-pères, depuis la nuit des temps, avaient connu celui-ci. Cet esprit ne devait pas revenir souvent sur la terre. Seulement quand le Peuple en avait grand besoin, et certainement ce besoin existait maintenant.

Tokécha explosa à nouveau.

— Comme il ne se passait rien, je décide alors de me reposer. Je m'allonge sur ma robe. A quoi bon lancer des cris et des sifflements à des oreilles fermées ? Je dors. Mais des graines de neige fouettant mon corps me réveillent immédiatement. La lumière d'un éclair me dérobe mes jambes mais je me bats pour protéger la pipe. Soudain la fureur disparaît, le calme précédent revient. Je vois que les puissances choisissent d'ignorer ma voix et je rentre à ce campement sans rien à raconter.

“Avant d'entamer la descente, je remarque une vallée, une colline dans le lointain. Un cornes-fourchues se tient sur cette colline et se retourne pour me regarder, attendant, espérant peut-être que je lui rende visite. Tandis que j'examine le bas de la vallée pour trouver un chemin que je puisse emprunter, je vois d'autres créatures qui montent vers le cornes-fourchues. *Mahtoh*, *wambli*, vrai-chien, *khoka*, cornes-bouclées, toutes forment un cercle de protection autour d'une autre créature. Et celle-là, un deux-jambes. Celle-là, moi, Tokécha.”

Wakankcha, reconnaissant ce que le Khoka décrivait, lança au travers du trou de fumée toute la gratitude de son vieux cœur au grand-père qui voudrait bien l'attraper. Car il savait à présent que les puissances avaient accepté le jeune Khoka qui recherchait une vision. Ce Tokécha, un garçon extraordinaire, n'aurait pas une vie ordinaire. Le cœur léger, l'ancêtre resta assis, à l'écoute de ce que ce jeune aurait encore à lui dire.

— Comme je remarque qu'aucun *pte* ne voyage avec ce groupe, je trébuche. Mais les créatures se serrent contre moi et me communiquent leur force. " Où marche *pte* ? " je demande aux créatures, mais leurs visages impassibles ne me donnent pas de réponse. Alors je me ressaisis et lève mon regard vers là où se tient le cornes-fourchues. La magnifique créature a disparu et je me retrouve à nouveau allongé sur ma robe, la pipe toujours serrée dans mes deux mains.

Ayant achevé son récit, Tokécha resta assis en silence, attendant le peu que peut-être le *wapiya* y trouverait à interpréter. " Pas grand-chose dans tout cela ", pensa-t-il. Il attendait encore quand, au lieu d'entendre quelque chose en rapport avec ce qu'il avait vu, le fils Khoka ahuri vit le voyant debout, un sourire aux lèvres, se mettre à chanter dans la langue des invisibles aux paroles incompréhensibles, d'une voix si forte que même un ennemi pouvait peut-être l'entendre d'un camp lointain. En tout cas c'est ce qu'il sembla au jeune homme.

Quand Wakankcha eut terminé son chant, son vieux corps osseux se renversa sur ses robes de sommeil, exténué. Il ne bougea pas mais interpella le chercheur de vision d'une voix râpeuse et cassée.

— Pendant un instant j'ai retrouvé la force de mes saisons de jeunesse…. Il est rare cependant que mes nombreux hivers me permettent cela…. A présent je vais dormir et mon fils reviendra à cette tente quand le soleil se trouvera à nouveau haut dans le ciel…. Je lui parlerai alors de la vision.

Un jeune chercheur de vision quitta en silence la tente minuscule et rapiécée d'un vieux, vieux voyant endormi.

XX

Wakanka et Pazuwashté n'avaient plus autant apprécié le campement d'été depuis bien des saisons. Toutes deux avaient souvent travaillé ensemble, comme elles le faisaient à présent, assises, assouplissant et blanchissant des peaux pour une nouvelle couverture de tente. En tant qu'épouses de chefs, ces sœurs fabriquaient rarement ces choses pour leur usage personnel, les maris distribuant la plupart de leurs peaux afin de pourvoir aux besoins de ceux de leur clan qui n'avaient-pas. Après quelque trois ou quatre saisons d'épargne, Wakanka avait offert à sa sœur d'ajouter son ballot de peaux aux siennes ; les deux ballots réunis suffiraient à la fabrication d'une nouvelle couverture.

Les femmes travaillaient en chantant mais la voix de Pazuwashté s'était éteinte pendant leur petit chant, ses pensées s'égarant dans la direction de son fils parti sur les plates-formes à la recherche d'une vision.

La vraie femme de Wiyaka avait remarqué que son fils ramassait certaines pierres, elle l'avait vu couper les jeunes arbres et avait compris qu'il se préparait à quelque chose d'important. Pazuwashté savait aussi que, quoi qu'il cherchât, son fils le trouverait, et elle n'avait donc pas encombré ses pensées de doutes sur le succès de l'entreprise de Tokécha. Quelle mère sur terre n'a pas le cœur serré quand son enfant, fils ou fille, part seul, et peu importe où, en quête de croissance ? Ne faisant pas exception, cette mère restait inattentive aux peaux sur ses genoux pendant que sa sœur poursuivait seule son petit chant.

Avant de se mettre au travail, les femmes avaient roulé les côtés de leur tente pour laisser entrer la brise légère et atténuer la chaleur de fin d'été de cet endroit. C'est ainsi que Wakanka aperçut sous la couverture des mocassins familiers s'approcher.

— Un certain fils revient vers cette tente, chanta-t-elle. Et une certaine mère se réjouit, ajouta-t-elle pour terminer la chanson.

Pazuwashté, sans lever la tête, jeta un coup d'œil aux pieds près de la couverture et avant que les mocassins connus n'entrent dans la tente, ses mains retournèrent à leur travail sur la peau rugueuse.

Wakanka sortit précipitamment et revint avec un bol de soupe claire et nourrissante. Plaçant ce bol devant le fils couché en silence sur ses robes de nuit, la sœur rejoignit Pazuwashté du côté de la tente réservée aux femmes et où celle-ci se tenait, heureuse de la présence de sa sœur grâce à laquelle elle pourrait parler à son fils.

— Peut-être que quelqu'un pourrait dire à mon fils que bien que son père soit parti quelque part avec le chef Tasha, une mère apprécierait qu'il lui raconte un peu son voyage.

Tokécha, appuyé sur un coude pour manger la soupe, garda son expression grave et insatisfaite tandis qu'il répondait à sa mère par l'entremise de Wakanka.

— Dis à la mère de cette tente que son fils rentre avec quasiment rien à raconter, les puissances n'ayant pas reconnu sa présence sur les plates-formes. Même le saint homme, après avoir entendu le peu qu'il y avait à dire, s'est mis à chanter avec une telle force et une telle colère qu'épuisé il n'a pu que s'allonger sans avoir la force d'interpréter.

La soupe terminée, le jeune homme se recoucha, ferma ses yeux cernés et s'endormit immédiatement.

Pazuwashté, mère-de-sang de ce fils extraordinaire, mit de côté le travail dans ses mains et leva les yeux vers le ciel. Cette femme qui avait connu le voyant Tasha tout au long de ses hivers savait aussi que jamais, au grand jamais, ce *wapiya* exceptionnel n'avait ressenti ou montré cette chose appelée colère ; que cette chose n'avait pas de place dans l'esprit bon du vieil homme. Silencieusement, cette mère envoya un cœur plein de reconnaissance envers ceux parmi les invisibles qui avaient répondu à l'appel de son fils à la recherche d'une vision.

Le soleil d'été haut et chaud suivit le jeune Khoka vers la tente usée du voyant et le regarda s'approcher de l'homme debout devant l'entrée. Les deux hommes n'échangèrent qu'un regard avant de se diriger vers les rochers bienveillants, cet endroit paisible où le *wapiya* choisissait souvent d'aller à la chasse aux pensées. Wakankcha marchait du pas d'un homme qui aurait la moitié de ses hivers et le Khoka fut surpris par cette vigueur nouvelle chez celui qui peu avant était allongé, à bout, sur ses robes de nuit.

Quand les deux hommes parvinrent au pied des grands rochers, le voyant s'assit, dos appuyé sur l'un de ces géants. " Pierres, pensa-t-il dans un léger soupir, fils et petits-fils des anciens. " Puis, lentement, il sortit de son long sac brodé une pipe qu'il emplit.

— Toi et moi nous fumons maintenant. Puis mon fils va raconter encore, exactement comme auparavant, ce qui s'est passé sur la plate-forme.

Avec minutie et précision, le jeune-qui-cherche retraça chaque pierre soulevée, chaque incident tout comme il s'était déroulé. Intensément, l'ancien écouta chaque mot, chaque son émis par le jeune homme. A la fin de son récit, de nouveau Tokécha vit un vieil homme assis, les bras levés au ciel, qui balançait sa pipe et chantait avec la voix claire et forte d'un jeune guerrier. " Existe-t-il un seul homme capable de comprendre les façons de faire des ancêtres sacrés ? " se demanda-t-il.

Transporté par la puissance de son chant, Wakankcha resta un moment tranquille et silencieux pour retrouver le calme avant de s'adresser à celui assis à ses côtés. Puis il se tourna pour regarder de face ce visage plein d'attente. Un petit sourire s'échappa de l'intérieur de sa joue tandis qu'il posait sa main osseuse sur l'épaule du jeune homme.

— Certains vont aux plates-formes et reçoivent de grandes images, voient de nombreuses choses au cours d'une longue histoire, car les puissances prêtent à l'homme ce dont il s'imagine avoir besoin. Ceux-là tirent leur force du souvenir de ces images et ne développent jamais leur propre capacité à s'en forger. Bien sûr ils veillent à ce que leur famille ne manque de rien, ils mènent de bonnes vies, ils contribuent au nombre des guerriers de la tribu mais ils ne s'élèveront pas vers d'autres tâches. Mon fils doit bien comprendre ce que je lui dis là, ces personnes, chacune d'entre elles, tiennent une place importante dans le Peuple, ces personnes font le Tout.

Le voyant s'interrompit un moment, pour s'assurer que le Khoka entende le sens de ses paroles.

— Mais toi, Tokécha, tu pars en quête d'autre chose. Les grands-pères bienveillants t'envoient une petite scène, une scène qui a plus de signification qu'une grande histoire. Tu te sens rejeté par les grands-pères et vois cette vision comme quelque chose de petit, d'insuffisant. Tu décides déjà tout seul de choses importantes et tu t'imagines peut-être pouvoir te dispenser de l'interprétation d'un voyant car tu reviens en disant que tu as peu à dire et que les puissances se sont détournées de ton appel. Moi, Wakankcha, demande maintenant à un-certain-qui-recherche-une-vision, un-très-jeune-chercheur-de-visions, s'il ne se souvient pas que le Peuple donne un nom à ce qu'il ne comprend pas encore ? Il dit " mystère " pour ce qui existe avant que la compréhension n'éclaire. Tant qu'un homme n'a pas véritablement compris quelque chose, il continue de dire "mystère" et rien d'autre.

A nouveau le *wapiya* s'interrompit, attendant que la compréhension lui parvienne.

— Mon fils marche au travers de ses hivers sur un chemin différent des autres. Cela, il le sait. Les puissances lui prêtent de nombreux, de très nombreux alliés sur sa route. *Mahtoh*, le grizzly aux longues griffes, vient lui apporter sa force, son pouvoir de guérison. *Wambli*, le guerrier ailé, vole à son secours quand et où celui-qui-cherche en a besoin. Vrai-chien, le vagabond originel, se tient prêt à enseigner à l'homme les coutumes du voyageur. *Khoka*, désire lui montrer sa résistance en cas de grand danger. Et cornes-bouclées, le grimpeur agile, lui offre ses pouvoirs d'aisance et de vitesse quand l'ascension semble hors d'atteinte.

Puis la voix du vieux voyant devint plus forte, plus emphatique.

— Quelle que soit la direction vers laquelle tu tournes les yeux, toi, Tokécha, fils du chef Khoka, tu y trouves un allié pour affronter les difficultés qui croisent ton chemin et pourtant tu dis que les grands-pères ont ignoré ta voix. Ces grands-pères envoient des images à ceux qui ont besoin d'images. Ils envoient des signes à ceux qui ont besoin de quelque chose de plus.

" Tu entends souvent le Peuple s'interroger ainsi : « Pourquoi dire à un homme ce qu'il sait déjà ? » Les mères répètent aux très jeunes enfants afin qu'ils apprennent ce qu'ils ont besoin de savoir. Mais un homme qui connaît l'importance du souvenir n'a pas besoin de ce rabâchage. Pourtant toi, mon fils, tu trébuches quand tu vois qu'aucun *pte* ne marche parmi les créatures de ta vision. A cela, je comprends que tu fais fi d'un souvenir très récent, quelque chose que les puissances t'ont prêté le jour de la chasse du clan. "

Encore une fois le *wapiya* s'interrompit pour permettre au jeune homme de parler mais celui-ci, perplexe, questionnait sa mémoire. Alors le voyant reprit son discours, sa voix à présent guère plus qu'un murmure.

— Mon fils voit déjà *pte*. Celle-là blanche.... et aussi jeune que celui qui la regarde. Je sais que tandis que ce fils grandit, celle-là grandit aussi. Ces deux-là voyagent peut-être ensemble, sur des routes distinctes, vers le sommet, cet endroit élevé où se tient le cornes-fourchues et, s'il en éprouve le besoin, ce *pte* sera à ses côtés. Le cornes-fourchues, un symbole de paix. Le cornes-fourchues, un gardien de paix. A présent quelqu'un sait que moi, Wakankcha, ai aussi vu la jeune créature blanche le jour où il l'a aperçue. Moi, Wakankcha, véritable voyant des Tasha, peux témoigner de ce que tu as vu le jour de la chasse.

Le vieux prophète se redressa mais un certain jeune Khoka resta comme avant assis en silence. " Il suffit pour l'instant, songea l'aïeul ; une réflexion trop concentrée dans le temps ralentit peut-être un homme sur sa route vers un endroit important. " Le saint homme posa une main paternelle sur l'épaule de Tokécha.

— Avance dans le souvenir de ta vision, mon fils, et ne te départs jamais, jamais de la pipe.

XXI

Les incisions dans la poitrine de celui-qui-contemple-le-soleil s'étaient refermées, laissant deux cicatrices rouge foncé là où les lanières l'avaient retenu au poteau. De nouveau celui-ci se promenait parmi le Peuple satisfait ; la contemplation-du-soleil était quelque chose de relégué à présent dans les mémoires et le poteau-du-soleil rien d'autre qu'un bois mort dressé solitairement sur la plaine. Les dirigeants avaient accordé à Takcha Ushté un symbole de son épreuve ; une longue plume que l'homme attacherait parmi les plumes honorifiques qui encerclent la tête. Mais, aujourd'hui, le Peuple ne pouvait voir ni cercle ni plume honorifique car celui-qui-contemple-le-soleil avait voulu se souvenir de lui-même comme guerrier, un guerrier qui avait choisi de glisser une simple plume à l'arrière de ses cheveux épais et attaché un petit sifflet en os de *wambli* à son cou.

Ceux-qui-attrapent-les-chevaux étaient revenus des collines de sable où ces grands-chiens sauvages vagabondent, repoussant dans le camp quarante fortes créatures qui grossiraient leur troupeau. Takcha Ushté avait entendu dire que trois ou quatre bons étalons se tenaient parmi les captifs, c'est pourquoi il pointait ses mocassins vers l'enclos où étaient parqués ces nouveaux-là. Cet homme aimait passer un moment parmi les hordes de chevaux, ces créatures que le Peuple appelait aussi *shunka-wakan*, chien-sacré. De se mêler à ces puissants quatre-pattes procurait du plaisir à ses yeux, à ses oreilles et même à son nez, quoique son nez se lassait plus vite de ce plaisir que ses autres sens.

Avant que le guerrier n'atteigne les hordes, il aperçut son père assis en compagnie de Wiyaka, le chef Khoka, et décida de les rejoindre pour une pipe informelle et un brin de conversation. Mais il tomba encore en pleine conversation sur les *washichu*.

Les chefs frères-amis ne s'entretenaient pas des commerçants qui apportent la boisson jaune brûlante mais du petit groupe qui campait sur une terre proche, ceux qui avaient interrompu leur voyage en entendant le son d'un tambour de cérémonie.

Deux ou trois fois des éclaireurs étaient revenus, depuis le premier compte rendu à leur sujet, rapportant que ces Blancs étaient toujours à proximité et n'avaient pas levé le camp vers une autre destination. A présent certains chefs s'inquiétaient des intentions, peut-être mauvaises, de ces *washichu* envers le cercle tribal et le conseil devait se réunir pour décider comment le Peuple allait se débarrasser de ceux-qui-amènent-les-ennuis.

Woksapa et Wiyaka avaient décidé de parler d'une seule voix à ce conseil : " Ignorons ce groupe insignifiant et à force il s'en ira. " Mais ces chefs savaient que d'autres voix se feraient entendre au conseil en faveur d'une expédition guerrière contre ce campement *washichu*, qu'il fût insignifiant ou non.

En entendant cela, un certain fils-guerrier s'imagina que ses oreilles le trahissaient.

" Quel genre d'homme dans ce cercle, où de n'importe où ailleurs, trouverait glorieux d'attaquer un village dans lequel il sait que quatre femmes se tiennent avec seulement un homme pour les protéger, même si cet homme a la taille d'un grizzly ? Qui oserait dire qu'il a agi avec bravoure et audace quand l'un des opposants possède tellement plus de force guerrière que l'autre ? Moi, Takcha Ushté, détiens également une voix dans ce conseil et ai l'intention de m'en servir la prochaine fois que les chefs se réuniront. "

Celui-qui-contemple-le-soleil, ce guerrier élancé aux larges épaules se redressa brusquement et se dirigea à nouveau vers la horde de chevaux en marmonnant quelque chose sur sa préférence envers la nature des quatre-pattes à celle d'hommes s'imaginant pouvoir gagner des honneurs à partir en guerre contre des femmes.

Woksapa, le père, resta assis une pipe chaude à la main, impassible devant le spectacle de la poussière qui s'élevait de mocassins en train de s'éloigner. Puis, offrant la pipe à son frère-ami, il exprima doucement sa pensée.

— Tandis que guérissent les entailles de la contemplation-du-soleil, peut-être qu'une ancienne cicatrice se rouvre.

A côté de la tente d'un certain fabricant d'arcs, une jeune fille Absa aux yeux ronds qui surveillait le feu-de-cuisson, une dénommée Tahwiyéla, jeta elle aussi un coup d'œil au guerrier à l'air grave qui se dirigeait vers les hordes de chevaux.

Tokécha avait pu se reposer de sa quête-de-vision, choisissant de remettre à plus tard l'examen de certaines choses mystérieuses. « Les lunes chaudes s'évanouissent bientôt, s'était-il dit, le cercle se rompt et les clans se dispersent. Pourquoi ne pas profiter du bien émanant de ce campement pour faire une petite chasse à cheval avec un frère-ami par exemple ? » C'est ainsi que le Khoka, se promenant à la recherche d'un contemplateur-du-soleil guéri, put remarquer la fille Absa debout auprès du feu-de-cuisson. Mais il vit aussi autre chose, une chose qui lui réchauffa le cœur, une chose qui lui permit de constater à nouveau les bienfaits du don, bienfaits pour chacun et pour tous. En se promenant dans le camp il aperçut en effet un jeune garçon Ishna sur le dos d'un cheval tout rond et tout bouclé. S'arrêtant pour observer le garçon, Tokécha ressentit une boule familière lui serrer la gorge.

Peut-être que ce garçon avait compris que jamais il ne grimperait aux poteaux de la tente de sa mère, que jamais il n'y attacherait la couverture comme le font les autres garçons quand ils sont encore en âge d'aider au travail des femmes. Il avait en tout cas demandé à quelqu'un de fabriquer pour son cheval de courts poteaux de travois, poteaux sur lesquels il pourrait porter les outres de son Peuple sur le chemin des femmes, afin de réapprovisionner en eau fraîche les tentes Ishna. Mais peut-être que le petit clan Ishna avait augmenté pendant que Tokécha dormait, car le jeune guerrier assistait à présent à une scène bien étrange ; le petit garçon semblait en effet transporter assez de ces sacs pour abreuver toutes les tentes du cercle.

Une montagne d'outres entassées recouvraient les poteaux de travois, d'autres encore étaient suspendues tout le long des poteaux jusqu'à l'encolure du petit cheval, l'arrondissant encore plus qu'à l'accoutumée. Juché en haut de la pile de sacs en peau douce, le jeune Ishna handicapé chantait le chant des porteurs-d'eau, un chant puissant pour accompagner ce travail de la plus haute importance. Mais la puissance de ce chant appartenait au chanteur et non au chant lui-même, à ce chanteur de guère plus de cinq ou six hivers et qui s'aidait d'un bâton pour renforcer ses jambes tordues quand il marchait.

Détournant un instant son regard du chanteur-porteur-d'eau, Tokécha rencontra le visage d'une femme qui le regardait droit dans les yeux; une mère Ishna qui souriait sa gratitude envers le jeune guerrier Khoka qui, sous une autre lune, avait conduit un quatre-pattes bouclé jusqu'à sa tente. "Un cadeau pour le fils", il avait dit.

Le chercheur-de-vision trouva le contemplateur-du-soleil près de l'enclos et, après avoir fait le tour des étalons nouvellement capturés, les deux hommes montèrent sur leurs chevaux et s'éloignèrent vers les collines proches, ressentant l'un et l'autre le besoin d'une conversation plus sérieuse. Au signal d'un cri de guerre lancé comme un défi, ils firent la course jusqu'aux calmes pentes douces, le coursier noir de Tokécha touchant le but à hauteur de croupe du cheval-de-guerre monté par le Tasha. Se laissant glisser du dos de leurs montures, les frères-amis s'allongèrent à l'ombre protectrice d'un vieil arbre et mâchonnèrent des brins d'herbe comme le font les garçons qui fuient la chaleur d'un vieux soleil d'été.

— Mon jeune frère apprend rapidement les manières d'un certain coursier noir, se moqua le Tasha. Peut-être que la prochaine fois que toi et moi ferons la course jusqu'ici, le coursier mordra mes mocassins plutôt que la queue de mon cheval.

Les guerriers reprirent leur conversation en plaisantant, ce qui comme chacun sait aplanit le chemin qui mène à de plus sérieux discours.

Pendant un moment les hommes restèrent silencieux, chacun attendant que l'autre entame la discussion. Puis, en même temps, deux bouches s'ouvrirent et débitèrent de concert : “J'ai décidé quelque chose !... ”

D'autres rires suivirent puis Takcha Ushté prit doucement la parole.

— Quelqu'un raconte que pendant que je dormais et que mes entailles guérissaient, un certain Khoka est allé aux plates-formes-des-chercheurs. Ce même Khoka revient peut-être avec quelque chose à raconter à son frère ? J'écoute.

Des jeunes lèvres rieuses de Tokécha les mots s'échappèrent.

— Je suis allé aux plates-formes, *chinyé*. Là les puissances m'ont peut-être prêté quelque chose d'important. Je ne comprends pas encore ce qu'elles m'ont prêté et donc, tant que je n'en sais pas plus, je choisis de ne pas parler de ces choses. Pourtant, plutôt que de rester assis à me poser des questions sur cette vision tandis que l'été s'enfuit, j'ai mis au point un projet concernant le groupe de *washichu* qui campent près d'ici, le groupe au cœur de presque toutes les conversations du Peuple.

Le sourire de l'auditeur disparut, laissant place à un visage grave et intransigeant, mais le Khoka poursuivit son discours.

— J'ai entendu de nombreux guerriers, jeunes ou non, exprimer leur désir de constituer un groupe de guerre pour faire un raid sur ces Blancs, peut-être même les tuer. Mais je ne comprends pas le sens de paroles agressives, meurtrières sans raison, et donc j'ai imaginé une autre manière de rencontrer les *washichu*. J'ai choisi de ne pas parler de mon plan aux uns et aux autres autour des feux de camp. Par contre j'ai l'intention de demander une voix au conseil bien que je n'aie pas le nombre d'hivers requis par la coutume pour cette voix. Je n'irai pas voir mon père-le-chef pour lui demander de parler pour moi car, comme tout homme, je possède une voix qui m'est propre. Je ne veux pas entendre non plus mon deuxième-père, le voyant Tasha, parler pour moi de mes plans comme si j'étais un petit garçon, quelqu'un qui ne porte pas encore le pagne des hommes. Moi, Tokécha, arbore la plume d'un guerrier qui a fait ses preuves et je possède également l'aide d'une vision. Je tiens en grande estime les traditions, mais avec insistance, beaucoup d'insistance je demanderai au conseil de m'écouter.

Le visage grave et intransigeant s'adoucit et les yeux paisibles à présent s'éveillèrent, intéressés par le plan du jeune guerrier.

— Est-ce que mon frère permettrait à celui-qui-contemple-le-soleil de connaître quelque chose de ce plan avant qu'il présente celui-ci à un conseil qui ne se doute de rien ?

Ainsi les deux hommes, l'un parlant, l'autre écoutant, ne remarquèrent ni le soleil quand il glissa au bord de la terre, laissant à sa traîne un lumineux étendard rouge, ni quand à son tour celui-ci céda sa place à une robe foncée clignotante de tous les feux de ses soleils-de-nuit au-dessus de la vaste plaine.

XXII

D'autres soleils se levèrent et se couchèrent, puis un certain groupe d'étoiles apparut ; des étoiles annonçant le proche passage des lunes chaudes aux lunes froides. Cependant le Peuple s'attardait encore sur cette terre, nul n'ayant le désir de disperser ce campement avant de voir le givre au bord de la rivière ou de remarquer, le matin, une raideur aux couvertures des tentes. Tous purent donc à nouveau entendre la voix du crieur annoncer que dirigeants et chefs se réuniraient dans la tente centrale.

Pazuwashté perçut les mouvements de son fils dans sa tente avant même que n'apparaisse l'étoile du matin, mais la femme resta sans bouger, les yeux clos, décidant de ne pas se mêler des préparatifs du jeune homme. Pourtant, très certainement, ce remarquable jeune homme préparait encore quelque chose. Pourquoi sinon aurait-il quitté la tente dans le noir, serait-il allé se jeter dans la rivière, serait-il revenu arranger ses cheveux pour repartir aussitôt habillé d'une légère robe d'été, une pipe à long tuyau à la main ? Sans s'étonner des actes surprenants de son surprenant fils, la mère caressait le petit ballot endormi à ses côtés en écoutant la respiration régulière, le doux ronflement de son époux qui dormait paisiblement au fond de cet endroit.

Wakanka, elle aussi éveillée, regardait depuis sa couche l'étoile du matin qui la saluait par le trou de fumée. Mais ce n'étaient pas les mouvements de son fils qui l'avaient réveillée car cet homme dormait toujours dans le petit tipi qu'elle avait dressé pour son usage avant la cérémonie de contemplation-du-soleil. Dans quelle tente cependant, de ce camp ou de tout autre, y aurait-il une mère qui ne sache quand son fils se prépare à quelque chose d'important ? Ainsi la vraie-femme du chef Tasha envoya une voix silencieuse vers le petit visage brillant qui la regardait d'en haut, demandant à ce que quelqu'un – quiconque – se tienne prêt à offrir de sa force pour soutenir ce fils dans la décision qu'il paraissait sur le point de prendre. Puis, entendant son mari remuer dans son sommeil, la femme se leva, enfila les mocassins à portée de ses pieds et quitta sa tente pour le feu-de-cuisson, car elle savait qu'un chef apprécierait à son réveil un bol de soupe chaude en ce jour où devaient se réunir les dirigeants.... comme en tout autre jour d'ailleurs.

Un prophète âgé était assis devant un petit tipi dépourvu de décorations, à proximité du village Tasha de la pointe-des-cornes. Le saint homme regardait la pâle lueur éclairer d'abord l'est, puis chaque point, puis l'ensemble du ciel. Ce spectateur du soleil, tout ridé, vit également d'autres choses dans le doux éclat jaune de ce matin, des choses qui éveillèrent son intérêt, des choses qui invitèrent les sourires à s'épanouir sur ses joues et la fierté paternelle à gonfler sa poitrine. Tout en observant ces déplacements, il envoya quelques mots silencieux vers le soleil : " Père de l'un, père de tous ! "

Puis le crieur chanta.

— Venez au centre. Ceux qui désirent entendre quelque chose, réunissez-vous à la tente centrale. Les personnes parlent, les chefs écoutent, les *wakichunsa* décident, pour la dernière fois peut-être avant que ne s'ouvre et ne s'éparpille ce cercle. Venez au centre.

Peu nombreux furent ceux qui se retrouvèrent autour des pans roulés de la tente de conseil car le Peuple savait que les conversations sur les *washichu* domineraient les discours ce jour-là. Plus d'une femme s'était lassée des discussions sur les Blancs que leurs époux tenaient autour de chaque feu de camp à l'intérieur du cercle. Les vieux guerriers, ceux qui avaient passé l'âge de se battre, ne voyaient pas la nécessité de décider en conseil du bien-fondé d'une attaque sur un petit campement de Blancs. " Pourquoi rester assis dans la foule autour d'une tente, au centre d'un campement sec et chaud, se demandaient-ils, quand les longues-oreilles bondissent et courent sous l'ombre du peuple-debout – un endroit frais pour chasser un peu ? " Ainsi les chefs réunis dans la grande tente se retrouvèrent principalement en compagnie de jeunes époux guerriers, des hommes désirant utiliser la guerre pour enflammer un peu leur sang avant de partir vers le campement d'hiver. Peut-être cherchaient-ils aussi à gagner facilement une plume honorifique en échange de ce modeste effort. Mais tous ceux qui s'étaient assis là ne pensaient pas de même. Pas Takcha Ushté.... et certainement pas Tokécha.

Tokécha ! Celui-là même qui n'avait pas encore vu assez d'hivers pour posséder une voix au conseil. Il se tenait pourtant assis, droit et fier, parmi les guerriers de ce cercle.

Les dirigeants et les décideurs écoutèrent les plans de leurs guerriers. Takcha Ushté s'était dit opposé à une attaque ridicule contre les *washichu* et plusieurs jeunes hommes avaient murmuré leur assentiment aux paroles de celui-qui-contemple-le-soleil. Quel homme ne serait attentif aux paroles de celui qui se transperce la chair d'une lanière et reste suspendu au poteau pour le bien du Peuple ? Mais le contemplateur n'avait pas amené d'autre idée pour calmer les guerriers au sang chaud et c'est alors que Blohkazi exposa son plan pour former un groupe qui ne tuerait pas mais ferait une razzia chez ces *washichu*. Il fallait harceler les intrus, les remplir de terreur, peut-être leur voler les étranges chevaux aux longues oreilles. Abandonner ces Visages pâles en ne leur laissant que leurs pieds pour les porter là où ils voudraient aller, avait-il dit.

Des cris partisans suivirent le discours du guerrier Kanghi, mais quelque chose fit son chemin au travers de ces cris et les réduisit au silence : une voix claire et forte qui paraissait venir d'un orateur chevronné et qui résonnait au-dessus des hurlements approbateurs des guerriers. Une voix qui, en d'autres circonstances, pouvait peut-être se fêler ou se casser, comme le fait celle d'un garçon qui se mue en homme. Mais pas aujourd'hui.

— Chefs, guerriers, décideurs, écoutez-moi ! Moi, Tokécha, un fils du clan Khoka, parle à ce conseil ! Je viens vers cette tente respectueux des coutumes, et donc je sais que n'ayant pas le nombre d'hivers nécessaire, je ne détiens pas une voix ici. Mais beaucoup d'autres choses ont amené des changements au Peuple ces derniers temps.... certaines bonnes, d'autres moins.... ce qui est sûr, c'est que le Peuple sait faire la part de ces choses. Donc je parlerai ici. Et vous m'entendrez.

Le vieux voyant Tasha, quelqu'un à qui une voix honorifique était offerte dans toutes les réunions de chefs, avait choisi de ne pas siéger à celle-ci. Par contre il se tenait debout à l'extérieur, en retrait des hommes ahuris qui écoutaient là, envoyant sa joie à ce jeune orateur si proche de son cœur.

— Il est plus que certain que les *washichu* n'apportent pas que des marchandises au Peuple mais aussi des changements indésirables. Pourtant qui, parmi ceux assis ici, peut affirmer que ce groupe dérisoire, composé d'un homme et de quatre femmes qui campent à proximité, possède les manières fourbes des marchands ? Qui ose dire qu'il sait cela ? Ceux qui m'ont enseigné dans les façons de mon Peuple pendant mes saisons de jeunesse disaient : " Connais ton ennemi et tu connaîtras la victoire. " A présent j'entends d'autres qui disent : " Attaque, harcèle, vole et tue ", avant même de connaître la moindre chose de ceux à qui ils veulent faire la guerre. Est-ce que ceux-ci vont appeler tous les *washichu* des " ennemis " à cause de quelques Blancs qui dérangent la vie du Peuple ?

Plusieurs personnes se joignirent alors aux auditeurs en entendant cette nouvelle voix qui parlait au conseil. Parmi elles, la mère de sang du jeune Khoka, un minuscule fourreau fermement attaché à ses épaules. Pazuwashté murmurait à l'adresse du fourreau qu'une fille doit écouter attentivement les paroles de celui qui l'appelle sœur. " Ecoute et souviens-toi, lui dit-elle, car un jour viendra où le Peuple entier de tous les clans aura besoin de se souvenir de ces choses. "

— Il est sûr que les guerriers ont besoin de la guerre pour pouvoir faire leurs preuves par des actes de bravoure et des exploits audacieux. Mais ceux parmi les guerriers qui possèdent la sagesse ne reconnaissent-ils pas également l'importance de la « connaissance » en tant qu'instrument de guerre, une arme peut-être plus puissante que la matraque ? Pourquoi ne pas essayer de connaître quelque chose, d'en apprendre plus ? Après cela seulement, parler de guerre.

Des murmures déconcertés traversèrent le conseil. L'orateur attendit que le silence revienne. Puis, doucement et clairement, il exposa son plan.

— Bientôt le Peuple va plier ses tipis et se disperser dans les villages de la plaine pour les lunes froides, mais avant que les couvertures de tente ne tombent à terre, moi, Tokécha, je me rends dans le campement de ces Blancs avec trois autres que je désignerai pour ce travail. Puis, moi et ces trois hommes, reviendrons ici avec les *washichu*. Je ne ramènerai pas ces Visages pâles en tant que prisonniers.... mais en tant qu'invités.

Les murmures devinrent un grondement, ce grondement un cri d'ahurissement. Plusieurs se détournèrent, couvrant leurs yeux de leurs fines robes d'été, indiquant ainsi qu'ils n'écouteraient plus. Mais celui qui avait parlé se tenait debout, les pieds écartés, les bras croisés, serrant fermement dans le creux de son bras la pipe à long tuyau et, comme précédemment, il attendait, le visage calme. Le silence retomba sur le conseil et ses auditeurs. Un silence sonore.

Les *wakichunsa* saisirent leurs pipes mais avant que les braises ne fussent dans les fourneaux, le jeune homme avait repris la parole.

— J'irai à ce campement, accompagné ou non. Et qui, ici, prendrait la tête d'une expédition guerrière contre un camp où se tient l'un des leurs ?

Son discours terminé, le jeune guerrier Khoka, porteur de la pipe de celui-qui-contemple-le-soleil, se détourna et s'éloigna du conseil stupéfié ; les yeux volontaires, le regard droit, les muscles de la mâchoire apparents sous la pression des dents serrées.

Quelqu'un qu'ils appellent Tokécha, " le différent ", quelqu'un de seulement dix-et-cinq hivers, venait de parler en conseil

Quatre *wakichunsa* posèrent des braises dans les fourneaux de quatre pipes afin de se relier à la vérité.

XXIII

Tokécha s'était résolu à attendre quatre soleils la décision du conseil avant de faire les derniers préparatifs pour son court voyage vers le campement *washichu*. Il emploierait ces soleils à passer en revue ses connaissances des Blancs, à s'assurer qu'il n'avait rien négligé et qu'il prendrait la tête d'un groupe qui reviendrait sain et sauf. C'est pourquoi le jeune Khoka s'isola à la limite du campement à contempler, émerveillé, l'étendue d'un clair ciel de fin d'été. “ Sous une robe aussi bleue que celle-ci, pensa-t-il, toutes choses connaissent la plénitude. ”

Bien que le jeune homme eût décidé de voyager vers le camp des Blancs et de mener à bien son plan que le conseil ou non l'approuvât – ce choix lui appartenant –, il mettait celui-ci au point comme si les *wakichunsa* avaient déjà pris une décision favorable, son cœur lui disant que le Peuple ne jugerait pas ses actes insensés.

Tandis que le jeune guerrier s'émerveillait du ciel, il comprit une chose, une chose importante autour de laquelle organiser ses pensées concernant les Blancs. Il se souvint que ces *washichu*, en entendant le son du tambour de cérémonie, avaient interrompu leur voyage et ne s'étaient pas approchés de là d'où venait le son. Mais ils n'avaient pas non plus fait marche arrière ni fui. Ils s'étaient installés, avaient construit un campement fonctionnel et avaient continué à vivre sous chaque soleil. S'appuyant sur ces observations, il lui paraissait que ce groupe de *washichu* ne nourrissait pas de mauvaises pensées à l'encontre du Peuple dont il croisait le chemin, ni ne connaissait cette chose appelée peur. Ce jeune, jeune homme conclut alors que ce grand homme et ses quatre femmes avaient fait preuve de quelque chose que le Peuple appelait respect; respect envers les coutumes d'autres hommes, d'autres tribus.

Ayant pris en considération tous les aspects importants de son plan, le Khoka, la pipe de la cérémonie-du-soleil toujours en main, se releva et s'éloigna de cet endroit parmi les rochers, ses mocassins pointés à nouveau vers les villages. "Je parle maintenant avec ceux de mon groupe, se dit-il en jetant un regard reconnaissant vers le ciel clément. Peut-être que certains désirent préparer quelque chose pour le voyage."

Après que l'un des hommes choisis pour son expédition eut accepté de s'y joindre, Tokécha s'assit pour parler avec son frère-ami devant le petit tipi dressé près de la tente du chef Tasha. Là les deux hommes parlèrent à bâtons rompus de toutes les choses qui peuvent s'avérer utiles à un petit groupe de voyageurs, Takcha Ushté offrant généreusement de son expérience à ce si jeune homme qui mènerait et porterait la pipe pour la première fois. La plupart des détails mis au point, Tokécha bondit sur ses pieds et jeta un large sourire moqueur à son frère Tasha encore assis.

— Toi et moi nous parlons et la lumière s'enfuit, mon frère. Je porte la pipe pour une expédition importante mais certains de ses membres ne savent pas encore que je les invite à rejoindre ce groupe. Je vais à présent en aviser une autre personne ; le Peuple ne dit-il pas que les femmes mettent souvent plus de temps pour se préparer que les hommes.

Un Takcha Ushté interloqué vit s'éloigner le dos de quelqu'un qui bondissait au travers du campement à la façon d'un petit garçon imitant les mouvements d'un longues-oreilles. "Peut-être que mon jeune frère gardera toutes ses saisons les manières d'un garçon, pensa-t-il. C'est là, en vérité, une chose plutôt agréable en ces temps de changements si graves et si nombreux."

Les *wakichunsa* n'avaient pas traîné pour prendre une décision au sujet de la proposition du jeune Khoka.

— Prends ton petit groupe et va, dit le porte-parole des décideurs. Ramène ces *washichu*, ces invités, s'ils acceptent de venir ici. Ramène-les, mais pas à l'intérieur du cercle, pas parmi le Peuple. Les Tasha et les Khoka étant les protecteurs de la pointe-des-cornes, qu'ils protègent. Offre à Grand-homme, à ses femmes, à ses chariots-en-bois-qui-roule et à ses chevaux aux grandes oreilles un emplacement à l'extérieur de l'ouverture de ce campement. Demande au groupe de surveillants d'observer les Visages pâles de leurs yeux vigilants, une lame de couteau à la main. Quand ce grand cercle se disperse pour les lunes froides, la responsabilité de la tribu dans son ensemble envers ces Blancs prend fin. A ce moment-là les décisions, en ce qui les concerne, reviennent aux chefs Tasha et Khoka.

Ainsi, par un matin frais et vif sous la pâle lumière de l'aube d'un vieux soleil d'été, le Peuple regardait quatre des siens se réunir sur un tertre à proximité du cercle.

Un remarquable guerrier Khoka se tenait à l'avant, une pipe à la main, une légère robe d'été pliée sur le bras fort dans lequel il berçait la pipe, une seule plume-de-guerrier glissée de biais dans ses cheveux noirs et épais. Il se tenait droit, face à la direction vers laquelle il mènerait son groupe. Certains, parmi les spectateurs, remarquèrent que sa personne n'était pas sans rappeler celle de son père, le chef Khoka. C'est en tout cas ce qu'ils s'imaginèrent.

Derrière le jeune dirigeant se tenaient deux hommes, l'un très âgé, l'autre pas du tout. La fragilité du vieil homme se devinait quoiqu'il se dressât fort dans le vent du matin, ses cheveux blancs détachés s'envolant en tous sens. Celui-ci tenait serrée près du corps sa robe déchirée, mais le froid qu'il semblait ressentir venait peut-être plus de ses hivers que du vent mordant. L'homme plus jeune n'avait lui aussi glissé qu'une seule plume de guerrier au travers de ses cheveux attachés sur la nuque et n'était vêtu que d'un pagne et de mocassins, laissant nue une poitrine sur laquelle les cicatrices d'une récente contemplation-du-soleil apparaissaient. D'une main il portait la lance à plumes du guerrier, de l'autre il tenait les rênes d'un magnifique cheval rouge à la crinière et à la queue foncées, quasi noires. "Un cheval ordinaire, avait dit le Peuple, ce cheval – un cadeau pour le grand homme *washichu* qui avance avec l'aide d'un bâton-de-feu."

— Peut-être que ce grand-là a plaisir à faire autre chose que marcher, avait dit le jeune dirigeant.

Le Peuple reconnut Tokécha, le différent, en tête, suivi du vénérable saint homme Wakankcha et du frère-ami du Tasha, Takcha Ushté. Mais quand ils virent qui à présent se joignait au groupe, une vague d'étonnement parcourut les spectateurs réunis.

Menant sur la légère pente du tertre un cheval de bât équipé d'un travois, une femme s'avançait ; une jeune femme, une captive, quelqu'un d'appelé Tahwiyéla. Une Absa !

Les pères des deux hommes du petit groupe n'avaient pas jugé utile de faire partie de ce rassemblement de spectateurs. Les chefs Tasha et Khoka avaient déjà siégé avec le jeune et résolu Tokécha et été informés des intentions de cette graine-de-dirigeant quant à sa rencontre avec les *washichu*. Mais quelle mère, que la coutume lui permette ou non de parler directement à son fils, mépriserait l'occasion de lui jeter de loin un coup d'œil le jour où il s'en va à la tête d'un groupe important, par le nombre ou par autre chose, vers le campement d'étranges *washichu* ? Ainsi les deux femmes des chefs, mères de deux des membres de l'expédition, se tenaient silencieuses parmi ceux qui murmuraient leur ahurissement devant le choix d'un jeune porteur-de-pipe. Ces mères, qu'aucun des actes d'un certain fils n'étonnait jamais, se tenaient le cœur empli de joie, des sourires plein leurs joues car chacune savait qu'un ou peut-être deux de leurs fils entamaient en ce jour leur voyage vers la grandeur.

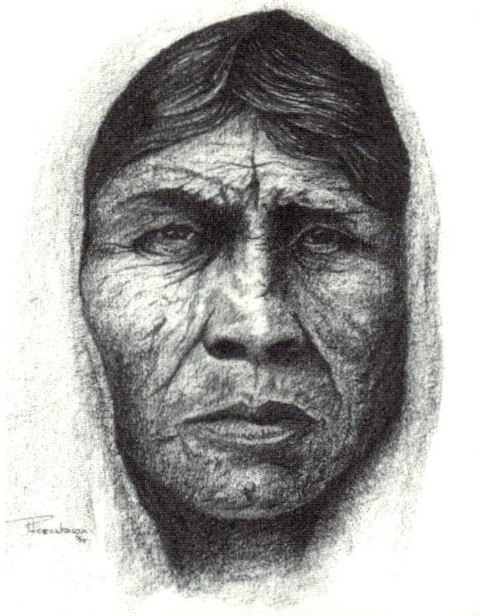

XXIV

Les voyageurs avaient progressé sous un ciel clair aux journées chaudes et aux nuits fraîches : un court voyage sans problème. Les deux jeunes hommes avaient chassé ensemble, abattant de petits oiseaux, un longues-oreilles et un petit queue-blanche. Takcha Ushté, en souvenir de la chasse de ses saisons de jeunesse avec Ahpepi, le premier chasseur des Tasha – chasse qui lui avait donné son nom-d'homme – avait demandé à Tokécha d'abattre le queue-blanche.

— Je choisis de ne pas tuer celui qui me prête un si beau nom, avait-il dit en plaisantant.

Mais son visage trahissait le vrai poids de ses paroles et ainsi le Khoka avait tué rapidement le quatre-pattes, d'une flèche de son arc au flanc il lui avait transpercé le cœur.

En arrivant à un point situé à une courte marche du campement *washichu*, le jeune dirigeant leva la main, son geste indiquant au groupe qu'il ferait halte ici, dresserait un campement provisoire et attendrait le compte rendu de certains éclaireurs qui observaient toujours les allées et venues des Blancs.

Sans bruit, Tahwiyéla éleva les tentes et mit en route un feu-de-cuisson pendant que les hommes fumaient et tenaient conseil. C'est ainsi que Takcha Ushté put remarquer, en jetant un coup d'œil par-dessus la tête du saint homme, la rapidité, l'agilité et la gaieté avec lesquelles cette jeune Absa exécutait ce travail, si différent pour elle des façons de faire de son Peuple. « Celle-là apprend rapidement, se dit-il, peut-être.... »

Brutalement les paroles sans équivoque d'un vieux voyant mirent un terme à ses pensées.

— Peut-être qu'il manque quelque chose à un certain guerrier, ce qui explique que ses pensées puissent s'attarder sur le travail des femmes et qu'ainsi le trouble vienne peut-être rendre visite à ce groupe alors qu'il entre dans le campement des Visages pâles.

Le Tasha reporta immédiatement son attention vers le cercle de feu et la pipe que les mains du prophète lui tendaient. Il ressentit une chaude rougeur lui envahir le cou et monter à ses joues où elle resta. Il s'empara de la pipe sans regarder le voyant dans les yeux ni jeter un regard au jeune dirigeant qui essayait de garder l'attitude d'un homme qui-mène-une-expédition-importante, mais qui ressemblait plus à un garçon en train d'essayer de garder son sérieux lors d'une conversation difficile avec son père.

Après la visite de deux éclaireurs qui leur donnèrent d'autres détails sur les étranges façons de faire des *washichu*, le jeune dirigeant partit s'asseoir seul pour méditer sur les coutumes de ceux qu'il envisageait d'amener dans le cercle tribal. Des invités, mais quelle sorte d'invités, il ne le savait encore. Comme toutes ses ruminations n'avaient en rien l'air de le rapprocher de la compréhension, il décida que d'inviter d'autres pensées sur ces gens serait inutile. Il choisit plutôt de dormir.

L'étoile du matin apparut puis disparut et le soleil éclaira progressivement l'est. Tokécha ouvrit les yeux sur le visage souriant de son frère-ami qui le regardait de haut.

— Si tu décides, *misun*, de choisir de dormir plutôt que de diriger, peut-être me laisseras-tu entrer le premier dans le campement *washichu*.

Aussitôt le jeune Khoka se leva.

— Je ne permets pas à mon groupe d'atteindre leur campement avant que le soleil ne soit haut dans le ciel, *chinyé*. Mais est-ce que tes jambes n'ont pas assez de force pour une promenade au rythme soutenu dans la fraîcheur du matin ?

Les plaisanteries des deux jeunes guerriers entretinrent le calme avant l'importante rencontre ; les sourires et les rires permettant à la tension oppressante du moment de s'évacuer.

Puis, une certaine Tahwiyéla entonna un chant paisible : “ Quatre marchent sur la terre ensemble.... Chacun son maître.... Personne ne dirige, personne ne suit.... Quatre marchent sur la terre ensemble. ”

Par deux fois, et par deux fois encore, elle chanta et les pieds des quatre martelaient la terre au rythme de son chant.

XXV

Haut dans le ciel, un soleil jaune flamboyant faisait régner une chaleur inhabituelle pour la lune-où-poussent-les-poils-des-veaux. Tout semblait ralenti dans le petit campement, même l'air ne bougeait pas.

"Où se tapit à présent la force-de-vie? se demanda Tokécha en regardant le camp ordonné. Peut-être que le *shkan* a rendu visite à un autre groupe, est allé renforcer un autre chef?" Pourtant il se tenait, tel un chef qui aurait déjà mené dix dizaines d'expéditions, devant deux hommes et une femme. Et il attendait.

L'étrangeté de ce qu'il voyait l'ahurissait mais il conservait le visage impassible d'un porteur-de-pipe expérimenté et aucun du groupe n'aurait pu s'apercevoir que les genoux du jeune dirigeant contenaient de l'eau plutôt que des os. Et il attendait.

Les deux jeunes femmes *washichu* assises à l'ombre protectrice du grand chariot bâché, poinçon et nerf en main, raccommodaient un vêtement. C'est en tout cas ce qu'imagina Tokécha. Dans un bosquet de jeunes arbres, la femme-aux-cheveux-jaunes graissait la longe et toutes les autres choses avec lesquelles elle décorait son beau cheval, qui flânait à proximité en mâchonnant l'écorce de plusieurs arbres. Cette créature errait sans contraintes, les pattes de devant libres de tous liens pour l'empêcher de s'enfuir. Pourtant il ne s'éloignait pas de la femme, tournant régulièrement la tête pour s'assurer que Cheveux-jaunes était toujours dans les parages. Le jeune Khoka se persuada alors que cette femme devait posséder un pouvoir sur les quatre-pattes. Peut-être lui en parlerait-il. Mais comment ? Même si cette femme parlait le langage des chevaux, parlait-elle aussi celui de son Peuple ? Soudain le jeune homme se rendit compte qu'il n'avait pas du tout abordé dans ses pensées le problème de la communication avec les *washichu*. Il se souvint aussi que dans ce groupe aucun ne serait d'une grande utilité en tant qu'interprète. Rapidement il abandonna ce souci. “Pourquoi s'inquiéter pour des détails, pensa-t-il, quand on a devant soi un travail important à réaliser ? Je trouverai le moyen quand se présentera le besoin.”

La vraie-femme du chef *washichu* elle aussi était assise parmi les arbres, à proximité de Cheveux-jaunes et du cheval. Adossée à l'un des grands arbres, les yeux levés, la femme scrutait le ciel sans nuages. Le jeune chef remarqua une pile de feuilles blanches et sèches sur ses genoux ainsi que d'autres piles éparpillées sur le sol autour d'elle. Dans sa main, un bâton-qui-marque, quelque chose pour faire des petites griffes noires sur les feuilles. Tout à coup, dans sa mémoire le jeune homme retrouva les histoires des *washichu*-faiseurs-de-traités et son visage mince et fort prit une expression grave et résolue, inhabituelle chez cet homme aux allures de garçon. Mais l'expression sévère disparut rapidement quand il se rappela qu'il ne connaissait pas encore tous les faits concernant ceux de ce campement, et tant qu'il n'aurait pas de certitudes, il ne déciderait rien. Puis la voix douce du vieux voyant parvint à ses oreilles :

— Quelqu'un se tient sur cette corniche comme un observateur et non comme un décideur. Alors qu'il observe ! Et tant que ceux d'en bas ne voient pas un chef qui attend qu'on le remarque, il apprend peut-être quelque chose d'utile. Observe !

Le vieil homme ridé souriait en pointant un doigt décharné vers le centre du campement.

S'approchant du rebord de la corniche, Tokécha remarqua immédiatement l'absence de Grand-homme. Il est rare qu'un homme laisse ses femmes sans protection mais les Blancs possédaient des manières si particulières que peut-être leur coutume exigeait que, homme ou femme sans distinction, chacun se protégeât et se méfiât. Bien sûr, les femmes Tasha et Khoka apprenaient très jeunes à se défendre en cas de besoin mais jamais, au grand jamais, les hommes ne quittaient un village sans laisser de guerriers pour protéger leurs femmes, leurs porteuses-de-vie, même si sans doute les plus rudes combats de ces guerriers remontaient à quelques hivers. Tandis que le jeune regardait à nouveau le campement en dessous, il vit Grand-homme sortir de l'un des chariots en portant un grand bol de nerfs raides et emmêlés.... ou quelque chose qui y ressemblait. Cet homme, aussi grand qu'un grizzly, s'occupait à présent du feu-de-cuisson pendant que lui, Tokécha, fixait cette étrange vision. Peut-être que ses yeux le trahissaient ; il jeta donc un regard vers son frère-ami et le saint homme, mais leurs deux visages ne lui apprirent rien.

Tahwiyéla laissa s'échapper un petit rire de derrière la main fine et délicate qui lui couvrait la bouche.

Car, en vérité, non seulement ce géant d'homme s'occupait du feu-de-cuisson mais, à présent, le chef *washichu* jetait les nerfs raides dans l'eau qui bouillait dans le pot en fer suspendu au-dessus du feu. Est-ce que les gens insensés de ce camp mouraient de faim et avaient l'intention de manger des nerfs ? Pourquoi les éclaireurs n'avaient-ils pas fait état de cela ? Confus, le regard du jeune Khoka se détourna des chariots et se porta sur une forme blanche brumeuse qui passait doucement au loin dans le ciel. Un moment plus tard il décida quelque chose : si les peaux-blanches mouraient de faim, ils comprendraient certainement le bien-fondé de son plan ; donc, autant les laisser manger des nerfs maintenant pour qu'ensuite ils acceptent sa proposition. De nouveau, il attendit.... mais pas longtemps.

Soudain, dans le campement d'en bas, le beau cheval se mit à tourner en rond et à renâcler. Cheveux-jaunes le monta aussitôt et dirigea tranquillement la haute créature vers les jeunes femmes qui se précipitaient dans le chariot. La mince femme guidait avec ses genoux le quatre-pattes, la créature ne portant aucune longe. D'une main elle caressa fermement l'encolure du cheval tandis que de l'autre elle faisait signe aux jeunes femmes de sortir du chariot. Grand-homme quitta le feu-de-cuisson, s'emparant au passage du bâton-de-feu qui reposait à proximité sur le sol. La vraie-femme s'avança doucement vers le mari, puis résolument prit place à ses côtés. Cheveux-jaunes, toujours en croupe, prit la tête des jeunes femmes derrière le chef et sa femme.

Les yeux de Tokécha se détachèrent du ciel, pour se poser directement sur le campement. Il attendit, mais rien ne se produisit. Calmement il attendit, le silence envahissant l'air tranquille, rien ne bougea.

Bientôt le chef *washichu* échangea quelques mots avec sa vraie-femme et ils se signifièrent leur accord par le signe de tête des *washichu*. Puis, dans un bel ensemble, les Blancs avancèrent.... un petit peu. Quand ils s'arrêtèrent, la vraie-femme dénoua la banderole brillante et multicolore autour de son cou et, avec un large sourire dans la direction de l'expédition du jeune Khoka, elle l'agita en rond au-dessus de sa tête.

Le jeune dirigeant, témoin de cette scène, reconsidéra rapidement les pensées qu'il avait tenues envers ceux jugés plus tôt comme insensés. Il vit à présent que les actes des voyageurs *washichu* étaient ceux d'un groupe organisé et dont les membres montraient du respect envers eux-mêmes, l'un pour l'autre mais également pour le jeune homme menant trois autres " envahisseurs " vers leur village.

Jetant un coup d'œil derrière lui aux membres de son propre groupe, Tokécha se redressa encore plus qu'à l'accoutumée et rajusta la pipe dans le creux de son bras. Maîtrisant totalement et lui-même et ses intentions, il alla tranquillement à la rencontre des *washichu* qui attendaient et son groupe, à l'unisson, le suivit de près.

Au même moment, les Blancs s'avancèrent aussi, le Grand-homme géant et sa femme marchant de front. Ainsi les deux groupes se rencontrèrent à un endroit non loin du campement et là tous s'arrêtèrent.... tous attendirent.

De larges sourires s'épanouirent sur les visages des deux *washichu* qui menaient le groupe tandis qu'ils avançaient une main ouverte vers le jeune Khoka, la main qui tue, la main du couteau. Tokécha attendit, incertain, son visage sans expression, tout en s'interrogeant sur le sens de ce mouvement de la main. Est-ce que le géant faisait un geste d'amitié en avançant une main vide ? Où s'imaginait-il qu'un garçon sans expérience était venu vers lui, un garçon insensé qui ne savait pas qu'il possédait des armes ? Et pourquoi la femme avançait-elle aussi la main ? Pour quiconque regardait celle-là, aux yeux couleur d'un ciel gris de fumée, aux yeux qui reflétaient une petite étincelle de soleil, il était évident qu'elle n'agirait jamais comme une femme-guerrière à la façon de certaines dans d'autres tribus. Alors pourquoi ce geste ?

Rapidement le Khoka jeta un autre coup d'œil aux mains toujours tendues. Et il se souvint de quelque chose.

Certains, assis autour des feux de camp pendant le cercle d'été, avaient fait rire le Peuple en racontant l'étrange façon qu'avaient les Blancs de se saluer. " Toucher-les-doigts ", avait dit un homme, tandis qu'un autre avait parlé d'" empoigner-les-mains ". Mais peu importait l'expression, Tokécha comprit la signification des mains tendues ici vers lui. Ne désirant d'aucune manière se montrer impoli devant les coutumes d'un autre homme, bizarres ou non, le jeune dirigeant doucement avança le bras et toucha celle du grand homme légèrement puis l'empoigna fermement. Il la relâcha ensuite pour serrer la petite main de la femme qui, debout, attendait d'accomplir ce geste.

Tout à coup, là où quelques instants plus tôt rien ne bougeait, des mouvements remplirent l'air. Grand-homme offrit sa main au voyant tandis que son épouse, se frayant un chemin vers Takcha Ushté, tendait la sienne. Cheveux-jaunes se laissa glisser en souplesse du grand cheval, s'avança vers le jeune Khoka et de sa large main, elle fit de même. Les jeunes femmes *washichu* firent le tour du cercle des toucheurs-de-main, chacune s'emparant de celles qu'offrait Tahwiyéla. Partout des mains se touchèrent et les *washichu* sourirent, alors même que les visages des trois hommes et de la femme restaient impassibles. Puis, aussi soudainement qu'il avait commencé, le mouvement cessa. Et tous se remirent à attendre.

L'instant d'après, deux voix interrompirent le silence en même temps, Grand-homme et l'épouse entamant leur discours simultanément, leurs paroles roulant ensemble telle une avalanche de cailloux dégringolant une pente. Riant doucement, le grand dirigeant fit signe à sa femme de parler et elle reprit, mais pas plus Tokécha qu'aucun des membres de l'expédition ne comprit le sens de ses paroles.

La jolie femme qui discourait vit rapidement que ses auditeurs ne la comprenaient pas. Pour donner du sens à ses paroles, elle ajouta donc l'usage de ses mains fines. Elle pointa dans la direction du feu-de-cuisson et du pot de fer dans lequel à présent cuisaient les nerfs et Tokécha comprit que peut-être les mots de la femme contenaient une invitation pour les visiteurs à manger avec les *washichu*. "*Pasta* ", avait dit la femme. Ce qu'était cette chose appelée *pasta,* le jeune chef n'en avait pas la moindre idée.

Le Peuple avait trouvé de nombreux usages à ces solides tendons des *pte*, à ces nerfs. Avec, les femmes fabriquaient et raccommodaient les vêtements, les mocassins, et les hommes attachaient leurs décorations aux lances, chemises et arcs. Certains-qui-contemplent-le-soleil choisissaient de renforcer une lanière en attachant une courte longueur de nerf à la pierre qui leur perçait la chair. Mais jamais, jamais, personne n'avait parlé de quelqu'un qui mangeait ces ficelles et un jeune estomac Khoka se rebellait rien qu'à l'idée de cette chose-là. Avant de refuser cependant cette inquiétante invitation, Tokécha parcourut ses pensées pour essayer de découvrir quel bien contenait la proposition des *washichu*.

"Observant ce campement avant d'y entrer, mes yeux m'ont chuchoté que ces personnes meurent de faim puisque le chef y fait bouillir des nerfs pour eux-mêmes et non pour quelqu'un qui amène un groupe à ce camp. Je comprends à présent que les Visages pâles offrent peut-être à ceux qui viennent leur rendre visite ce qu'ils ont à manger."

Se retournant pour croiser le regard de ceux qui voyageaient avec lui, le jeune dirigeant vit que chacun était parvenu aux mêmes conclusions ; ce groupe de *washichu* agissait de manière semblable à celle de leur Peuple. Il se tourna à nouveau vers la vraie-femme – quelqu'un dont il se souviendrait par le nom d'Oshotahwin, femme-aux-yeux-de-fumée.

"*Hoyé*", dit-il en donnant le signe d'acceptation, un signe que tout voyageur de la plaine comprend immédiatement. "*Hoyé*", il répéta, un petit sourire prenant forme au creux de sa joue mais n'apparaissant pas encore sur son visage.

Ainsi un petit groupe de *washichu* mena un encore plus petit groupe de ceux-du-Peuple vers un endroit où s'asseoir et manger. Tout en marchant, un voyant âgé partit à la chasse aux pensées sur la préparation d'une pipe. "Où qu'il soit et quel que soit son camp, le Peuple fume le long tuyau avant toute autre chose." Wakankcha, le saint homme Tasha avait dit ainsi.

Après avoir consulté les membres de son expédition, Tokécha décida que la femme Absa proposerait les paquets de viande qu'elle avait attachés aux travois. Elle tâcherait d'offrir, sans les offenser, la viande du queue-blanche que le jeune chef avait tué en route à la place des nerfs bouillis. Mais les *washichu*, tout sourire, lui firent le signe de tête de négation, en allers-retours d'un côté à l'autre, expliquant qu'ils ne voulaient pas accepter le cadeau de viande. Pas encore. Un certain-contemplateur-du-soleil Tasha pointa alors ses mocassins dans la direction du grand et beau cheval foncé, en marmonnant quelque chose à propos de faire connaissance avec les manières de cette magnifique créature.

Le voyant, ses vieilles jambes fatiguées par la longue marche, s'installa à un endroit près des arbres, un endroit proche de deux ou trois rochers ; la pierre, un puissant soutien pour des os âgés et fragiles.

La prisonnière Absa se rapprocha des feux-de-cuisson, à présent au centre des activités du campement. « Ces gens découvrent peut-être une nouvelle utilisation, une nouvelle astuce pour transformer ces nerfs en nourriture, pensa-t-elle. Peut-être j'apprends quelque chose ici, quelque chose qu'aucun parmi le Peuple ne connaît encore. »

Mais celui appelé Tokécha ne bougea pas. Immobile, il écoutait attentivement les mots des *washichu*, les sons étranges qui ne lui apportaient aucune signification.

— Si suffisamment de ces sons touchent mes oreilles, dit-il doucement au petit caillou qu'il caressait du bout d'un mocassin, peut-être qu'elles attraperont quelque chose de familier et m'en informeront.

Ainsi, en écoutant tous ces sons si différents, il découvrit quelque chose d'autre.

Depuis le temps de ses saisons d'enfance, le jeune Khoka avait toujours été fasciné par les multiples voix des créatures sur terre ; ces voix si distinctes les unes des autres. Il avait appris qu'une voix, un son, raconte à un homme des choses importantes sur celui qui détient cette voix. Immédiatement, en entendant le sifflement du *wapiti*, on est averti qu'un danger rôde au-dessus du cornes-ramifiées qui brame son désir. Et qui préviendrait le Peuple que l'Homme-hiver lui prépare une visite si les cris stridents du peuple-ailé ne lui en apportaient pas l'information ? Ici, dans ce campement d'étrangers, Tokécha percevait qu'il y avait plus d'un son dans les multiples paroles des *washichu*. Il est avéré que presque tous les *washichu* remplissent l'air de leurs mots innombrables, mais il entendait que les cinq Visages pâles réunis ici autour du feu-de-cuisson de cuisson prononçaient les sons de trois langues distinctes. Chaque personne passant d'une langue à l'autre, apparemment sans hésitation.

" Trouver le sens caché dans une langue présente déjà assez de difficultés, pensa-t-il. Mais y a-t-il un homme sur terre capable de comprendre les intentions de trois langues à la fois ? "

Soudain le jeune homme sentit son estomac grogner. " Nerfs ou pas, je mange ! dit-il au même petit caillou à son pied. Peut-être qu'un ventre plein contribuera au succès de ma chasse au sens. "

Bientôt un contemplateur-du-soleil Tasha, qui s'occupait des chevaux, et un saint homme, se reposant parmi les arbres, entendirent eux aussi les récriminations de leur ventre plat ; et ces deux-là, attirés par l'arôme de quelque chose de bon à manger, se rapprochèrent d'un pas nonchalant d'un pot de fer bouillonnant. Tahwiyéla, après avoir dressé les petites tentes de voyage, était retournée au feu-de-cuisson et avait déjà goûté aux ficelles emmêlées. L'une des femmes *washichu* lui avait montré la manière de manger ces longues choses filiformes et l'Absa, imitant ses gestes, avait renversé sa tête en arrière, balancé une longue ficelle au-dessus de sa bouche ouverte puis l'avait engloutie d'un coup. Et la jeune femme, en mâchant la tendre ficelle, avait souri de satisfaction à la découverte de cette saveur goûteuse; nerf ou *pasta*, le bon réside dans le goût, pas dans le nom.

Le jeune chef Khoka sentit une sensation désagréable lui remonter le long des muscles du dos quand il vit l'emplacement où le groupe devait manger ensemble; les *washichu* avaient en effet rabattu l'un des côtés d'un chariot et une grosse corde retenait à chaque bout la planche à bonne distance du sol. Quelque chose qui ressemblait à une peau blanche et mince couvrait cette planche et des bols à soupe, taillés dans une autre matière que les durs nœuds de vieux arbres, étaient disposés près du bord de cette couverture en peau blanche. Des outils en fer brillants et des tasses décorées entouraient les bols, mais à quel usage étaient réservées ces choses, il ne le savait pas. Puis il vit le récipient d'eau rouge et avala avec difficulté la boule qui se forma dans sa gorge. "*Mnisha*", lui dit la voix de son esprit. Pas la boisson-brûlante-qui-rend-fou, mais quelque chose qui lui ressemble.

Le visage du jeune chef devint grave et fermé. Le frère-ami, le voyant et la prisonnière Absa se resserrèrent tous autour de celui qui les avait conduits à cet endroit. Trop de choses inconnues l'avaient assailli en même temps et, sans faire volte-face, lui et les membres de l'expédition reculèrent devant cette chose appelée " table ". Puis ils s'immobilisèrent, cherchant à retrouver une contenance, cherchant à retrouver un esprit et un corps unifiés. Tokécha regarda tour à tour chacun de ces Visages pâles dans les yeux, tel celui qui se tient dans un conseil d'importance, puis il prit la parole dans la langue de son Peuple, en s'accompagnant de signes de la main connus de tous ceux qui marchent dans les herbes mélangées de la plaine.

— Moi et les miens mangeons ici, mais aucun d'entre nous n'acceptera de gorgées d'eau rouge, de *mnisha*. J'amène ici un groupe pour parler avec les *washichu* et ces paroles commenceront quand tous seront assis le ventre plein. A présent j'attends que les *washichu* me disent quelque chose.

Sans bouger, le jeune homme resta un moment à écouter les Blancs lui jeter de toutes leurs bouches en même temps des mots dans trois langues à la fois. Puis il croisa ses jambes, s'assit sur le sol à la manière de son Peuple tandis que les autres hommes du groupe l'imitaient. Tahwiyéla se décala un peu sur le côté, peu sûre de sa place, mais un rapide et doux regard du dirigeant indiqua à la jeune femme de se joindre au groupe et d'attendre pendant que les *washichu* parlaient. Quelle que fût la langue qu'ils utilisaient !

Cheveux-jaunes fit rapidement entendre sa voix par-dessus celles des autres, la femme expliquant qu'elle reconnaissait trois ou quatre mots utilisés par le jeune chef et comprenait certains des signes de la main. Elle proposa alors que les *washichu*, en l'honneur de leurs invités, mangent selon la coutume de leurs visiteurs et qu'ainsi le calme revienne à ce campement pour permettre à la raison d'assister à la conversation qui suivrait.

D'autres mots parcoururent l'air avant que Grand-homme ne donne son signe d'assentiment et que les femmes commencent à remplir les bols de soupe. L'homme posa un bol plein devant l'endroit où se tenait assis, jambes croisées, le Khoka puis s'en retourna pour apporter d'autres bols pleins à ceux du groupe. Tokécha observa cette chose étrange mais se dit aussi que plus jamais il ne méditerait sur les coutumes *washichu*. Ces peaux blanches suivaient leur propre nature et son Peuple poursuivait la sienne. Pourquoi se faire du souci pour des habitudes différentes ?

Neuf personnes s'assirent ensemble sur le sol et remplirent leurs estomacs vides. Certains parlaient, plaisantaient et remplissaient leur bouche de *pasta* avec des outils brillants tandis que d'autres se débattaient avec leurs mains pour attraper les " nerfs bouillis ". Seule une jeune femme Absa laissait patiemment tomber une à une dans sa bouche ouverte les ficelles, une méthode apprise depuis peu d'une autre jeune femme.

Un grand récipient de *mnisha* se dressait solitaire, abandonné sur une peau blanche et douce près du chariot, aucun des *washichu* n'ayant choisi d'en boire durant cette fête. Un bâton-de-feu traînait aussi quelque part par là : quel homme en effet aurait pu avoir besoin d'un bâton explosif pendant qu'il mangeait avec ses invités ? Ou à tout autre moment d'ailleurs.

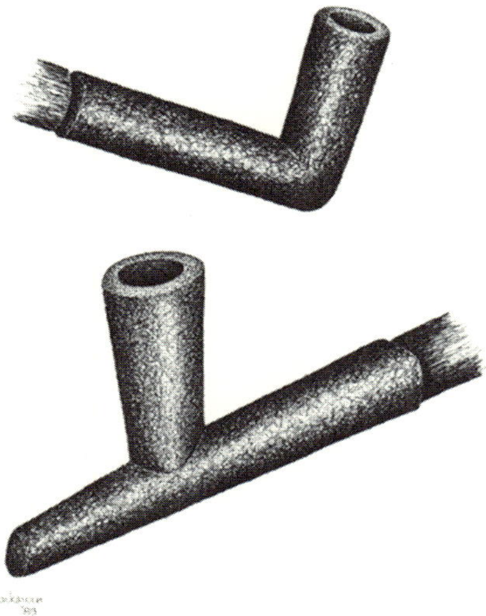

XXVI

Des petits courants d'air frisquets se frayaient un chemin au travers de feuilles aux couleurs changeantes, emportaient au loin la chaude torpeur et envahissaient de leur fraîcheur les ombres qui s'étiraient dans le soleil couchant. Un jeune Khoka retourna son bol vide sur la terre devant ses pieds, indiquant par ce geste qu'il avait fini de manger. Il vit alors que les bols des autres se trouvaient déjà au sol et, s'adressant directement au grand homme en face de lui, il expliqua que le vieux voyant préparerait une pipe. Et quand toutes les lèvres auraient touché le long tuyau, lui, Tokécha, révélerait les raisons pour lesquelles il avait mené ce groupe dans le campement des *washichu*. Le jeune homme dit aussi que, pour parler, les deux groupes se réuniraient dans la tente qu'il utilisait pour dormir, une tente petite mais confortable.

Tahwiyéla commença à rassembler les bols à soupe pour les frotter avec de la fine terre sablonneuse afin de les nettoyer mais Oshotahwin interrompit son travail, parlant avec les mains, faisant le geste de négation avec la tête.

— Pas maintenant, dit la femme. Pas maintenant.

Le jeune homme d'à peine dix-et-cinq hivers était assis face à l'ouverture, à la place d'honneur, à l'arrière de la minuscule tente de voyage. Il invita le *washichu* grand comme un grizzly à venir prendre place à ses côtés et à partager cet honneur, tandis qu'il indiquait aux autres où s'asseoir autour du cercle de feu.

Le vieux sage coupa avec soin les feuilles-de-fumée, mélangea ces feuilles aux écorces de certains jeunes arbres, puis remplit le fourneau. Ses mains fermes posèrent ensuite une braise dans celui-ci tandis qu'il touchait le long tuyau de ses lèvres et qu'il aspirait la fumée au travers du bois évidé. De fines colonnes de fumée s'élevèrent doucement du nez du vieil homme et il passa la pipe de cérémonie de contemplation-du-soleil au jeune Khoka assis à côté, dans le sens de la course du soleil. Tokécha toucha lui aussi le tuyau de ses lèvres et passa la pipe fumante à Grand-homme qui en fit de même. Le long-tuyau fit le tour du cercle et revint dans les mains de Wakankcha ; ce rituel terminé, tous étaient liés à la vérité. La conversation commença.

Tokécha énuméra toutes les raisons qui, s'ils poursuivaient leur voyage, emmèneraient peut-être ces *washichu* vers un endroit où ils trouveraient la mort. Non par des flèches ou des lances ennemies mais par les mains de l'Homme-hiver, celui-qui-apporte-le-froid. En entendant les tambours de cérémonie, les *washichu* s'étaient respectueusement arrêtés, ne voulant peut-être pas interrompre quelque chose d'important. Mais le petit groupe de *washichu* s'était imprudemment attardé sur cette terre; il avait manqué l'occasion de franchir sans difficulté les hautes collines et certains en avaient déduit que, dans leurs pérégrinations, les Visages pâles manquaient de l'expérience du voyage dans la plaine.

Le jeune Khoka avait parlé doucement et posément, utilisant ses mains pour donner du poids à ses mots. Mais, en observant les visages des *washichu*, il vit qu'ils ne l'avaient pas suivi et il chercha des idées pour rendre son discours plus sensé. Soudain il se rappela les images que dessinait celui-qui-se-souvient dans la tribu sur la peau de l'inventaire d'hiver, des dessins-symboles que même un enfant reconnaissait et comprenait. Il prit alors un petit bâton et, ayant aplani un peu de terre devant ses pieds, il griffonna les symboles de ses paroles.

Aussitôt le visage de la femme-aux-cheveux-jaunes s'éclaira et elle se mit à chercher par terre un autre petit bâton pour dessiner. S'emparant d'une brindille, la femme chevelue commença à tracer ses propres images, traduisant rapidement de ses grandes mains expertes ce qu'elle avait compris du sens des symboles du chef Khoka. Mais ces images étaient bien différentes de celles du jeune dirigeant car cette femme donnait vie aux choses qu'elle dessinait.

Le jeune homme, les yeux écarquillés devant ces dessins, se fit intérieurement le serment de pouvoir un jour dessiner comme cela. Mais, pour l'instant, il lui suffisait d'avoir trouvé un moyen de se faire comprendre. Ainsi il poursuivit, dessinant et parlant, expliquant que lui et son expédition avaient l'intention de faire le court chemin pour retourner au campement tribal quand le deuxième soleil commencerait à monter dans le ciel, indiquant aussi qu'il invitait les *washichu* à se joindre à son groupe.

Grand-homme jeta un regard inquiet à sa vraie-femme tandis que prenaient forme les images-de-terre dessinées par Cheveux-jaunes pour transcrire les paroles du chef. La femme ne lui renvoya qu'un petit sourire et ne dit rien.

A nouveau Tokécha prit la parole.

— Moi et les miens irons avec les *washichu* vers le cercle d'été, mais les Visages pâles ne sont pas invités à se joindre à la tribu pour la bonne raison que tous, dans ce cercle, n'approuvent pas mes intentions. Bientôt, cependant, ce grand cercle éclate et les clans se séparent pour vivre les lunes froides ; les Blancs voyageront alors vers un autre campement avec les deux clans des pointes-des-cornes, les deux clans qui ont pour l'instant la responsabilité de protéger le grand campement d'été.

« Ni moi, Tokécha, fils du clan Khoka, ni personne parmi les membres de mon groupe ne veut emmener les *washichu* comme une horde de chevaux captifs. Venir ou non, ce choix vous appartient. Vous décidez ! »

Le jeune orateur fit une courte pause pour permettre à Cheveux-jaunes de finir son dessin et à ses paroles de se poser sur les oreilles de ses auditeurs. Puis il ajouta encore, tout bas, à l'attention de Grand-homme :

— Le chef *washichu* doit se souvenir de quelque chose en ce qui concerne ceux de mon Peuple qui n'approuvent pas mon plan. Qu'il se souvienne qu'un petit groupe de voyageurs étrangers, manquant d'expérience et se déplaçant avec des chariots bruyants, peu maniables dans la robe-de-neige de l'hiver, pourrait devenir l'occasion d'un jeu alléchant pour des guerriers au sang chaud qui cherchent à faire quelque chose d'un peu plus excitant pendant les lunes froides que de glisser le long des collines glacées sur des cages thoraciques de *pte*.

Se détournant du visage du chef *washichu*, Tokécha posa ses yeux sur les braises du minuscule cercle de feu, signalant que personne ne devait rien ajouter pour le moment. Le conseil était terminé.

Le groupe de *washichu* quitta sans bruit la petite tente et un voyant très âgé se remit péniblement sur ses pieds. Se dirigeant vers l'ouverture, il prit le temps de regarder encore celui dont il était le deuxième père, ce jeune extraordinaire à qui les puissances avaient offert en ce jour une voix si efficace. Une fois encore un vieil, vieil homme leva un visage tout ridé vers le trou de fumée et envoya sa gratitude vers celui des grands-pères qui voudrait bien attraper cette chose. Puis il sortit dans l'air frais et paisible.

XXVII

L'étoile du matin salua d'une étincelle l'arrivée du soleil et une lumière éclatante tomba sur quatre têtes. Celles d'un jeune Khoka, de son frère-ami, d'un antique prophète porteur de pipe et d'une jeune femme Absa qui se tenaient sur un tertre familier, prêts au voyage, attendant que le soleil éclaire la plaine, attendant aussi une autre chose. Et bien avant qu'il ne vît s'approcher les *washichu*, Tokécha savait qu'ils se dirigeaient vers cette hauteur au bruit des chariots qui cliquetaient et grinçaient, aux braiments des chevaux à longues oreilles ainsi qu'au son des mots et des mots qu'emploie un *washichu* quand il a envie de parler. Le jeune Khoka sourit pourtant de plaisir aux trois qui l'entouraient et ces trois lui sourirent en retour tout en couvrant des mains leurs oreilles en réponse à la cacophonie en marche vers eux.

— Peut-être que mon frère permet à celui-qui-contemple-le-soleil de marcher devant pendant le retour, taquina Takcha Ushté, bouchant toujours ses oreilles. Très, très loin devant.

— Est-ce que celui-qui-contemple-le-soleil, répondit en plaisantant le Khoka, n'envisage pas que, s'il marche très loin devant, il peut croiser la route de l'ennemi, un ennemi seulement à un jour de marche d'ici et qui entend lui aussi ce bruit agaçant ?

Encore une fois les frères-amis eurent recours à l'humour et à de petites plaisanteries pour maintenir le calme dans un groupe de voyageurs à l'aube d'un trajet important. Pourtant, tous savaient que ceux qui marchent bruyamment sur la plaine n'atteignent quelquefois pas l'endroit vers lequel ils marchent. Le jeune chef dit alors qu'un homme marcherait loin devant, que Grand-homme marcherait en tête du groupe et qu'un autre homme marcherait en queue, ni trop loin ni trop près.

— Grand-homme garde sa place mais les deux autres permutent chaque fois que le groupe s'arrête pour se reposer. Si Cheveux-jaunes choisit d'être à dos de cheval, elle chevauche près des chariots. Le vieux voyant et la vraie-femme marchent de chaque côté des chariots et ne changent jamais de position avec les hommes devant et derrière. Personne ici ne veut voir un saint homme ou une femme manger la poussière d'un groupe en déplacement.

Ainsi dit Tokécha.

Quand les *washichu* firent halte avec fracas près de là où le Khoka les attendait, Grand-homme clopina vers lui en se servant du bâton-qui-explose pour donner de la force à ses jambes. Saluant le jeune homme, le chef *washichu* utilisa le langage de ses hôtes. "*Hau* ", dit-il en tendant une main au niveau de son cœur, montrant une paume ouverte. Un Tokécha interloqué, un sourire retenu dans sa joue, lui répondit de la même manière.

Ensuite, celui-qui-contemple-le-soleil s'avança avec le cheval qu'il avait apporté à ce campement, remarquant au passage que bien que la vraie-femme fût en train de se battre pour que le bruyant longues-oreilles ne se sauve pas avec son chariot, cette femme prenait le temps de lui faire un sourire et un signe de tête amical. Puis, plaçant la longe dans la main du gigantesque chef de ces Blancs, il dit que le grand homme trouverait peut-être le voyage plus plaisant et moins fatigant s'il le faisait sur le dos de ce solide grand-chien. Un coup d'œil aux dures et raides couvertures sur les pieds de l'homme, ces choses appelées " bottes ", convainquit le Tasha qu'il avait découvert la raison pour laquelle cet homme avait besoin de l'aide d'un bâton-de-marche. Ainsi il ajouta :

— Les pieds d'un homme grognent parfois de déplaisir quand l'homme ne permet pas à ces pieds de ressentir tout le bien de la terre qu'il foule. Parmi les Tasha ou les Khoka une femme bonne consentira sans doute à montrer à une certaine vraie-femme la façon dont les femmes font des mocassins aux maris et celui-ci n'aura plus alors besoin d'un bâton pour marcher.

Grand-homme sourit à celui-qui-contemple-le-soleil, puis jeta un regard sévère mais plein d'espoir à l'épouse.

— Le soleil grimpe dans le ciel, cria Tokécha en descendant du tertre à grandes enjambées.

Et les chariots grinçants et cliquetants s'ébranlèrent sur la plaine.

L'ennemi n'entendit pas les bruyants voyageurs et ainsi le voyage se déroula sans encombre. Le grand *washichu* chevaucha joyeusement le robuste cheval-cadeau, permettant à ses pieds douloureux de se reposer un peu. Mais vers la fin du deuxième jour une autre partie de son corps commença à manifester son mécontentement ; le chef *washichu* choisit alors de marcher le reste du chemin, malgré l'inconfort de ses pieds.

Bientôt les nombreuses tentes du cercle se profilèrent à l'horizon et le jeune chef fit signe au groupe de s'arrêter, de faire halte le temps que le frère-ami coure prévenir le Peuple comme il se doit du retour d'un chef Khoka, bien que toutes les personnes de ce grand, grand campement fussent sans nul doute déjà au courant de leur arrivée. Deux mères, chacune de leur côté, toutes deux connaissant les mêmes deux hommes comme fils, retrouvèrent la paix dans leur cœur car un petit groupe de voyageurs revenait au cercle, sans blessés, sans morts couchés sur la terre.

Bien que Takcha Ushté eût couru rapidement pour informer officiellement le Peuple du retour du groupe, il courut tout aussi vite pour rejoindre son frère-ami, désirant entrer dans le cercle avec ce groupe, en tant que membre à part entière, pour ainsi ne pas le diviser mais respecter son unité.

S'étant assuré que les Visages pâles avaient bien compris qu'ils ne devaient pas entrer dans le campement, qu'ils ne devaient pas passer par l'ouverture du cercle, Tokécha expliqua au grand homme qu'il devait établir son camp près des tentes bien alignées et serrées des Tasha et des Khoka – clans qui invitaient les *washichu*. Puis, rassemblant son groupe pour le retour, le jeune chef donna clairement ses instructions.

— Moi et vous entrons dans le cercle de front, chacun marche à côté de l'autre.

Souriant sa gratitude à tous, il ajouta :

— Ce groupe, petit ou non, marche vraiment à l'unisson.

Ainsi, ces quatre personnes passèrent entre les tentes des deux clans-hôtes et firent leur entrée dans cet exceptionnel campement d'été. Les quatre marchaient satisfaits aux sons des acclamations des hommes et des trémolos des femmes qui exprimaient, comme le veut la tradition, la reconnaissance du Peuple envers les puissances qui avaient offert un retour sain et sauf aux leurs.

XXVIII

Le Peuple vit un jeune chef Khoka et un contemplateur-du-soleil Tasha pointer leurs pieds vers la grande tente centrale où ils fumeraient avant de faire le rapport de leur voyage. Un voyant las et âgé, sachant que les frères-amis se porteraient tous deux garants des autres membres du groupe, fit prendre maintenant à ses mocassins usés le chemin d'une minuscule tente sans décorations. Une pipe solitaire et du temps pour méditer tranquillement sur les actes d'un jeune homme très spécial, ces choses-là représentaient une partie importante du travail d'un vieux saint homme. " Peut-être ces actes auront-ils des conséquences pour les vies de tous ceux du Peuple partout ", se dit-il en traversant à la hâte le campement.

La jeune prisonnière Absa choisit elle aussi un autre chemin en entrant dans le campement et mena tout droit le quatre-pattes, qui avait fait l'aller et retour en tirant les ballots des voyageurs à travers la plaine, à l'enclos des chevaux pour s'affairer gaiement aux besoins du porteur-de-fardeaux. Elle lui enlèverait à la brosse toute la poussière de la piste, lui apporterait de l'eau fraîche de la rivière et des écorces tendres à mâchonner avant de permettre à cette créature de s'égayer avec les autres et de paître les herbes mélangées sous les arbres. Ce travail achevé, elle se rendrait sans plus attendre à la tente d'un vieux fabricant d'arcs, sachant qu'en l'absence d'une seconde paire de mains certaines choses, ces derniers jours, auraient peut-être été négligées ou oubliées. Mais aussi la jeune femme avait l'intention de commencer une nouvelle paire de mocassins, une paire de mocassins vraiment très spéciale.

Tokécha ne fut pas surpris d'apprendre que deux ou trois clans avaient quitté le cercle pendant que son groupe voyageait, car le jeune Khoka savait que, depuis le début, certains clans n'approuvaient pas son plan ; ils avaient ainsi montré leur désaccord en désertant le cercle avant son retour. Mais parmi les villages qui étaient restés sur cette terre, pas uniquement pour attendre son retour mais également pour continuer à absorber tout le bien qui planait encore sur ce campement, certains à présent montraient un intérêt réel dans ce qui avait motivé la présence des *washichu*. Ainsi, plusieurs hommes assis au conseil demandèrent au jeune homme de raconter les choses qu'il avait découvertes au contact des Visages pâles. Mais celui-ci se détourna de ces demandes et parla avec une sagesse bien plus grande que celle de ses dix-et-cinq hivers.

— Est-ce qu'un homme, un homme vraiment sage, n'obtient pas la compréhension par ce qu'il découvre lui-même ? Quand est-ce que la connaissance d'un homme peut remplir l'espace alloué à la connaissance d'un autre homme ? Bien sûr que tout homme offre une pensée à un frère, à un parent, avec le désir que cette pensée devienne une brindille posée sur les braises d'un feu qui se meurt, quelque chose qui apporte peut-être une nouvelle flamme, une pensée neuve. Mais n'est-ce pas à chacun de faire sa démarche pour satisfaire son besoin de vérité et de connaissance afin d'écouter en définitive une seule voix, la voix de son esprit ? Ecouter tout autre son n'est-t-il pas un déni de sa personne ?

“Je ne possède que quelques hivers mais j'ai déjà vu de nombreux changements arriver vers mon Peuple, de grands changements qui s'insinuent doucement, presque sans se faire remarquer, des changements qui menacent peut-être la force qui engendre, la force de vie et le mode de vie conçu par les grands-pères tout au début des temps. Moi, Tokécha, ai l'intention d'apprendre quelque chose sur ceux qui nous apportent ces changements et donc je m'informe et je permets à mon pouvoir sacré de raisonnement et de choix, d'agir pour me rendre plus puissant.

“Moi, Tokécha, choisis cela mais je ne permets ni à mes mots ni à mes gestes d'intervenir dans la décision d'un autre homme. Le choix, mes amis, appartient à celui qui décide et à aucun autre. Pourtant, je vous dis une chose en ce qui concerne ceux qui sont revenus ici avec mon groupe : ces *washichu* marchent unis par le sang et par choix. Les jeunes femmes, filles de Grand-homme et de la vraie-femme et

Cheveux-jaunes, l'amie des quatre autres.... son choix et le leur. Les miens remarquent à cela que certaines coutumes des Blancs ressemblent assez aux nôtres."

Le Khoka quitta la tente à la fin de son discours et se dirigea vers la tente de sa mère en quête d'un bol de soupe savoureux et d'un long sommeil sur les robes familières. Mais, en s'approchant de la tente, il remarqua qu'aucune mère ne s'occupait des feux-de-cuisson, qu'aucune mère n'était assise à l'intérieur. Jetant un coup d'œil au campement Tasha il remarqua la même chose : ni mères, ni enfants. Aussitôt lui vint en tête ce qu'il savait depuis aussi longtemps qu'existait sa mémoire.... les femmes et les petits courent pour leur vie si un ennemi approche.... Le jeune homme regarda instinctivement vers les arbres pour trouver une trace quelconque de la fuite des femmes et des enfants. N'en voyant aucune, il s'accroupit et fit le tour de la tente pour s'approcher de l'ouverture du cercle, en direction du village *washichu*. Dans l'instant il fut debout, la tête renversée, le rire jaillissant de sa bouche et de son cœur, relâchant toute la tension qui l'avait habitée plus tôt.

Plusieurs appellent les *washichu*, tous les *washichu*, des ennemis du fait que certains de ces Visages pâles à deux jambes apportent la destruction et la trahison en même temps que leurs marchandises. Mais qui va découvrir le vrai cœur d'une personne même s'il se cache sous la peau claire d'une poitrine? Dans toutes les tribus ce sont elles bien sûr, ces douces, ces modérées, ces tendres, ces gardiennes de la moralité et porteuses-de-vie, les femmes.

Bien entendu, les *washichu* avaient respecté les demandes des *wakichunsa* ; ils n'étaient pas entrés dans le cercle tribal ni ne s'étaient assis comme invités de tous. Mais personne n'avait demandé que les hôtes des Tasha et des Khoka aux pâles visages ferment l'ouverture de leur petit cercle et excluent ceux du grand campement. Ainsi Tokécha, son jeune cœur empli de joie, regardait-il la scène qui se jouait à l'intérieur et tout autour du village-des-chariots des Blancs.

Observant l'étiquette du Peuple quand il accueille des invités, quels que soient ces invités, les mères des deux fils qui avaient escorté les *washichu* vers cette terre, Pazuwashté et Wakanka, avaient apporté des bols pleins de soupe aux étrangers qui campaient à la pointe-des-cornes. Epiant leur geste, plusieurs femmes des deux clans avaient suivi discrètement les mères, les enfants jetant timidement des petits coups d'œil de derrière les robes de ces femmes. Oshotahwin, en remarquant l'arrivée des femmes, prit à nouveau le drapeau coloré autour de son cou pour l'agiter tout en faisant un sourire de bienvenue aux visiteuses et ainsi à présent, toute timidité abandonnée, les enfants allaient en tous sens regardant toutes ces choses totalement inconnues d'eux. Cheveux-jaunes, un sourire de joie fendu jusqu'aux oreilles, soulevait deux, trois de ces petits-là sur le dos du grand et doux cheval pendant que Grand-homme montait un par un les garçons sur ses épaules si éloignées du sol. D'autres petits grimpaient et dégringolaient des chariots, poursuivis tout autour par les jeunes femmes *washichu*.

Oshotahwin se tenait assise à une petite distance, en compagnie de Pazuwashté et de Wakanka. Et, entrant sans bruit dans ce cercle en mouvement, un jeune garçon assis sur le dos d'un cheval-chiot apporta, attachées aux travois derrière lui, cinq nouvelles outres remplies de la fraîcheur odorante et bienfaitrice de la rivière.

— Un présent pour les invités, dit-il. Moi, l'un des porteurs d'eau de la tribu, apporte un cadeau à ses hôtes.

Ainsi le petit porteur-d'eau handicapé n'avait même pas remarqué que ces " invités " à qui il apportait un cadeau campaient non à l'intérieur mais à l'extérieur du grand cercle tribal. Vraiment le *taku shkan shkan*, la force de vie, avait coulé par l'ouverture de ce cercle tribal d'été pour se répandre sur le minuscule campement des *washichu*.

Voyant tout cela, le jeune Khoka comprit qu'il n'avait plus besoin à présent de soupe savoureuse car ses yeux s'étaient nourris de l'abondance du *shkan*. Repu, il s'en retourna au tipi de sa mère pour s'étendre sur les robes familières.

Le guerrier-sur-le-retour s'endormit aussitôt.

XXIX

Blohkazi avait demandé à ceux de son village Kanghi de s'attarder encore trois ou quatre soleils sur ce campement, car il souhaitait attendre le retour d'un certain jeune Khoka dans lequel il pressentait une grandeur, bien que ce jeune n'eût participé au raid Kanghi au temps des jeunes lunes d'été que comme porteur-de-mocassins.

Honorant la demande de son guerrier, le clan Kanghi avait patienté. A présent, cependant, les couvertures des tentes volaient à terre car le Peuple savait que les puissances n'étaient pas tendres envers ceux qui privilégient leur plaisir à la sécurité de tous. Bien sûr la tribu sortait renforcée de ce rassemblement, cette force renouvelée en tous et en chacun, mais il y avait maintenant déjà deux matins que le givre mordait les bords des tentes pour prévenir le Peuple de ne plus s'attarder, ne fût-ce qu'un seul jour. Les souches, enterrées sous une profonde couche de feuilles sèches et craquantes, montraient au pied de chaque arbre la mort de l'été. Les clans devaient se disperser à la recherche d'un endroit abrité pour les lunes froides, d'une terre qui pourrait répondre aux besoins d'un petit village mais non d'une tribu entière. Car existe-t-il un seul homme qui exigerait de la terre, la mère de toutes choses vivantes, de subvenir pour tous alors qu'elle-même dort sous la robe-de-neige de l'hiver ?

Ayant terminé leurs préparatifs pour le voyage du clan, Wakanka et Pazuwashté se rendirent ensemble au village-de-chariots à l'extérieur des pointes-des-cornes dans l'intention de prêter main-forte aux femmes *washichu*. Tout en marchant, les sœurs se demandaient cependant en quoi elles pourraient aider les femmes Visages pâles et leur homme, car aucune des deux mères n'avait la moindre habitude des préparatifs nécessaires aux déplacements de ces bruyants chariots. Malgré tout, ces mères avaient choisi d'honorer leurs fils en offrant leurs bonnes mains et donc, en approchant de leur campement, elles se chantaient une petite ballade-de-soutien. D'un coup le chant cessa et les bouches-chanteuses se fermèrent.

Déjà attelés aux chariots, les longues-oreilles se tenaient tranquilles. Le campement était propre et balayé, toute trace de ceux qui avaient utilisé cet endroit les trois, quatre derniers soleils avait disparu à l'exception des deux cercles de feu qui irradiaient encore leur chaleur. Oshotah était assise avec ses deux filles et Cheveux-jaunes autour de l'un des cercles, et les quatre femmes parlaient et plaisantaient en prenant des gorgées de cette chose qu'elles appelaient " tasse de thé ".

Autour de l'autre cercle, Tokécha et Grand-homme partageaient une pipe informelle au court tuyau et le jeune guerrier lui donnait ses instructions pour le voyage.

Oshotahwin s'empara à nouveau de l'écharpe colorée autour de son cou et l'agita en signe à la fois de bienvenue et d'invitation, ce geste devenu une tradition envers ceux qui rendaient visite aux femmes de ce camp. Les deux sœurs acceptèrent d'un sourire de se joindre aux femmes assises pour discuter et prendre une tasse de thé.

Takcha Ushté n'avait pas souvent revu son frère-ami depuis leur voyage avec les *washichu* ; celui-qui-contemple-le-soleil avait en effet employé presque tout son temps à rendre des visites répétées à la tente d'un certain fabricant d'arcs. Pourtant cet homme n'avait aucun besoin des services d'un fabricant d'arcs car le Tasha comptait parmi les plus distingués des guerriers-chasseurs de son clan et possédait suffisamment de ces armes, tant en bois qu'en os. Mais le guerrier se rendait à cette tente pour discuter et non pour s'armer. Et ce jour-là, vêtu d'une impressionnante robe d'été et portant une pipe de cérémonie, il s'approcha encore une fois de l'ancien qui se tenait assis devant un cercle de poteaux de tente dénudés, la couverture venant à peine de tomber à terre. Debout devant lui, le Tasha attendait un signe de menton du fabricant d'arcs avant de s'asseoir pour partager une pipe.

Ce rituel terminé, les deux hommes restèrent longtemps silencieux avant que le fabricant d'arcs ne tourne les yeux vers le visage du guerrier, des yeux qui disaient qu'il attendait que son visiteur entame son discours. Takcha Ushté avala avec difficulté la boule qui menaçait de lui bloquer la gorge.

— Je viens apporter à cet endroit mon désir de prendre une épouse, dit-il rapidement en scrutant le visage marqué par les ans, y cherchant un signe que celui à qui il appartenait comprenait bien l'importance de sa visite.

Mais le visage impassible ne lui révéla rien.

— Je sais que la coutume exige d'un homme qui choisit une épouse qu'il aille vivre dans le clan de cette femme et offre sa force guerrière au village de son épouse. Mais la femme que je choisis connaît pour l'instant la condition de prisonnière et n'a aucune parenté avec les clans de ce Peuple. Je sais aussi qu'une certaine jeune femme a un rôle important dans cette tente bien qu'elle n'en soit ni la fille ni la deuxième épouse, puisqu'elle n'a été ni adoptée, ni épousée par le fabricant d'arcs. Je demande donc à l'homme, qui se tient à l'arrière de cette tente, s'il trouve à redire quand j'annoncerai à cette femme que je désire qu'elle devienne ma vraie-femme car je lui dirai aussi, si elle m'accepte comme mari, de dresser sa tente parmi celles du clan de mon père. Elle deviendra une Tasha.

Son discours achevé, le guerrier retomba dans le silence et attendit, jetant plusieurs coups d'œil au visage ridé qui fixait sans expression les braises rougeoyantes. Bientôt ce visage se tourna vers le sien, un sourire édenté creusant des plis autour de la bouche et des yeux – la voix du fabricant d'arcs guère plus qu'un murmure.

— Il y a de nombreuses, nombreuses saisons de cela, moi et mon épouse nous nous sommes tournés vers les puissances pour leur demander d'envoyer une fille dans cette tente, mais elles choisirent d'envoyer l'enfant-fille vers un autre endroit et à sa place ma femme mit au monde des fils, deux fils. Avant que ces fils n'atteignent l'âge des guerriers, l'âge de prendre épouse, un ennemi fit un raid dans le village. Quand la poussière de la bataille retomba sur le sol, un fils gisait mort et l'autre avait été enlevé, fait prisonnier par les attaquants Pani. Les Pani ont capturé ce solide garçon pour l'élever comme l'un des leurs, pour le faire vivre dans une tente de boue creusée profondément dans le sol, et peut-être pour le marier à l'une de leurs filles qu'il regarde aujourd'hui gratter la terre où elle plante des graines de feuilles-de-fumée et de maïs.

La voix fêlée qui avait enflé au point de devenir un rugissement se tut à présent et l'homme fixait à nouveau le cercle de feu, perdu dans un temps depuis longtemps révolu.

Une fois encore les rides du visage se creusèrent et un sourire ramena ce vieil homme vers l'instant présent. Dans un chuchotement qui trahissait sa satisfaction, il ajouta :

— Le fils Tasha apporte le bonheur à cette tente car il me permet maintenant de connaître la joie des pères qui ont des filles et je ne m'opposerai certainement pas à ta proposition. Mais la jeune femme dont tu parles ne vit pas ici prisonnière, elle possède bien une voix à elle. Le choix lui revient donc, ne m'appartient pas.

“Je peux déjà te dire en tout cas que, si cette femme t'accepte comme époux, il n'est pas nécessaire que tu m'apportes le cadeau de chevaux que la tradition exige pour les pères-de-filles, car ma femme ne sourira pas du travail supplémentaire qu'amène la possession d'autres chiens-sacrés.... Quant à moi, j'ai utilisé la plupart de mes hivers et n'ai à présent aucun besoin de chevaux en plus.”

Plaisantant comme le feraient ceux sur le point de devenir parents, le fabricant d'arcs pointa un doigt osseux et crochu vers le beau guerrier qui souriait presque et lui jeta effrontément d'autres paroles par-dessus son épaule tout en se levant.

— Ecoute-moi, fils du chef Tasha, écoute-moi ! Un jeune homme doit réfléchir deux fois et deux fois encore avant de parler à celle que l'on appelle Tahwiyéla. Celle-ci possède un autre sang et un esprit qui marche sur un autre chemin.

Gloussant, le vieil homme s'éloigna doucement en traînant les pieds dans la direction d'un clan sur le départ, laissant derrière lui un contemplateur-du-soleil perplexe quant au sens de ses paroles.

Une fois rentrée du voyage avec le groupe du jeune Khoka, Tahwiyéla avait occupé toutes ses journées à aider la vraie-femme à emballer les très, très nombreuses choses de la tente d'un fabricant d'arcs. Mais pendant que les autres dormaient, celle-ci travaillait tard dans la nuit sur une paire de mocassins. La prisonnière Absa avait enveloppé la pointe d'un gros bâton de touffes de poils de *pte* serrés et enduits de graisse. Elle avait obtenu ainsi, en mettant cette touffe au contact de la flamme du feu-de-nuit, une branche-de-feu qui, coincée à l'arrière de sa robe entre ses épaules, lui apportait une petite lumière au-dessus de la tête ; une lumière grâce à laquelle elle pouvait poursuivre son travail sans déranger ceux de la tente dont les respirations lourdes s'échappaient des robes de nuit.

La jeune femme, ayant passé la plupart de ses saisons dans une autre tribu, ne maîtrisait pas la technique des broderies de porcs-épics propre aux femmes de ce camp. Mais, sur la grande rivière boueuse, le Peuple Absa avait fait de bons échanges avec les marchands *washichu* aux visages poilus et ainsi la jeune Tahwiyéla, une jeune femme connue alors sous un autre nom, était devenue très habile dans l'art d'utiliser ces dures billes colorées. Faire des décorations avec ces minuscules perles avait tant réjoui le cœur de la jeune fille qu'elle avait pris l'habitude de porter toujours un sac plein de billes attaché à sa ceinture par une corde. Ainsi, quand une expédition guerrière Kanghi avait fait prisonnière une certaine femme Absa, elle avait aussi capturé un sac de perles.

A présent, Tahwiyéla utilisait tout le contenu du sac pour décorer une paire vraiment exceptionnelle de mocassins, des mocassins recouverts sur le dessus, les côtés et le dessous de ces minuscules perles trouées. Des mocassins qu'un homme ne porterait qu'à deux occasions dans sa vie : quand il prend femme et quand il meurt.

Le contemplateur-du-soleil Tasha médita un moment sur la signification des paroles du fabricant d'arcs, un court moment.

" Elle a un sang différent ? Quelle importance ! Qui ose questionner le chemin indiqué par son esprit à un autre ? Moi, Takcha Ushté, sais en tout cas que la voix derrière mes yeux a été entendue par cette femme, que les choses qui demandaient réponse ont toutes reçu une réponse et cela sans échanger le moindre mot. Rester ici à ressasser les paroles d'un vieil homme ne sert à rien. J'y vais.... maintenant ! "

D'un bond sur ses pieds comme le font les enfants, le guerrier se dirigea vers la horde de chevaux. Là il choisirait le plus fiable de ceux qu'il possédait pour qu'il porte une femme en toute sécurité là et où elle choisirait d'aller : celui-là, un cadeau pour celle qui se tiendrait à ses côtés en tant qu'épouse. Mais seulement si une certaine femme Absa l'acceptait comme époux.

Tahwiyéla était assise tranquillement, adossée à un arbre amical. La jeune femme glissait ses doigts dans un tas de feuilles mortes et s'amusait à en lancer en l'air puis à les regarder voler à nouveau vers le sol et se poser sur une autre pile. Son cœur lui disait qu'un certain guerrier viendrait la voir aujourd'hui ou qu'il ne viendrait jamais, et donc elle attendait, une paire de mocassins soigneusement enveloppée dans une douce peau à ses côtés. “Tous les clans peuvent bien partir d'ici, se dit-elle. Moi, je reste! Je reste là où quelqu'un peut me trouver.... si cet homme cherche vraiment à me trouver.”

Takcha Ushté ne mit pas longtemps à reconnaître la forme féminine contre l'arbre. L'Absa, plus élancée et fine que les femmes de son Peuple, pouvait, même assise, être facilement reconnue sur le grand campement d'été, surtout par quelqu'un qui observait souvent et avec attention les déplacements de la captive.

Immobile, le guerrier observa discrètement un moment l'Absa jouant avec les feuilles et tandis qu'une pensée prenait forme dans son esprit, un large sourire envahit son visage. “Peut-être que je vais devoir chasser plusieurs saisons avant d'apporter à celle-ci suffisamment de peaux pour qu'elle puisse fabriquer une tente assez grande pour moi.... et elle.”

Talonnant les flancs de son coursier, l'homme exhorta le grand-chien à avancer tout en tirant la haute créature tachetée de rouge et de blanc qu'il avait capturée dans les collines de sable. En voyant arriver l'équipage, Tahwiyéla déplia ses longues jambes et se redressa avec grâce.

— Quelle que soit la coutume des femmes de son Peuple, murmura-t-elle aux feuilles, je ne reste pas assise à regarder timidement le sol ou mes mocassins. Moi, Tahwiyéla, donne tout de suite mon consentement. Mes yeux parlent directement aux siens et lui font connaître mon désir.

Ainsi se tenait une grande, jeune et belle femme devant un guerrier qui mettait pied à terre en souplesse.

Soudain la prisonnière Absa se rendit compte qu'elle avait parlé d'elle-même comme de Tahwiyéla, un nom donné par ses ravisseurs et, tandis qu'elle interrogeait silencieusement son pouvoir de raisonnement, une étrange faiblesse aux genoux menaça de lui faire toucher le sol . " Est-ce que moi, une Absa, souhaite sincèrement épouser un guerrier ennemi, prendre comme époux un guerrier ennemi ? " Regardant l'homme debout devant elle, elle sut qu'ennemi ou pas, elle avait fait son choix pratiquement la première fois que ses yeux étaient tombés sur le jeune et fort contemplateur-du-soleil. " Que veut dire ennemi ? se demanda-t-elle encore. Est-ce qu'un homme se dit l'ennemi d'un autre uniquement parce qu'ils ne possèdent pas le même sang ? "

Elle chassa ces pensées aussi vite qu'elles étaient venues pour se concentrer à nouveau sur l'homme qui se trouvait devant elle. Et tout comme auparavant, ces deux-là entourés d'un silence qui révélait toutes choses, d'un cercle silencieux de *shkan*, de force de vie, n'eurent pas besoin de mots pour se communiquer ce qu'ils souhaitaient l'un et l'autre.

Un long moment passa avant que la femme ne tende à l'homme, sans détourner son regard du sien, les mocassins décorés au-dessus, sur les côtés et en dessous de minuscules perles, des mocassins qui lui diraient le plaisir qu'elle aurait, pendant tous ces hivers à venir, à le chausser et à faire toutes les autres choses.

Le Tasha baissa les yeux sur le paquet ouvert dans les mains de la femme. Jamais auparavant il n'avait contemplé quelque chose qui réjouît plus ses sens et son esprit. Il s'empara alors de ce consentement ouvragé et remplaça les mocassins dans la main tendue par la longe du cheval pie qu'il avait conduit en ce lieu. Il pointa son menton dans la direction où étaient partis les clans et, un instant plus tard, un soleil couchant éclairait un couple à cheval, la femme attendant le départ du guerrier. Mais celui-qui-contemple-le-soleil fit tout de suite un geste à cette femme pour lui indiquer qu'elle chevaucherait à ses côtés et non derrière lui. Se penchant vers elle avec un sourire de garçon, il murmura d'un ton badin :

— Deux clans qui voyagent avec des *washichu* avancent très vite sur la piste. Il faudra, à moi et toi, au moins trois ou quatre sommeils pour les rattraper.

Un cri de joie perçant fit détaler deux chevaux et bientôt deux cavaliers firent la course dans la direction d'un Peuple en marche. Mais, peu après, le Tasha ramena sa monture au pas car, bien sûr, un guerrier confirmé n'use jamais de bons chevaux sans une bonne raison. Takcha Ushté disait ainsi.

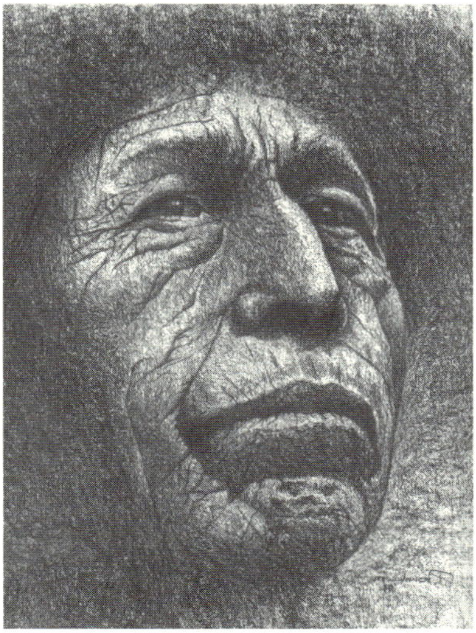

XXX

Un soleil-de-changement-de-saison montait au-dessus des têtes de deux clans en voyage et de leurs invités, jetant une pâle lumière jaune sur le froid craquant de la plaine. Loin devant cette longue colonne de personnes en mouvement, deux frères-amis d'âge mûr marchaient côte à côte, chacun menant en longe l'un des deux jumeaux mouchetés.

Woksapa avait vu passer plus de cinquante-et-cinq hivers mais toute personne, homme ou femme, qui regardait ce chef puissant verrait toujours en lui le guerrier, dans toutes ses saisons à venir et quel que fût le nombre de ses hivers. Même les jeunes femmes Tasha jetaient des regards admiratifs à cet homme dont la taille n'avait jamais grossi comme le fait souvent celle des hommes de son âge.

Les deux chefs foulaient rapidement les herbes cassantes sous leurs pieds car ni l'un ni l'autre ne se préoccupaient de trouver un nouveau campement pour l'hiver. « Pourquoi chercher un endroit différent, avaient-ils dit, quand la terre au pied d'une certaine colline pourvoit si bien aux besoins des Tasha et des Khoka depuis tant de saisons aux lunes froides ? La bonne terre autour de cette colline ne se détournera pas du Peuple parce qu'il amène avec lui les *washichu* pour cette saison. Mais uniquement pour cette saison, avaient-ils aussi ajouté. »

Sur les talons des frères-amis un vieil homme, revigoré par la fraîcheur vive du matin, allongea son pas. Le soleil montant vit un saint homme qui portait deux cornes de *pte*, et non une comme à l'accoutumée pendant les autres voyages. Il apportait bien sûr toujours les braises fumantes du feu sacré d'un camp à l'autre, mais cette fois-ci il avait ajouté quelque chose de plus. Pourquoi ne pas conserver un peu du bien de cet extraordinaire cercle d'été ? s'était-il demandé. Ainsi, quand les femmes avaient replié la couverture de la grande tente du conseil, il s'était rendu en ce lieu et avait disposé un morceau de bois incandescent du cercle de feu dans le creux d'une corne de *pte* neuve. A ces fragments toujours rougeoyants il avait exprimé ses pensées.

— Moi, Wakankcha, j'observe de nombreux changements arriver parmi le Peuple et ressens le besoin de quelque chose de bon. Ce qui s'est déroulé pendant cette grande réunion tribale a renforcé chacun et apporté du bien au tout, un bien qui peut-être ne reviendra pas souvent pendant les lunes-du-changement. Moi, un saint homme qui possède des mains-qui-ne-tuent-jamais, ai l'intention d'apporter dans ces mains ce bien sur un autre sol. Ce bien s'amplifiera-t-il sur cette terre ? Qui le sait ?

Deux clans apparentés voyageaient joyeusement derrière leurs chefs vers un campement familier, les Tasha en tête, les Khoka en queue ; entre ceux-là, protégés de part et d'autre, deux chariots bruyants et grinçants et cinq invités aux Visages pâles.

Tokécha se déplaçait à cheval parmi les voyageurs, du haut en bas de la colonne, offrant, comme à son habitude, sa force à ceux qui avaient besoin d'elle. Mais, plus souvent encore, il restait avec la horde de chevaux à méditer sans s'occuper des chiens-sacrés à quatre pattes. L'absence de son frère-ami lui paraissait étrange, mais cette sensation s'envola avec la poussière de la horde quand il comprit que le Tasha-qui-contemple-le-soleil reviendrait bientôt.... et reviendrait accompagné. Ainsi le jeune homme eut un nouveau sujet de réflexion.

Le Khoka avait peu parlé avec celui-qui-contemple-le-soleil depuis qu'ils avaient ramené les *washichu* vers le cercle tribal. Mais il avait bien sûr remarqué le comportement du Tasha à chaque fois qu'une jeune femme Absa passait près de lui et avait donc aussi pu voir que la femme rapide et élancée répondait à ces regards ; il en avait conclu avec joie que bientôt cet homme deviendrait le mari de cette femme. Et, connaissant le caractère de celui qu'il appelait frère, il sut aussi que celui-là ne désirerait pas quitter son Peuple et passer ses hivers au sein d'un autre clan. Le Tasha demanderait sûrement à ce que son épouse, quel que fût son sang, dressât sa tente parmi les siens. Tout ceci amena le jeune guerrier Khoka à s'interroger sur la coutume de parenté qui veut qu'un homme, ayant le rang honorifique de frère-ami, ait aussi le privilège de tenir celui de lointain-mari auprès de la femme que son frère prend comme épouse.

— Qu'est-ce que les grands-pères entendent par lointain-mari, demanda-t-il à un nuage de poussière qui se levait. Je connais évidemment le sens de lointain mais qu'y a-t-il de plus à en dire ? Quel homme, guerrier ou non, jeune ou non, ignore le sens de ce qu'ils appellent mari ? Mais pour quelle raison les invisibles ont-ils réuni ces deux choses sans rapport entre elles ? Est-ce que ces vénérables grands-pères d'un autre royaume n'ont pas des choses plus importantes à faire que d'inventer des coutumes qui amènent la confusion dans la tête d'un jeune guerrier Khoka ? Un jeune Khoka.... qui a le rang de guerrier.... et qui n'a jamais eu la moindre envie de devenir un mari !

Deux poulains s'échappèrent de la horde, deux autres les suivirent de près. Instinctivement le jeune homme cravacha son coursier et rapidement il ramena les fauteurs de troubles dans le droit chemin.

En lançant un rire au ciel, le jeune homme décida d'abandonner ses ruminations.

“Ces mêmes grands-pères disent que rien n'a plus d'importance qu'un voyage paisible et ordonné. Un Peuple bruyant, dispersé, amène sur lui les visites de troupes guerrières ennemies. A son retour, moi et mon frère déciderons ensemble du sens caché dans cette chose nommée lointain-mari. Peut-être que la femme peut aussi offrir sa voix dans cette quête de sens, car certainement les anciens désirent que chacun, y compris les femmes, utilise à bon escient son pouvoir de raisonnement s'il souhaite parvenir à la vraie compréhension.”

XXXI

Anpagli quitta son avant-poste pour rejoindre à cheval les clans Tasha et Khoka en marche, l'éclaireur en chef voulant entrer dans le campement d'hiver familier en même temps que son Peuple et non après que les femmes eurent déjà monté les tentes. Ainsi le porteur-de-vérité avait-il pu partager la pipe de conseil avec les chefs des deux clans.

Tout en marchant, plusieurs femmes avaient souvent levé les yeux au ciel et remarqué que de proches duvets blancs avaient commencé à virer au gris. Elles savaient que ce gris était le signe qu'après l'apparition d'une autre étoile du matin la terre serait couverte d'une mince robe blanche. Pourtant chacune de ces femmes avait exprimé la volonté de poursuivre, de continuer à marcher jusqu'à ce qu'elles atteignent une certaine colline familière. " Pourquoi s'attarder à fumer et décider, avaient-elles demandé, quand la colline de Mahtoh attend le retour du Peuple ? Les femmes résistantes de ces deux clans font encore avec plaisir une demi-journée de marche un peu dure pour retrouver un camp accueillant. " La colline de Mahtoh, le campement des lunes froides. Et les lunes froides, celles des hommes-dans-les-tentes, avaient dit les vénérables grands-mères.

— Les clans marchent, annoncèrent les responsables. Les femmes ont dit ainsi.

Alors le Peuple de nouveau foula de ses pieds une terre connue, les Khoka ne se séparant des Tasha que vers la fin du voyage. La colline de Mahtoh, un monticule impressionnant à la forme de grizzly qui, poussé par les feux des entrailles de la terre, s'était dressé pour protéger ceux qui choisissaient cet endroit pour y vivre les lunes froides. Au pied de cette colline coulait une rivière pure et le long de cette rivière des bois se dressaient, toute une variété de bois satisfaisant tous les besoins du Peuple, du bois souple et résistant pour les arcs, du bois mince et droit pour les flèches, du bois solide pour les matraques et les outils. Les femmes trouvaient là les jeunes arbres nécessaires à la fabrication de nouvelles perches de tentes et le bois à la braise ardente pour les feux-de-cuisson. Et bien sûr, chaque femme et chaque homme, jeune ou vieux, en retrouvant ici le bois-qui-brûle-doucement retrouvait aussi le souvenir des longues nuits d'hiver, des longues flambées.... et des récits de légendes.

Peu après que les Khoka les eurent quittés pour dresser leur camp, le chef Tasha indiqua, d'un geste de la main, l'endroit où s'arrêteraient les *washichu*. Les deux clans s'installeraient plus près l'un de l'autre cette saison, une courte marche matinale séparerait un homme Tasha des Khoka et tous passeraient forcément devant le campement des Visages pâles en chemin.

Depuis son poste au milieu des grand-chiens, le jeune meneur-de-chevaux Khoka vit le grand homme, à présent assis confortablement sur le cheval-cadeau, mener sa famille vers une petite clairière protégée, à mi-chemin des camps de deux villages apparentés. Il s'attarda alors à scruter la piste fraîchement empruntée par le Peuple, puis repartit au galop vers les siens. Mais pas avant d'avoir aperçu un nuage de poussière qui s'approchait, une poussière à la traîne de deux chevaux. Il sut ainsi que le frère-ami retournait avec une femme et que ces deux-là entreraient dans le campement-des-lunes-froides en même temps que leur clan, conservant, augmentant même son intégrité.

Un cri de joie s'échappa de la gorge du jeune homme en même temps que ses talons s'enfonçaient dans les flancs du cheval sous lui ; cheval et cavalier partirent au triple galop sur le sentier usé des voyageurs. "Une certaine mère a peut-être déjà préparé une nouvelle soupe savoureuse, se dit-il, quelque chose de propre à réjouir la bouche sèche et pleine de poussière d'un jeune meneur-de-chevaux." Et un autre cri de joie s'envola vers le ciel.

Quand le clan atteignit le campement, certaines femmes Tasha, dont Wakanka, abandonnèrent leur travail et ne détachèrent pas leurs travois. Les nuages grisonnants s'étaient remplis et avaient déversé une eau glacée sur le Peuple, aussi ces femmes avaient-elles choisi de dresser la tente sacrée, tout usée et rapiécée, avant les leurs pour offrir rapidement un abri au vieux, vieux voyant Tasha. Et, remarquant l'état du petit tipi, la vraie-femme du chef Tasha se fit intérieurement le serment d'en parler à son mari. En vérité personne ne connaissait avec précision le nombre des hivers de ce saint homme ; même l'homme en question n'en avait pas le souvenir. Mais le froid s'insinue rapidement dans les os des très jeunes et des très vieux et certainement, en mettant à contribution les deux villages, il se trouverait assez de peaux pour fabriquer une couverture de la taille de celle-ci.

Mais avant que la femme ne s'en aille dresser son propre tipi, Wakankcha s'approcha d'elle et doucement lui dit :

— Un ancêtre n'a peut-être bientôt plus besoin ni d'une couverture de tente, ni d'un feu pour le réchauffer, quelle que soit la saison. Conserve les peaux pour d'autres qui ont véritablement besoin de ces choses. Je continuerai à m'asseoir sous ces peaux amies qui me protègent depuis tant et tant de saisons.

Le saint homme souleva l'ouverture déchirée et entra dans la tente, laissant derrière lui une vraie-femme ahurie, main sur la bouche. Cette gentille femme ne se souvenait pas d'avoir exprimé sa pensée à voix haute, elle n'avait parlé qu'à elle-même, en silence. En tout cas elle en était convaincue.

Au fur et à mesure qu'une lumière matinale voilée se répandait sur les villages silencieux, une blanche douceur se mit à briller. Profitant de l'obscurité, quelqu'un était passé sur les têtes du Peuple endormi, recouvrant la terre de la première mince robe-d'hiver des lunes froides, l'Homme-hiver leur avait rendu visite. Les pieds des femmes crissaient sur la blancheur d'un pas rapide ce jour-là, tandis qu'elles empruntaient le chemin qui mène au bois et à l'eau.

Personne bien-sûr ne permettrait que les outres restent plus d'un soleil suspendues dans une tente et aucune femme ne priverait sa famille des bienfaits d'une boisson fraîche, mais personne non plus ne préférerait, à la chaleur amie d'un feu-de-tente, s'en aller casser la froide et dure couche qui recouvre la rivière.

Connaissant le caractère des hommes de sa tente, Pazuwashté se hâtait sur le sentier usé par les pieds des femmes pour retourner rapidement ajouter du bois frais sur les braises du feu-de-nuit. Wiyaka avait toujours aimé trouver une grande chaleur dans la tente à son réveil et justifiait cela en disant qu'un bon feu matinal améliorait ses performances sur le terrain de chasse. Le fils dans sa tente avait souvent exprimé la même prédilection et donc, désirant trouver ce matin, au lever de leurs robes de nuit, ces deux-là dans de particulièrement bonnes dispositions, la femme empila joyeusement le bois-qui-offre-la-chaleur sur le cercle de feu noirci et plaça aussi un bol de soupe chaude à leur portée.

La femme du chef Khoka ressentait toujours en elle une profonde satisfaction quand les clans campaient à la colline de Mahtoh et, de retour à cet endroit, elle avait cette nuit-là repoussé un moment le sommeil pour écouter le rythme de la pluie qui tombait sur la couverture de tente. La pulsation régulière du chant-de-pluie avait permis à ses pensées de retourner à nouveau vers une chose à laquelle elle avait souvent songé depuis que son fils avait amené les *washichu* au grand cercle. La femme fit alors le projet d'aller voir sa sœur qui campait avec les Tasha de l'autre côté des chariots des *washichu*. Elle souhaitait rendre visite à Wakanka, mais seulement si son mari lui permettait cette chose. Recouvrant sa tête de la bonne chaleur de sa robe de *pte*, une femme, sourire aux lèvres, s'endormit rapidement.

Les narines d'un chef Khoka ensommeillé se dilatèrent soudain en humant l'odeur plaisante d'un bol de soupe posé près de ses robes de nuit. Ouvrant les yeux, l'homme jeta un regard de reconnaissance dans la direction de la femme assise puis, de dessous les couvertures, il étira ses pieds vers la chaleur du feu, bousculant la tête du fils qui, roulé en boule, faisait toujours semblant de dormir. Aussitôt une main surgit des couvertures et s'empara d'un bol de soupe puis, tout aussi vite, main et bol disparurent d'où ils étaient venus. Le père en riait encore tandis qu'il étendait le bras pour s'emparer de l'autre bol, pourtant Wiyaka retourna rapidement son regard vers le visage de sa femme et lui demanda si une certaine femme désirait dire quelque chose à son mari. Levant les yeux pour rencontrer ceux de l'homme qu'elle appelait son mari depuis tant d'hivers maintenant, Pazuwashté eut un sourire de gratitude. L'homme avait bien compris qu'un motif se cachait derrière ses actes et n'avait pas perdu de temps à se jouer d'elle et de son envie de parler.

— J'aimerais faire savoir à mon mari que je désire fabriquer de nouveaux mocassins pour les hommes de ma tente, de beaux couvre-pieds décorés de piquants de porcs-épics avec des dessins assortis pour le père et le fils. Mais le sac à piquants de cette épouse n'en contient pas assez pour réaliser ce travail et elle apprécierait donc de pouvoir rendre une courte visite à sa sœur dans le camp Tasha, une sœur dont le sac à piquants est toujours bien rempli.

La bosse enroulée dans la robe de nuit à côté de son mari bougea un peu tandis que la femme achevait son discours.

— Peut-être que quelqu'un peut dire à mon fils qu'une mère serait heureuse de marcher vers le campement Tasha derrière un jeune et fort guerrier plutôt qu'en compagnie d'une vieille femme.

C'est ainsi qu'au réveil un village Khoka put entendre, par le même trou de fumée qu'un feu matinal, s'élever le rire d'un père et qu'il put voir un fils surgir d'un seul bond par un rabat et atterrir pieds nus sur la froide robe-de-neige. En un éclair le jeune homme fut de retour, enfilant d'un air soumis les chauds mocassins d'hiver disposés près du cercle de feu. Le père avala son rire et attendit que son fils parle, tandis que Pazuwashté retenait un sourire-dans-sa-joue, en ne quittant pas des yeux le bois qui brûlait. Tokécha, à présent tranquillement debout à l'ouverture, adressa ses paroles à l'intention de Wiyaka :

— Je décide d'utiliser cette journée non pas pour jouer dans la neige mais pour aller rendre visite à un autre campement. Ils disent que quelqu'un est retourné au clan Tasha avec une nouvelle épouse, mais je ne sais pas cela avant de l'avoir vu. Je vais donc le vérifier. Mais mes pieds préfèrent attendre de nouveaux bons mocassins avant de parcourir une certaine distance, grande ou petite, et je choisis par conséquent de voyager sur le dos d'un fort coursier. Peut-être que mon père peut dire à sa femme que si cette manière de se déplacer lui convient, je prends un deuxième cheval avec moi, un qui amène sans problème une mère dans le camp Tasha où elle va voir sa sœur.

Affichant un large sourire, le jeune homme quitta la tente dans la direction de la horde de chevaux.

Bien que souvent mère et fils parcourent ensemble de courtes distances, il est rare de voir un fils et sa mère de sang voyager seuls tous les deux. Et jamais, non, jamais ces deux-là ne dérogeraient à ce que la coutume exige de personnes liées par le sang; ni l'un ni l'autre ne prendraient le risque d'attirer ainsi les ennuis sur les tentes des leurs.

Les deux cavaliers, si vraiment ils ressentaient le besoin de mots durant ce trajet, pourraient se parler par l'intermédiaire des quatre-pattes. Tous deux chevauchaient donc satisfaits vers le camp Tasha, le jeune homme devant, la femme derrière, avançant d'un pas lent dans la blancheur poudreuse qui était tombée à terre pendant leur sommeil. Bientôt les chariots bâchés des *washichu* apparurent.

Voyant son fils faire obliquer sa monture et quitter le sentier menant aux Tasha pour emprunter celui des *washichu*, la mère Khoka sourit intérieurement. En vérité elle connaissait bien la nature de ce fils à qui elle avait donné vie ; elle savait qu'il ne laisserait pas passer l'occasion de s'occuper des besoins de ceux qu'il avait invités en ce lieu. Les pensées de la femme se tournèrent donc à nouveau vers ces choses auxquelles elle avait déjà souvent songé.

Ne voulant pas se montrer impolie à l'égard des Visages pâles ou de quiconque, Pazuwashté ne remettait jamais en question les façons de faire des autres. La femme gardait toujours en tête ce que sa grand-mère, sa mère et sa sœur lui avaient répété si souvent pendant ses saisons de jeunesse : « Depuis quand est-ce que les mots d'une personne offrent à l'autre la possibilité de comprendre ? avaient-elles demandé. La véritable connaissance ne peut venir que de l'intérieur, et après avoir vu par soi-même. Pourquoi remplir l'air de mots inutiles quand les yeux peuvent observer puis, forts de leur raisonnement, parler et offrir une vraie réponse. Observe et souviens-toi, ensuite tu sauras. »

Ce que Pazuwashté se demandait à présent, encore et encore, c'était où la vraie femme *washichu* allait dresser le cercle de feu pour chauffer toute sa famille pendant les lunes froides ? Tout le monde sait qu'un grand feu vit au centre de la terre, un feu qui réchauffe toute chose vivante.

Même pendant les lunes chaudes un petit feu brûlait toujours au centre de chaque tipi et sa chaleur ne réchauffait pas tant le corps que l'esprit, en permettant à tous de reconnaître et de se souvenir du centre. Le centre, un endroit d'où tout est issu et où tout retourne ; le centre, un cercle dans un cercle. Mais quand l'haleine âpre de l'Homme-hiver souffle sur le Peuple, le corps, l'enveloppe de l'esprit, crie fort son besoin d'un feu pour le réchauffer. "Moi, épouse, mère et sœur empilerais volontiers plus de bois sur le cercle de feu de ces étrangers mais je ne vois pas de place pour ce feu central dans les tentes-en-bois-qui-roulent de cette femme *washichu*. De quelle façon celle-ci compte-t-elle protéger ses parents de la raideur glacée qui se glisse à l'intérieur durant la nuit et qui arrête la vie ? Est-ce qu'Oshotahwin s'imagine vraiment que ces minces choses qu'elle appelle couvertures de laine sont suffisantes pour faire face à la dureté implacable de l'hiver sur la plaine si elle n'a pas aussi un feu-de-nuit ? "

Soudain des talons s'enfoncèrent dans les flancs de celui qui portait le fils-guerrier et la créature s'élança à la rencontre d'un petit groupe serré autour d'une petite pile de bois embrasé. Instinctivement la mère utilisa aussi ses talons pour accélérer le pas du grand-chien sur lequel elle était assise. Le malheur flottait au-dessus de ce campement.

Debout près des chariots *washichu*, ses yeux prenant rapidement la mesure de chaque chose, le jeune Khoka comprit tout de suite ce qui s'était passé à cet endroit et Pazuwashté aussitôt descendit elle aussi de son cheval pour aider les femmes *washichu*.

Grand-homme, adossé à une roue du chariot, tendait un pied tout emmailloté vers le feu. Cheveux-jaunes et la plus jeune des filles ramassaient du bois mort tandis qu'Oshotah et la fille plus grande et plus âgée étaient agenouillées près du chef *washichu*. La fille réchauffait ses mains à la flamme pendant que l'épouse frottait énergiquement le pied nu du grand homme. Puis Oshotah tendait ses mains vers le feu pour permettre aux mains bien chaudes de sa fille de frotter le pied. Le jeune guerrier imagina immédiatement le gel s'emparer du camp durant l'obscurité et, comme il avait rencontré sur ce sol des chariots et non des tipis, il ne s'était pas arrêté en bordure de couverture de tente. Ce froid soudain et violent avait dû grimper le long des côtés du chariot jusqu'à l'endroit où dormait le chef et il avait mordu son pied. Mais est-ce que le pied enveloppé avait souffert lui aussi ? Tokécha ne le savait pas encore.

Les mains expertes de la mère Khoka extirpèrent rapidement le deuxième pied de son enveloppe pendant que son fils expliquait avec les mains à la-femme-qui-possède-des-cheveux-jaunes qu'elle devait mettre à terre deux arbres solides pour en faire des travois. Comme chaque fois, avant d'entailler la chair de ce peuple-debout, il fallait lui dire le besoin que l'on avait de sa force pour tirer un homme de la taille d'un grizzly aux longues griffes, un grand homme dont les pieds ne pouvaient le porter jusqu'au *pezuta* du village Tasha.

Après avoir constaté l'état du pied enveloppé, Pazuwashté avait jeté un long regard ferme et rassurant dans les yeux inquiets d'une vraie-femme au visage pâle. Ce pied avait été mordu, lui dit le regard, mais pas aussi profondément que l'autre. Oshotah, plus pour se réconforter que pour se réchauffer, resserra autour de son cou la mince couverture et sourit de gratitude à l'immensité au-dessus d'elle, puis son regard revint se poser sur la femme Khoka qui entourait les deux pieds nus de neige tassée. Elle vit ensuite la femme s'emparer du couteau pendu à sa ceinture pour découper, dans la peau posée sur le dos du cheval qui l'avait menée à cet endroit, deux morceaux de peau-de-*pte* avec leur fourrure ; ces morceaux pour envelopper à nouveau les pieds blessés mais cette fois-ci avec de la neige autour.

Si le chef *washichu* ressentait une douleur dans ses pieds mordus, seuls ses yeux doux, et pas sa bouche, disaient cette chose-là. Le grand homme resta assis en silence à attendre que la mince femme aux cheveux jaunes et sa jeune compagne reviennent en traînant deux longs poteaux. Pazuwashté, sachant que ces deux-là n'avaient pas l'expérience nécessaire à la fabrication de travois, alla à leur rencontre avec son robuste cheval puis, rapidement, adroitement, elle attacha les longs bois aux flancs de la créature et amena le quatre-pattes à l'endroit où attendait le chef-au-visage-pâle.

Le jeune guerrier Khoka fit signe à la grande fille de l'aider à déplacer son père sur le traîneau, expliquant aussi par des gestes la façon dont le père devait déplacer son poids pour rouler sur les poteaux. D'un regard Pazuwashté indiqua à Oshotah de monter sur le grand-chien qui traînerait son mari au village Tasha, et d'un autre qu'elle et la grande fille marcheraient en menant les autres créatures.

Voyant que Cheveux-jaunes faisait monter la jeune fille en croupe derrière elle sur le grand et beau cheval, Tokécha sauta sur le dos de son coursier et le convoi s'ébranla sur la blancheur étincelante en direction du campement Tasha.

XXXII

Le soleil se tenait haut dans un espace vaste et dégagé, et la lumière du ballon jaune dessinait une ombre courte aux pieds du jeune Khoka qui grattait légèrement le rabat d'une minuscule tente rapiécée et dressée en limite du village Tasha, niché à l'abri du dos de la colline de Mahtoh. N'entendant pas de réponse à son grattement, le jeune toucha à nouveau la peau en accompagnant son geste d'une petite toux. Aucun son venu de l'intérieur ne lui répondit, il souleva donc la couverture qui fermait l'ouverture et regarda dans la tente sacrée.

Sous une lourde robe d'hiver le voyant, assis près du feu, préparait une pipe, remplissant solennellement le fourneau en pierre rouge de brins d'un mélange à fumer. Le fourneau plein, sans détacher son regard de la pipe sacrée, le vieil homme pointa du menton pour indiquer au visiteur de s'asseoir lui aussi près du feu. Tokécha comprit qu'avant toute discussion il partagerait la fumée d'une pipe officielle avec l'ancêtre, ce saint homme. Cet entretien serait donc quelque chose de plus qu'une simple conversation entre fils et père-ami.

Les deux fumèrent la pipe jusqu'au bout, puis le vieil homme vida les cendres du fourneau dans sa paume et les jeta ensuite sur le feu avant de ranger la pipe sur le petit râtelier près de lui. Ceci fait, ils restèrent assis un long moment à poursuivre leurs réflexions sur la signification de la pipe, chacun relié à la vérité.

Surgie d'une flamme mourante, une étincelle craqua et ramena le jeune homme à la réalité du tipi où il se tenait assis. Il n'aurait su dire en vérité combien de temps s'était écoulé, mais il remarqua rapidement le froid qui s'était glissé sous la couverture de tente. Jetant un coup d'œil vers un certain vieil homme assis les yeux fermés, le Khoka crut que celui-ci dormait et il s'avança sans bruit vers l'ouverture pour rajouter du bois sur le feu avant de partir.

— Est-ce que mon fils quitte l'endroit où il vient discuter avant même que cette discussion n'ait eu lieu ? Ou peut-être que quelqu'un s'imagine avoir tant grandi qu'il n'a plus besoin à présent de discuter avec un voyant âgé ?

Les mots avaient surgi de quelque part derrière deux petits yeux noirs perçants, des yeux presque cachés dans les plis de la peau qui adhérait aux os d'un vieux, vieux visage. Faisant volte-face, dans la direction d'où provenait la voix, le fils Khoka se dit que jamais, non, jamais il ne comprendrait les pouvoirs exceptionnels de celui qu'il avait choisi comme deuxième-père. Mais il se dit aussi qu'il n'avait aucun besoin réel de cette compréhension. " Reconnais la force derrière une chose, mais ne questionne pas la source, cette chose appelée mystère. Quand quelqu'un en a vraiment besoin, quelque chose vient lui prêter cette connaissance. Avant ce temps, le mystère reste un mystère, rien d'autre. "

Disposant les morceaux de bois sur le cercle de feu et s'asseyant à nouveau près du voyant, le jeune homme observa la flamme s'élancer doucement et monter à l'assaut du bois mort. Et il attendit.... mais pas longtemps.

— Les pieds de celui que mon fils traîne ici guériront. Le *pezuta* qui a regardé ces pieds a passé beaucoup de ses jeunes saisons sous cette vieille couverture de tente à écouter attentivement mes propos sur les racines, les herbes, les baies et les écorces qui soignent les morsures cruelles de Wahziya, l'Homme-hiver, ainsi connaît-il vraiment les façons de guérir ces choses. Dès à présent les épouses de certains chefs apparentés vont trouver très certainement un moyen de s'assurer qu'une telle chose n'arrive plus aux invités d'un jeune guerrier Khoka, des invités qui se sont montrés imprudents en essayant de dormir en compagnie d'une robe-de-neige avant de connaître cette chose.... ou avant que celui qui les a amenés à ce village ne les mette au courant des dangers des lunes-froides, leur laissant le choix de suivre ou non les conseils d'un homme aussi jeune que lui.

Le saint homme fit une pause, attendant que la compréhension parcoure tout le chemin jusqu'au cœur de celui pour lequel il avait le rôle de second-père. Un homme était blessé car le jeune Khoka n'avait pas eu à l'esprit l'ensemble de quelque chose. Ainsi le véritable voyant des Tasha voulait être certain que son fils comprît les ennuis qui pouvaient résulter de la négligence, négligence vis-à-vis de quoi que ce fût.

Une chaleur doucement grimpa le long du cou du jeune guerrier, remonta et emplit ses joues. Une chaleur ne venant pas du feu brûlant mais bien de la honte, car en vérité il n'avait pas été attentif à tous les besoins de ceux qu'il avait amenés à ce campement. Mais avant que le malaise ne s'installe, le voyant reprit la parole, la sagesse de ce vieil homme connaissant les limites, elle savait quand quelqu'un a absorbé la compréhension.

— Je veux faire savoir à mon fils qu'au prochain lever du soleil quelqu'un s'en va porter une pipe-d'invitation. Un fils Tasha, celui que tu connais comme frère, porte cette pipe aux Khoka, pour annoncer qu'après quatre levers et couchers de soleil, moi, saint homme des Tasha, moi, le voyant, et non celui-qui-dit-les-légendes, raconterai la légende-de-la-pipe-sacrée. Je reprendrai, à la manière des anciens, la légende entière pour tous ceux qui souhaitent l'écouter.

Le jeune homme, ahuri, eut le souffle coupé. Bien sûr tous, jeunes ou vieux, hommes ou femmes, appréciaient ces nuits de lunes froides qui amènent les récits-de-légendes. Mais jamais, au grand jamais, personne ne pourrait imaginer ce vieux voyant dans le rôle de celui-qui-dit-les-légendes. Même pas pour une histoire de cette importante.

Puis l'ancêtre reprit la parole :

— Plusieurs, en écoutant l'histoire, replongeront aux sources des anciennes coutumes, à la vérité de toujours, aux choses nécessaires pour le bien de chacun et le bien de tous. Mais mon but est que dans d'autres oreilles mon interprétation de cette ancienne légende apporte une compréhension vitale, une connaissance sur laquelle le Peuple.... peut-être le Peuple dans son entier, toutes tribus réunies.... puisse compter pour continuer à vivre dans ces temps de changements si nombreux. Je raconte la légende-de-la-pipe pour une personne.... une en particulier.... et pour tous, pour les Tasha et pour les Khoka. Même ceux qui sont pâles apprendront quelque chose.... si ces *washichu* choisissent de venir s'asseoir parmi les auditeurs.

La vieille voix fêlée qui, un instant auparavant, avait rugi tant et plus, redevint murmure et un léger sourire marqua profondément les rides autour de la bouche d'où sortait la voix.

— Les grands-pères invisibles disent que quand quelqu'un raconte une histoire tous vont et viennent à leur gré dans la tente-des-légendes. Ils disent qu'à chacun appartient le choix de dormir ou de ne pas dormir. Mais moi, quelqu'un qui n'est pas encore un grand-père et très certainement pas invisible, dis qu'un certain jeune Khoka assis parmi les auditeurs ne se permettra pas ce choix confortable pendant qu'un voyant âgé raconte la légende-de-la-pipe. Moi, Wakankcha, dis que celui-ci écoutera toutes choses séparément puis entendra l'ensemble. Il s'emparera de tous les mots, de tous les gestes du récit. Il utilisera immédiatement ce qui l'aide à se rapprocher de la connaissance et gardera pour un autre jour ces choses dont le sens lui échappe encore. Rien n'échappera à ses oreilles, rien à ses yeux, *rien*.

Les yeux mi-clos qui avaient fixé le jeune homme pendant le discours se posèrent à nouveau sur les flammes vacillantes puis se fermèrent pour signifier que le voyant n'ajouterait rien, que le visiteur pouvait quitter la tente.

Tokécha ne savait pas au juste quand son frère-ami s'en était allé porter la pipe-d'invitation du saint homme, mais les vieilles harpies édentées, les commères de la tribu hurlèrent l'histoire à qui voulait, ou ne voulait pas, l'entendre dans le camp. Car, avec ou sans pipe, Takcha Ushté avait fait un départ très remarqué.

La jeune femme du Tasha-qui-contemple-le-soleil, apprenant que son mari devait faire un court séjour au camp Khoka, avait exprimé son désir d'accompagner l'homme, quelque chose qu'une femme Tasha n'aurait jamais demandé. Très surpris par cette requête, le guerrier avait dit à sa femme, d'un ton plus que ferme, qu'elle devait à présent penser à elle-même comme à une Tasha, et non plus comme à une Absa. Les femmes Tasha ne suivaient pas leurs hommes, ni à la chasse, ni à la guerre, ni pour porter une attaque, ni pour porter une pipe. Puis, d'un geste impatient, il avait ordonné à la femme de quitter l'endroit où elle se tenait assise à ses côtés.

Tahwiyéla, qui connaissait déjà plusieurs habitudes de celui qu'elle avait choisi comme époux, n'avait pas bougé. Elle était restée en silence, à calmer le sang Absa qui s'était aussitôt mis à bouillonner en elle à l'écoute de ces mots. En un instant, la belle femme retrouva la raison et put diriger ses yeux ronds directement vers le visage sévère à côté d'elle.

— Quelqu'un n'a peut-être pas vraiment compris la nature de sa nouvelle femme, une femme depuis peu Tasha. Je demande que mon mari reconnaisse et se souvienne de certaines choses à propos de celle qu'il nomme *mitahwin*, “mon épouse”.

La jeune femme élancée s'interrompit un moment, comprenant que pour donner au bien-être une chance de s'installer durablement dans cette tente, elle devait livrer le fond de son cœur à cet homme.

— Je me tiens comme vraie-femme aux côtés d'un certain guerrier Tasha pour la bonne raison que j'ai choisi cela. Je décide où je me tiens et où je ne me tiens pas. Je sais bien que mon mari respecte la coutume de son Peuple qui ne force personne, prisonnier ou non, à épouser quelqu'un dont il ne fait pas le choix. Moi, une femme prisonnière ennemie, ai accepté avec plaisir le rang honorifique d'épouse Tasha et pense à présent à moi-même comme à une Tasha. Avec bonheur, quand viendra ce temps, je porterai les fils et les filles du Tasha-qui-contemple-le-soleil. Mais est-ce que mon mari attend de sa femme qu'elle change le sang qui à l'origine lui a donné la vie ? Est-ce que le père de mes enfants Tasha choisira d'oublier que ces mêmes fils et filles ont aussi du sang Absa, celui de leur mère au rang modeste d'ennemi-prisonnier dans le campement du grand cercle tribal ?

“ Moi, Tahwiyéla, une vraie-femme Tasha, désire voyager avec mon mari non pas parce que les femmes Absa voyagent souvent avec leurs maris mais pour la simple raison que ce voyage donne peut-être du plaisir à l'épouse et à l'époux, à chacun et à tous. ”

La jeune femme acheva là son discours mais elle ne détourna pas les yeux du visage de son mari pour regarder timidement vers le sol comme le font certaines femmes du Peuple de celui-ci. Et en tout cas, elle ne se détournerait pas avant d'entendre ce que quelqu'un avait à lui répondre. Elle attendait donc.

Soudain, celui-qui-contemple-le-soleil se renversa sur ses robes de nuit, le rire jaillissant de sa bouche et de son cœur, un rire pour évacuer la gêne, la maladresse et l'embarras de ce moment. La femme ne riait pas, pas encore. Pas avant d'en savoir plus.

Un grand et mince guerrier-qui-contemple-le-soleil se redressa sur un coude, souriant toujours. Puis il allongea le bras pour caresser tendrement la joue de celle qui attendait.

— Peut-être qu'une certaine épouse peut comprendre que même si son époux est un Tasha, depuis aussi longtemps qu'il a connu d'hivers, cet homme n'est un mari que depuis peu, surtout le mari d'une femme si extraordinaire. Peut-être tâtonne-t-il quand il manque d'assurance sur un certain point. Mais, en tâtonnant, cet homme apprend aussi.

S'emparant de l'un des petits sacs-à-peinture suspendus près de ses robes de nuit, le mari le secoua et fit tomber sur sa paume un tout petit peu de poudre rouge. Y ajoutant une touche de graisse d'un pot voisin, l'homme mélangea ces deux choses dans le creux de sa main. Doucement il se rapprocha de la femme qui attendait toujours sa réponse et, dans un silence qui remplissait toute la tente, un mari Tasha peignit en rouge la raie des cheveux brillants, couleur noisette, de son épouse, puis il barbouilla chacune de ses joues d'un grand point rond et rouge.

La vraie-femme quitta des yeux le visage de son mari pour regarder timidement par terre à la façon des femmes Tasha. Car celui-qui-contemple-le-soleil, manquant de mots pour décrire l'intensité de ses sentiments, avait choisi de montrer à la manière traditionnelle des ancêtres son affection profonde pour la femme qu'il avait prise comme épouse. Tous ceux qui apercevraient Tahwiyéla maintenant, où qu'elle fût, sauraient immédiatement qu'elle tenait le rang le plus élevé, celui de femme bien-aimée.

Ceci fait, et sans ajouter un mot, l'homme s'éloigna rapidement de la tente dans la direction de la horde de chevaux et s'en retourna tout aussi vite avec les deux créatures que ce jeune couple avait chevauchées en entrant dans le campement. A son retour, la vraie-femme peinte vit son homme soulever le rabat d'ouverture et lui faire signe de se joindre à lui pour un court voyage dans la neige. Ainsi deux cavaliers, dont un avait les joues peintes en rouge et une ligne rouge lui séparant les cheveux, quittèrent ensemble le camp, le mari ayant fait savoir à sa femme que celle-ci devait voyager à ses côtés et non derrière lui à la manière des femmes Tasha.

Les vieilles harpies qui attisaient les feux-de-cuisson mourants virent ces deux-là quitter le campement et se souvinrent du temps où elles aussi avaient marché peintes en rouge. Ainsi le départ des voyageurs se fit-il dans un concert de blagues salaces qui fusèrent de toutes parts, car la coutume permet à ces femmes-sans-homme, à celles-qui-n'ont-pas, de porter du bois ou de remuer la soupe dans les panses, en échange d'un endroit où dormir à l'ouverture des tentes. Elle leur offre aussi le privilège de ces grossièretés et obscénités, tant en gestes qu'en paroles. Et, dès que le couple de voyageurs disparut dans la blancheur, le jacassement sonore de ces femmes aux langues bien pendues se répandit sur tout le cercle des tipis Tasha.

XXXIII

Une douce lumière jaune se faufilait entre les nuages gris pâle qui lentement traversaient l'immensité bleutée et cette lumière projetait des ombres étranges sur la blancheur qui fondait au sol, les ombres de plusieurs femmes Tasha dressant une grande tente au centre du campement ; une tente pour la cérémonie du récit d'une légende de la plus haute importance.

Le matin qui suivit sa conversation avec le saint homme, Tokécha retourna vers son propre clan ; fils et mère quittèrent le village non loin derrière un porteur-de-pipe Tasha chevauchant en direction du camp Khoka. En arrivant au sentier du camp-des-chariots, le jeune guerrier l'ignora car les *washichu* étaient toujours avec les Tasha, les pieds de leur chef commençant à retrouver la vie, les femmes apprenant peut-être quelque chose des bienfaits du tipi pendant les lunes froides.

La mère et le fils avançaient lentement, tous deux profondément perdus dans leurs pensées. La mère, un sac plein de piquants noué à sa taille, se mit à réfléchir au dessin qu'elle créerait sur les mocassins du fils et du père, tandis que le fils choisit de passer en revue ce qu'il connaissait déjà de la légende-de-la-pipe. " Pendant les trois prochains soleils, se dit-il, je mettrai de côté toute pensée sans rapport avec cette légende. Le saint homme ne raconte pas cette légende uniquement pour son plaisir. Moi, quelqu'un qui a soif de connaissance, souhaite me préparer à saisir ce que l'ancêtre va peut-être envoyer dans ma direction. Ou dans toute autre direction. "

Trois soleils apparurent puis disparurent. La grande tente au centre du campement se tenait prête à accueillir chacun et tous, qui choisiraient d'écouter. La lumière des flammes du feu central dansait sur le visage calme et ridé d'un antique voyant dont le regard inerte fixait le bois qui brûlait.... et attendait. Plusieurs entrèrent et sortirent mais le vieil homme ne bougea ni ne parla. C'est alors qu'un certain jeune Khoka, tout juste arrivé au campement Tasha, entra et se tint face à celui assis de l'autre côté du feu-de-tente. Un moment plus tard, sans lever les yeux du feu, le voyant indiqua du menton au jeune de prendre place là où lui se tenait. Rien d'autre. Et donc Tokécha s'assit, jambes croisées, et se mit à regarder intensément son père-par-choix, récitant-de-légendes-sacrées à cette occasion. Celui-ci entama un doux chant tout en caressant un carré de terre à ses côtés d'une plume de queue de *wambli*, l'oiseau-guerrier géant.

Cette terre, décida le fils Khoka, serait la terre où le récitant placerait un crâne de *pte* et derrière lui un petit râtelier où reposerait une pipe sacrée. Les yeux écarquillés du jeune homme comprirent que quelqu'un avait l'intention de suivre pour le récit-de-légende un rituel de cérémonie semblable à celui déjà utilisé pour une contemplation-du-soleil d'été.

Tokécha, le souffle coupé, déglutit pour avaler ce qui menaçait de lui bloquer la gorge, il ne permettrait pas à cette chose de venir troubler sa concentration.

Le crâne de *pte* et le râtelier mis en place, le voyant, tout en continuant à chanter, fixa à nouveau le cercle de feu. Mais, auparavant, il avait extrait des plis de sa robe une pipe au long tuyau des plus extraordinaires, une pipe décorée d'une façon inconnue.... à ce jour. Le jeune guerrier, ébloui, resta médusé devant la délicatesse de cette pipe exceptionnelle. Jamais, non, jamais il n'avait vu nulle part un objet s'emparer avec une telle force de quelque chose en lui d'aussi profondément enfoui, quelque chose pour quoi il n'avait pas de nom, mais regarder cet objet magnifique lui suffisait. Lui suffisait à quoi, cela, il ne le savait pas encore.

Les intonations puissantes du chant du voyant attirèrent d'autres personnes dans la grande tente : Tasha, Khoka, guerriers, chasseurs, hommes, femmes, enfants, vieillards, frères, sœurs et mères, leurs nourrissons au sein. Quelle mère ne souhaiterait en effet faire comprendre à son enfant, peu importe son âge, l'importance de la pipe pour le Peuple ? Peu importe également que l'enfant comprenne les mots car le bien ne s'insinue-t-il pas un peu de toute façon ? Et depuis quand les grands mots blessent-ils les petites oreilles ? Le Peuple se rendait en ce lieu pour entendre quelque chose de bon, bon pour chacun, bon pour tous. Et parmi ceux rassemblés à cette occasion.... cinq *washichu*. Des " invités ", avait dit quelqu'un.

Le chant d'un ancêtre, d'un saint homme, monta par le trou de fumée et se répandit sur la plaine. Des mains âgées placèrent le long-tuyau sur le râtelier, le fourneau de pierre rouge appuyé au crâne de *pte*. Des doigts noueux s'emparèrent d'une plume de *wambli* et pointèrent cette chose vers les soleils-de-nuit dansants qui envoyaient leur lueur par l'ouverture d'un toit de tipi et semblaient faire des clins d'œil. Soudain le chant cessa et le chanteur jeta un long regard perçant au cercle de feu. Une explosion embrasée jaillit vers les lumières clignotantes puis retomba, obéissant au signe de plume de l'homme qui tenait cette chose dans sa main.

La légende-de-la-pipe-sacrée avait commencé.

XXXIV

“De nombreux, nombreux hivers de cela.... peut-être si nombreux que même les premiers grands-pères ne marchaient pas encore en compagnie des invisibles.... de graves ennuis et de grandes inquiétudes planaient sur les campements. Les cœurs du Peuple traînaient à terre, tous connaissaient le froid, la faim et l’insatisfaction. Le conflit s’était insinué dans les tentes, hommes et femmes restaient les bras croisés, les familles se disputaient et les enfants avaient perdu leurs sourires. Le Peuple, tous et chacun, avançait sur le chemin qui mène au désastre.”

La voix du récitant-de-légendes entama l’histoire dans la langue connue du Peuple, pour s’assurer que chaque auditeur se souvienne de quand, et comment, la pipe sacrée était parvenue au Peuple. Aux mots, le vieil homme ajoutait des gestes, des signes de la main, compréhensibles même des enfants si les mots ne pouvaient toucher leurs oreilles, quelque chose que tous pourraient suivre quand lui, le récitant, passerait de la langue du Peuple à celle des ancêtres invisibles.

“Comprenant que le Peuple avait un besoin vital de quelque chose de bon, les quatre chefs tinrent conseil pour élaborer un plan qui relierait le Peuple en une seule entité ; un seul corps, une seule pensée et une seule vérité. La lumière d'une pleine lune ronde vit alors le Peuple, tout le Peuple, se diriger vers une corniche. En tête, pour influencer favorablement les puissances, marchaient quatre femmes n'ayant jamais connu d'hommes, des femmes ouvertes et réceptives. Le Peuple, utilisant consciemment tout le *shkan*, la force de vie concentrée là, demanda l'apparition de quelque chose de bon. Et voyant l'adversité dans laquelle étaient tous ceux assemblés, les invisibles leur envoyèrent une force d'égale puissance.”

Alors les mouvements des mains osseuses du récitant s'accélérèrent car la voix du saint homme avait glissé dans les idiomes d'un autre royaume. Les yeux des auditeurs virent alors des mains leur expliquer que, de ce besoin immense pour quelque chose de bon, une image était apparue ; l'image d'une jeune femme vêtue de douces peaux blanches venue à la rencontre du Peuple sur un nuage de brume blanche.

Plusieurs écoutaient bouche bée ce récit, émerveillés par le miracle légendaire. Mais, face au voyant, il n'y avait plus que la carcasse vide d'un jeune fils Khoka fixant le feu, son esprit s'était envolé par le trou de fumée, peut-être vers ceux qui tant d'hivers auparavant se tenaient sur une certaine corniche à regarder une femme envoyée par les puissances qui marchait vers eux et leur apportait quelque chose de bon.

D'abord doucement, puis gagnant en force, une voix emplit la tente-des-légendes. Mais le récitant ne prononçait ni paroles ni sons ; seules ses mains racontaient l'histoire à présent et l'unique voix dans ce lieu était celle d'une femme.

" — On me nomme Ptesanwin et vous vous souviendrez de moi comme d'une sœur, chacun et tous. Ma famille, la tribu des géants à bosse et quatre jambes, sera bientôt apparentée au Peuple…. à tous. Vous appellerez les mères de la horde de ma famille *pte* et les pères *pta*. Mais quand vous parlerez d'eux, la plupart étant des mères, vous direz *pte*.

" La belle femme dit alors que rien de malfaisant n'existait dans le cercle de son esprit et que quiconque ne disait pas la vérité, ne pouvait vivre dans ce cercle. Sans rien ajouter, elle plaça dans les mains de l'une des quatre jeunes femmes un long et mince tuyau d'os et dans celles d'une autre un fourneau de pierre rouge. Aux deux restantes elle donna de l'écorce de saule rouge et des feuilles-à-fumer. Pendant qu'elles faisaient connaissance avec ces présents, Ptesanwin observa le silence. Doucement les jeunes femmes manipulèrent ces choses si peu familières au toucher. « Pipe », dit Ptesanwin. "

Les mains-des-signes retombèrent sans vie, la voix du récitant-de-légendes resta silencieuse. Wakankcha, les yeux clos, n'eut aucun mouvement et donc plusieurs quittèrent la tente pour chercher un bol de soupe ou pour se dégourdir les jambes restées longtemps croisées. Certaines femmes et quelques hommes âgés firent de petits groupes pour parler tranquillement ensemble. Deux, trois jeunes guerriers jetèrent des regards vers des jeunes filles qui gloussaient tandis que trois, quatre autres s'endormirent là où ils s'étaient installés pour écouter. Quant au jeune Khoka, il resta assis comme précédemment à fixer le feu, toujours présent en esprit à une autre réunion du Peuple. Ainsi Tokécha put voir et écouter ce que Ptesanwin révélait d'autre à propos de cette chose qu'elle avait appelée "pipe".

"— Admettons que ce tuyau représente votre corps, que le fourneau de pierre rouge représente votre chair, votre sang. Puis disons que chaque élément du mélange à fumer, chaque brin représente toutes les autres créatures vivantes. Vous souvenant de cela, vous utiliserez cette pipe pour manifester le bien, pour prendre contact avec la connaissance et pour vous engager, vous relier à la vérité.

"La femme remplit le fourneau de pierre rouge avec le mélange de feuilles-à-fumer et d'écorce d'arbre, expliquant que le fait de réunir ces choses.... tuyau, fourneau, écorce et feuilles.... représentait la vérité entière de tout le Peuple, partout : quatre-pattes, deux-jambes, ailés, ceux qui nagent et ceux qui rampent. La fumée qui monte du fourneau représente le souffle visible du Peuple, quelque chose qui se voit et s'élève haut, toujours plus haut vers les puissances. Puis elle instruisit le Peuple sur la manière dont il tiendrait la pipe, quels gestes il ferait avant de placer une braise du feu sur le mélange-à-fumer qui remplit le fourneau de pierre rouge.

"— Offrez la pipe, prête, fumante, d'abord à l'immensité bleutée, puis à la terre, ensuite aux quatre directions, en gardant toujours le fourneau de pierre rouge pointé vers la terre et le tuyau vers le ciel. De cette manière vous ferez un pont qui relie toutes choses, qui rassemble les êtres, qui maintient l'unité. Quiconque alors fumera cette pipe passera celle-ci dans la direction qu'emprunte, de la lumière à l'obscurité, le soleil dans sa course."

Tokécha vit Ptesanwin parler à ces hommes, leur dire qu'ils possédaient des mains capables de tailler les tuyaux et fourneaux et que les mains des femmes pourraient créer et décorer les sacs pour les porter : ainsi la fabrication de pipes, telle cette pipe sacrée, serait partagée entre hommes et femmes. La belle femme sourit alors en disant que pour les hommes pas encore pères, la pierre ne dépasserait pas le coude du fourneau, mais que pour ceux qui avaient déjà des enfants, elle se prolongerait au-delà, ce bout en plus représentant la famille, l'engendrement de la vie. Se tournant vers les enfants, reconnaissant leur place importante dans le tout, la porteuse-de-pipe donna gentiment encore d'autres directives :

" — Vous, chacun d'entre vous, représentez le cercle, quelque chose d'infini : la vie de votre Peuple. Souvenez-vous de ce que vous avez entendu aujourd'hui. Acceptez et souvenez-vous de la place sacrée que tient cette pipe dans les vies de ceux du Peuple. Souvenez-vous, acceptez et transmettez cette chose à vos enfants quand ils viendront vivre sur terre.

" S'interrompant pour observer ceux réunis autour d'elle, Ptesanwin vit que chacun avait saisi le sens de ses paroles. Elle parla à nouveau, suggérant au Peuple de découvrir dans les hivers à venir de nombreuses utilisations à la pipe sacrée. Au fur et à mesure que croîtrait le Peuple, certains parmi eux trouveraient de nouvelles coutumes et de nouvelles cérémonies. Mais toujours, toujours, elles tourneraient autour de la pipe. La pipe se tiendrait toujours au centre de la vie du Peuple, manifestation du bien, elle relierait et affirmerait la vérité. C'est pourquoi le Peuple allait avoir besoin de nombreuses pipes, pour chacun et pour tous. "

Soudain, le jeune Khoka ressentit que son esprit lentement amorçait une descente. " Pas encore, murmura-t-il, résistant à ce retour. Je reste, reste encore pour boire cette légende à la source. " Ainsi le jeune esprit resta et put entendre la femme parler de l'endroit où pousse la pierre rouge, l'endroit où cette pierre attendait le Peuple.

"— Au commencement du Tout, il y avait une petite mare de sang à plusieurs nuitées de ce campement dans la direction où se lève le soleil. Ce sang était celui du Peuple. Au fil des hivers, ce sang se solidifia puis se changea en pierre, la pierre grandit et devint une montagne. De cette montagne, le Peuple prendra le sang-changé-en-pierre dans lequel il taillera les fourneaux de ses pipes. Seuls les esprits paisibles pourront extraire cette pierre de la montagne et nul ne connaîtra d'ennemi quand il rendra visite à cette terre. "

La femme termina son discours et déposa soigneusement la pipe contre un rocher avant de s'en aller. Tokécha put alors relâcher la tension qui maintenait son esprit à ce niveau. Il connaissait la légende de la pipe aussi bien que tout autre et n'éprouvait nul désir d'assister au départ de cette belle femme.

Wakankcha envoyait vers le trou de fumée les antiques paroles et ses mains racontaient en signes comment Ptesanwin quitta le Peuple. Se mouvant à la lumière dansante des flammes, ces mains faisaient apparaître instantanément des images où chacun pouvait reconnaître la femme, parée de ses douces peaux blanches, s'éloigner à pied dans la direction d'où elle était apparue. Bientôt la voix de cette même femme emplit à nouveau la tente-des-récits, mais cette fois-ci elle chantait.

"— *Nihya tahniya mahwani ye*. Avec un souffle visible, je marche.

" La femme s'arrêta alors et jeta un regard par-dessus son épaule vers le Peuple tandis que sa forme-femme commençait à se modifier. Par quatre fois elle avança, s'arrêta et regarda en arrière. Ils virent alors celle appelée Ptesanwin se changer de femme en *pte*, une *pte* blanche, une immense et magnifique créature qui se retourna une dernière fois avant de disparaître dans la brume, et d'abandonner le Peuple en présence d'un long tuyau sacré reposant silencieusement sur un rocher. »

Jetant un coup d'œil furtif par le trou de fumée, la lumière mourante d'une étoile du matin tomba sur la voix silencieuse et les mains immobiles, fatiguées, d'un saint homme âgé. Le récit de la légende-de-la-pipe était achevé.

Les très nombreuses personnes réunies à cette occasion restèrent assises sans bouger, émerveillées par le bien qui circulait dans et au-delà de cette tente, ou même de ce campement. Tous, ici présents, ressentaient aussi une autre chose, provenant de la manière particulière dont avait été narrée cette légende, une chose pour laquelle ils n'avaient pas de nom. Mais, en quittant la tente, chacun sentit que le lien avec les grands-pères des origines, ces anciens qui avaient conçu une manière de vivre aussi harmonieuse, avait été renforcé. Plusieurs, ne voulant surtout pas s'immiscer entre le feu et le récitant-de-légendes, passèrent derrière le voyant et effleurèrent légèrement la vieille robe grisâtre et élimée qui recouvrait les deux épaules étroites et osseuses.

Mais pas Tokécha.

Le jeune Khoka resta assis, les mains posées sur ses jambes repliées, ses yeux noirs fixant intensément le père-par-choix en face de lui, attendant que d'un signe cet homme reconnaisse sa présence, car lui, Tokécha, quelqu'un de particulier, désirait parler. Cette fois-ci il ne quitterait pas la tente sous le prétexte que quelqu'un semblait dormir.

Voyant que l'ancêtre ne parlait ni ne bougeait, le jeune guerrier émit un léger son de gorge et il se préparait à prendre la parole quand le vieil homme réagit à son toussotement. Le saint homme ne répondit pas à l'impatience du jeune Khoka exalté, en revanche il étendit ses fines mains, tordues par l'âge, vers le long tuyau appuyé au râtelier près de lui. S'emparant de la pipe, il amena ses mains au niveau de son cœur puis déplia ses bras au-dessus du feu mourant où les chauds courants ascendants firent doucement se balancer les décorations attachées au tuyau – plumes, lanières souples, cheveux – toutes dansaient lentement au rythme d'une force invisible.

Tokécha contempla un moment l'étonnante magnificence de la pipe mais releva rapidement son regard vers les yeux attentifs du vieux voyant. Seuls à présent dans la tente-des-légendes, ces deux-là, prophète et guerrier, second-père et fils, restèrent étreints dans le regard l'un de l'autre, tels des ennemis au combat.

Trouvant sa voix, le jeune Khoka brisa le profond silence :

— Ptesanwin….

Mais ce mot tomba à terre, vaincu par la force d'autres mots émis par une autre voix :

— Le message, pas le messager. Mon fils doit accepter et se souvenir du message, pas du messager.

Se redressant, le vieux Tasha installa soigneusement la pipe sacrée dans le creux de son bras, resserra sur son corps frêle la robe grisâtre puis se dirigea vers le rabat et sortit dans l'air vif d'un nouveau matin. Un homme vieux, très, très vieux, marchait sur la blancheur d'un campement d'hiver mais il ne sentait pourtant pas la moitié du poids de son âge.

XXXV

Après la disparition de l'étoile du matin, des nuages gris pâle s'accumulèrent entre le soleil et la terre, et en observant le ciel de près, plusieurs personnes en conclurent que bientôt ces porteurs-de-neige boursouflés s'ouvriraient et relâcheraient la blancheur mouillée qui couvre et protège le sol pendant le temps des lunes froides.

Les frères-amis, chefs des deux clans apparentés, se tenaient au fond de la tente de Wakanka où ils partageaient une pipe informelle avec le grand chef *washichu*. Ces trois hommes s'exprimaient essentiellement dans le langage des mains et "parlaient" des nombreuses choses nécessaires aux jeux d'hivers, aux jeux des enfants. Du moins, c'était le prétexte invoqué.

Assises du côté réservé aux femmes dans la tente, les épouses de ces chefs et les trois autres femmes *washichu*, ne parlaient pas de jeux, jeux d'enfants ou jeux d'hommes. Les deux sœurs expliquaient plutôt qu'un cadeau allait être fait à la vraie-femme de Grand-homme ; un bon cadeau, un chaud cadeau.

Les *washichu* avaient tous remarqué à quel point il était confortable de vivre sous les couvertures protectrices d'une tente. Personne, parmi ceux qui dormaient sous un tipi, même si leurs pieds nus dépassaient de la robe chaude de *pte*, ne souffrait jamais des morsures des dents de glace. Ainsi Wakanka, les paroles d'un vieux voyant toujours en tête, avait compris qui possédait le véritable besoin d'un bon abri où protéger les siens.

— Une couverture de tente neuve t'appartient, dit l'épouse. Une couverture assez grande pour offrir sa chaleur à cinq ou six personnes, de quelque couleur que soient leurs visages. Des peaux assez résistantes pour garder au chaud les pieds d'un homme de la taille d'un grizzly, ajouta-t-elle en lançant un large sourire aux deux yeux qui se recouvraient d'eau, deux yeux brillants qui appartenaient à celle appelée Oshotahwin.

Séchant rapidement l'eau sur ses joues, Oshotahwin entendit alors Pazuwashté offrir aussi les poteaux pour la tente-cadeau, la sœur Khoka précisant qu'elle en possédait en réserve et qu'elle n'avait aucun désir de continuer à les traîner d'un camp à l'autre. En entendant cette offre, une Cheveux-jaunes ébahie dit immédiatement à Oshotah qu'elle avait appris quelque chose à propos de ces tipis et du nombre de perches qu'il fallait pour dresser une tente, peu importait sa taille. « Beaucoup », avait-elle dit.

Un instant plus tard les deux filles se joignirent à la discussion des femmes, Cheveux-jaunes tournant la tête de droite à gauche en signe de refus, Oshotah de haut en bas en signe d'assentiment. Et les deux jeunes filles, n'étant d'accord ni avec l'une ni avec l'autre, continuèrent à envoyer des mots.

Les sœurs de sang Tasha et Khoka avaient échangé des regards entendus et attendaient patiemment la fin de cette chose que les *washichu* appellent " une discussion de famille ". Toutes deux avaient la certitude, qu'une fois les mots terminés, quelqu'un répondrait à leur proposition. Cela aussi faisait partie de l'étrange nature des Blancs, s'étaient-elles dit.

Les mots cessèrent et le silence revint dans la tente tandis que Cheveux-jaunes commençait à dessiner les marques devant illustrer la décision *washichu* : elles acceptaient le cadeau d'une tente et de poteaux, mais pas avant que la mince femme et ceux qui voudraient se joindre à elle, n'aillent couper et préparer vingt nouvelles perches qui plus tard serviraient à qui en aurait besoin.

Oshotah continua à sourire de gratitude tandis que Pazuwashté et Wakanka regardaient à nouveau devant elles les images criantes de vérité prendre forme sur le sol. Quand Cheveux-jaunes se leva pour aller se préparer à couper ces arbres nécessaires, les deux jeunes femmes *washichu* lui offrirent leurs mains pour la seconder dans cette tâche. Les trois femmes virent alors Pazuwashté, à l'ouverture où elle se tenait, sa robe de *pte* serrée contre elle, arborer un sourire qui signifiait qu'elle aussi utiliserait son temps à aider à la coupe de nouveaux poteaux de tente. Dix-et-dix, elle signa avec les mains.

Le jeune Khoka demeura assis un long moment auprès des braises presque froides d'un feu-de-récit, les mots du voyant Tasha résonnant toujours à ses oreilles. “ Peut-être que l’ancien a voulu me suggérer que j’avais négligé quelque chose ”, se dit-il. Rapidement il abandonna cette pensée, ainsi que le léger sourire qui s’était dessiné sur ses lèvres. Car le fils Khoka savait que ce saint homme ne se contentait jamais de “ suggérer ” quelque chose.

Son impatience le titillant, les yeux du jeune homme parcoururent la grande tente, à la recherche de quelque chose qui pût lui rendre son calme et permettre à sa raison et non aux mots de reprendre le contrôle de ses pensées. Mais ses yeux ne lui dirent que la solitude dans laquelle il se tenait assis là.

— Moi, Tokécha, reste en compagnie d’un feu mort, marmonna-t-il, ses yeux toujours aux aguets. Un feu mort.... et.... et un crâne de *pte* !

C’est ainsi que quelqu’un se souvint qu’en cas de besoin réel, quelque chose apparaissait toujours pour prêter main forte. Les grands-pères avaient dit ainsi. Et le crâne de *pte* en était une preuve tangible.

Le mince jeune guerrier fit le tour du cercle de feu vers le crâne blanchi par le soleil et s’assit devant cette chose. Longtemps il contempla fixement cette énorme tête en os et derrière elle le petit râtelier où la pipe sacrée avait reposé et à force d’intensité dans son regard, des sons finirent par éclore. Le crâne de *pte* articula deux mots distincts, puis deux mots encore : “ Vision.... légende. Vision.... légende. ”

Le Khoka abandonna toute pensée sans rapport avec ces deux choses. La vision, la sienne, celle qui lui avait rendu visite sur la plate-forme. Et la légende, son interprétation de ce que le voyant avait dit de la pipe. Il se souvint alors d’autre chose, d’une première vision, quelque chose qu’il avait vu le jour de la chasse d’été. Il n’avait pas attaché, il est vrai, grande importance à ce qu'il avait vu. Le saint homme lui-même n'avait-il pas refusé d'interpréter cette image ? Pourtant qu'on se rendît sur une plate-forme en quête de cette chose ou qu'un esprit reçût une image sans en faire la demande, une vision était une vision, rien d'autre. Chacune avait sa valeur intrinsèque.

Un jeune homme, à l'esprit puissant et téméraire, fouillait sa mémoire ; il voulait obstinément faire la lumière sur toutes choses car ce même jeune homme avait l'intention, ici et maintenant, d'accéder à la compréhension, authentique et entière. Et quand cette compréhension se serait infiltrée en lui, lentement, jusqu'à saturation, lui, Tokécha, prendrait une décision, une décision qui orienterait ses actes pour tous les hivers à venir.

Le jeune Khoka, de dix-et-cinq hivers à peine mais en pleine expansion, resta seul dans la grande tente devant le crâne de *pte* et les cendres froides. Il passa en revue le récit de la légende-de-la-pipe jusqu'à être sûr qu'il avait compris tout ce que le voyant avait raconté. En vérité, il ne se tenait pas plus en adoration devant Ptesanwin maintenant que quand son esprit avait assisté à l'arrivée de la pipe originelle ou qu'à tout autre moment dont il se souvînt. Il avait toujours apprécié, bien sûr, la vision d'une belle femme ; quoi qu'elle portât à la main, le cœur d'un homme, d'un guerrier, ne battait-il pas dans sa poitrine ? Même dans une très jeune poitrine ? Mais il prit tout de même la décision de toujours s'en tenir au message à l'avenir et non au messager, celui de la pipe sacrée ou tout autre.

Puis, en souvenir, il repartit sur la plate-forme-des-visions, à ce jour où il avait contemplé sur la lointaine colline le cornes-fourchues, le gardien de paix. Il revit l'image de sa pénible ascension vers l'endroit où ce quatre-pattes au ventre-de-sable l'attendait. Et il retrouva les nombreuses créatures qui lui avaient prêté main-forte dans cette ascension, des créatures qui lui offriraient pouvoir et puissance quand et où il aurait besoin de ces choses-là. Wakankcha, le vrai voyant, en avait dit ainsi.

La conscience du jeune guerrier Khoka s'ouvrit encore, et il jeta une corde autour des images-souvenirs d'une autre journée des lunes d'été. Tirant doucement mais fermement sur cette corde, il ramena à lui la vision du jour de la chasse ; la vision de cette chose blanche et laineuse qui courait au centre de quatre *pte* ordinaires. Il se souvint du moment où il avait essayé de parler de cette vision au voyant Tasha, se rappelant aussi que ce vieux-là avait repoussé cette conversation et que, depuis, il n'avait plus eu une seule pensée pour ce petit blanc-là. Puis, un jour, le saint homme avait de lui-même choisi d'évoquer ce *pte* blanc.

Personne jamais, parmi le Peuple, ne trouverait étrange qu'un saint homme, un voyant, raconte la brève apparition de l'un de ces blancs-là ; ces visions rares étant assez répandues chez ces sages prophètes en contact permanent avec les grands-pères invisibles et les puissances. Mais quel homme ne mettrait en doute celui, guère plus âgé qu'un garçon, qui dît avoir aperçu un mystérieux *pte* blanc ? Pourtant, un certain jeune homme aurait à présent le courage de faire allusion à une telle vision car son père-*hunka* pouvait se porter témoin de ce qu'il avait vu. Et ce père-par-choix s'appelait Wakankcha, vrai-voyant du clan Tasha.

Tokécha à présent s'interrogeait même sur l'opportunité d'évoquer cette rare créature blanche, *pte* ou *pta*, si précieuse aux yeux du Peuple de la plaine, et qu'il avait vue le jour de la mise à mort. Quel bien pouvaient faire, à chacun et à tous, des paroles seules, si ces paroles n'étaient pas accompagnées d'actes. Lentement le jeune homme commença à rassembler corps et esprit, choix et raison. Tirant à lui, luttant en douceur avec chaque pensée, par petites touches il ébaucha une image, quelque chose qui représenterait l'ensemble de ses méditations de ce jour. De ce jour ?

Pris d'un frisson, le Khoka lança un regard par le trou de fumée. Voyant la lumière clignotante des petits soleils-de-nuit, il s'émerveilla du passage si rapide de cette chose appelée " temps ". Il avait vraiment employé ce soleil tout entier à l'évocation de choses vues sous d'autres soleils. Tout à coup il eut l'impression que l'une des étoiles lui faisait un clin d'œil et que cette lumière amicale, chaude, l'appelait à l'extérieur. Il posa de nouveau les yeux sur la face impassible du crâne de *pte*, sur cet os massif et imperturbable qui l'avait écouté en silence affronter visions et légendes sur le chemin de la vérité, de l'unité. Il se redressa et, tout en se dirigeant vers l'ouverture, lui envoya un sourire de gratitude par-dessus l'épaule, puis il entra dans la nuit.

Cette immensité extraordinaire s'empara de lui et Tokécha saisit tout à coup une autre chose : l'immensité de l'être. Il ne comparerait jamais, bien sûr, l'homme aux puissances mais jamais, non plus, il ne sous-estimerait la puissance du *shkan*, de la force de vie, cette chose mise par les puissances à la disposition de tous, homme ou femme, et que chacun pouvait utiliser ou non. Ce choix appartenait aux êtres humains, c'étaient eux qui disposaient.

— Moi, Tokécha, fils guerrier du chef Khoka, décide quelque chose, cria-t-il vers le ciel étoilé. Les puissances me prêtent la connaissance et je prends donc une décision.

Calmement il rentra dans la tente-des-récits et alla droit au crâne de *pte* qui attendait. Ici, mais uniquement ici, il annoncerait sa décision. Devant l'autel du crâne sacré de *pte*, il utiliserait des mots pour qualifier la direction vers laquelle désormais il pointerait ses mocassins et son esprit. “ Des mots, uniquement cette fois-ci, pensa-t-il ; après cela, et pour toujours, des actes. ”

Solennellement, cérémonieusement, le jeune homme fit glisser la lourde robe d’hiver de ses épaules et, mettant un genou à terre, il étala cette chose sur le sol entre lui-même et l’énorme os blanc desséché. Il lissa de la main les poils de la robe, du centre vers les coins, les quatre directions, s’assurant bien que certains des poils touchent le bout du museau du crâne. Il quitta ses mocassins et s’avança sur la bordure de la robe, jambes écartées, bras croisés sur sa large poitrine dénudée. Ainsi Tokécha, quelqu’un qui ne possédait que dix-et-cinq hivers, se tenait-il face à un crâne sacré, à le défier dans la position arrogante du guerrier. Un jeune, si jeune homme, se tenait là, posé, inébranlable, confiant et prêt.

— Entends-moi, mon frère à quatre pattes, car je ne parlerai plus jamais de cela. Ni à toi, ni à personne.

“ Sous le soleil qui à présent repose de l’autre côté, j’ai médité, réfléchi, je me suis interrogé et émerveillé. J’ai écouté la voix de mon esprit, une voix qui m’est familière même si je ne l’entends pas depuis beaucoup d’hivers. J’ai utilisé ma raison et maintenant je choisis, je décide.

“ Peu importe le nombre de mes hivers, les puissances ont décidé de m’envoyer des visions. Pas seulement une, mais deux ! J’ai entendu et assimilé le récit extraordinaire de la légende-de-la-pipe, une histoire rarement contée comme l’a fait le saint homme Tasha et peut-être jamais redite de cette façon. Je me suis tenu auprès du feu de camp des grands-pères des origines et j’ai assisté à la cérémonie originelle d’introduction de la pipe. Mes hivers sont peu nombreux, mais mes yeux, mes jeunes yeux ont vu.... Ptesanwin.... celle qui apporta la toute première des pipes."

Prenant tout à coup conscience de la faiblesse de ses genoux et des battements de son cœur semblables à ceux d'un tambour de danse, le jeune homme s'interrompit. De petites perles d'eau collante dégoulinaient le long de son cou sur sa poitrine et une eau différente coulait de ses yeux. Mais voulant absolument terminer ce qu'il avait entrepris, il s'imposa de reprendre le contrôle de lui-même et de continuer son discours.

— J'ai tout examiné, mes visions, la légende, ma courte visite dans un autre royaume. Passant en revue ces choses, j'ai décidé que les puissances m'avaient offert quelque chose de grand, quelque chose d'important mais aussi quelque chose que je ne comprends pas encore totalement. Malgré cela, je ne refuse pas ce cadeau, et choisis donc un projet de vie qui manifeste cette grandeur, un projet qui révélera peut-être aussi la grandeur à laquelle me destinait ma mère de sang par le choix de mon nom.

"Je sais en vérité que moi, Tokécha, le différent, quelqu'un qui dit "père" au chef du clan Khoka, marcherai peut-être un jour en tête de ce clan, si le Peuple m'accepte à cette place honorifique. Fièrement je marcherai devant et je serai à ma place car, d'ici là, j'ai l'intention de rassembler assez de connaissances pour pouvoir conseiller les autres, si bien sûr ces autres viennent à moi pour demander conseil. J'ai également l'intention de marcher parmi le Peuple, tout le Peuple, de ce camp ou d'un autre, en montrant l'exemple de la bonté, l'exemple.... de ce qu'il y a de mieux."

La jeune voix de l'adolescent, qui se cassait parfois, s'amplifiait et s'intensifiait avec chaque parole prononcée, sa poitrine s'élevant et s'abaissant au rythme d'un tambour de danse invisible.

— A toi, mon frère, et à mon esprit en plein essor, je fais le serment d'avancer sur la route rouge, la bonne route, tant que le souffle m'habitera. Je ne permettrai pas à des pensées cruelles de s'installer en permanence dans mon sein. Je n'ai jamais eu, en vérité, une grande inclination pour les tueries, quoi qu'on mette à mort, et je n'utiliserai donc jamais la colère comme excuse pour justifier cela ; même si un parent gît à mes pieds, une lance ennemie transperçant sa poitrine. Les neiges glacées, les hivers de famine, les accidents, la vieillesse ou, comme à présent, la maladie ont raison de suffisamment de personnes sans qu'il soit nécessaire de recourir à la vengeance. En quoi la mort de deux ou même de dix ennemis pourrait-elle rendre vie au corps de celui que l'on venge ? Plus jamais je ne porterai une lance-qui-tue dans une expédition punitive car je vois la vengeance comme quelque chose de dangereux, de destructeur, peut-être même est-elle source de désastre pour chacun et pour tous. Je choisis pour ma vie un autre projet, une autre façon de vivre.

Le jeune guerrier n'avait pas modifié son arrogante posture pendant son discours mais à présent il pointait son coutelas vers le ciel, tel un homme, lance-qui-tue à la main, sur le sentier de la guerre.

— Moi, Tokécha, marcherai par mes hivers aspirant au rang d'Homme-chemise ! Celui-qui-porte-la-chemise, le responsable en chef de la paix ! *Otahnchu*.... ce qui est le mieux !

Lentement, délibérément, il éleva les yeux vers la main tendue au-dessus de sa tête, sa propre main, bien qu'il n'eût pas souvenir de quand ni comment elle s'était emparée d'une plume de *wambli*, celle-là même avec laquelle un vieux voyant avait récemment narré la légende-de-la-pipe-sacrée.

En quittant la tente-des-légendes, les pieds du jeune guerrier crissèrent dans la robe de neige nouvellement tombée sur un campement silencieux, une robe d'un brillance intense sous une lune presque pleine. La douce lumière des feux-de-nuit rayonnait au travers des couvertures de tentes et des rires s'échappaient des trous-de-fumée des tipis où les familles réunies parlaient, plaisantaient et s'amusaient jusque tard dans la nuit. " Les-hommes-dans-les-tentes, pensa le jeune Khoka épanoui. La satisfaction envahit les villages quand le *tiyoshpahyé*, la famille élargie, ceux apparentés par sang ou par choix sont assis ensemble. "

Une envie puissante de voir son frère-ami fit changer de direction le jeune homme pour l'endroit, non loin de là, où le Tasha avait établi son camp provisoire. Mais il remarqua tout de suite qu'un certain tipi brillait moins fort que les autres et il reprit donc le chemin des tentes Khoka. Peut-être qu'un homme récemment marié n'apprécierait pas trop la visite de son frère cette nuit-ci.

En s'approchant de la tente de sa mère, il vit avec plaisir briller le faîte de la tente et reconnut les voix familières des deux qui rendaient visite à celle-ci. Woksapa, chef Tasha et frère-ami de son père, Wakanka, sœur de sang de sa mère, passeraient tous deux la nuit ici, laissant respectueusement leur propre tente à celui-qui-contemple-le-soleil et à sa nouvelle et ravissante épouse.

Avec un petit sourire chatouillant les coins de sa bouche, le jeune guerrier soudain éreinté souleva le rabat et entra dans la tente. " Peut-être qu'au moins l'une de mes deux mères aura gardé au chaud une ration de bonne soupe pour un fils qui a pris d'importantes décisions ", pensa-t-il.

XXXVI

Les soleils passèrent rapidement durant cette saison des lunes froides et l'hiver fut moins rude que d'autres dont le Peuple avait gardé le souvenir. Les enfants jouèrent gaiement dans la neige. Certains dévalaient les pentes sur des os de côte de *pte* solidement attachés par des lanières tandis que d'autres leur préféraient des morceaux de cuir épais découpés dans de vieilles couvertures de tentes déchirées. D'autres encore, surtout des garçons, tassaient la blancheur mouillée en petites balles de la taille d'une main, et formaient à plusieurs des simulacres d'expéditions guerrières, où ces balles seraient lancées à la tête de " l'ennemi ". Certains pères regardaient attentivement ces jeux-de-garçons pour détecter les signes d'une prédisposition au courage ou d'une bravoure exceptionnelle. Et souvent, avant que le soleil n'atteignît son zénith, ces pères commençaient à offrir "d'utiles suggestions" à leurs fils, des fils encore trop jeunes pour comprendre les tactiques sophistiquées de guerriers chevronnés. Alors les petits chefs déplaçaient leurs jeux de guerre vers une autre partie du campement, vers un endroit où ils pourraient mener leur camp à la victoire sans l'aide de leurs guerriers de pères.

Une nouveauté rendit également par deux fois visite à ces camps, pendant la lune-des-arbres-qui-éclatent et pendant la lune-du-givre-dans-les-tentes, une nouveauté qui apporta de quoi alimenter les conversations du Peuple.

Les *washichu* retrouvèrent souvent l'un ou l'autre des clans dans ses activités d'hiver. Grand-homme partit en expédition avec les chasseurs, joua avec les enfants et écouta les histoires des anciens. Les jeunes filles bavardèrent avec les épouses, participèrent aux jeux des tout-petits et se joignirent aux autres jeunes femmes gloussantes qui jetaient des regards taquins à l'endroit des jeunes hommes réunis pour l'activité du jour. Cheveux-jaunes aussi, à sa manière, divertit jeunes et vieux avec un nouveau jeu de neige.

Montée sur son grand et magnifique cheval, la femme aux cheveux pâles était venue deux ou trois fois au camp Tasha pour écouter, observer et se promener parmi les tentes ou tout simplement pour s'imprégner de la satisfaction qui régnait parmi le Peuple. Puis, un certain matin de la lune-descendante-des-arbres-qui-éclatent, la mince femme invita les enfants à rassembler une bonne quantité de neige et à l'empiler. "Tassez bien la pile, avait-elle dit, après je ferai quelque chose."

Les rires des jeunes enfants avaient entouré le tas blanc qui s'élevait et ces sons joyeux avaient attiré d'autres personnes qui s'étaient jointes à ce jeu. Bientôt des mères apparurent apportant de petites peaux résistantes sur lesquelles les tout-petits pouvaient entasser la neige et la tirer ensuite vers le monticule. Plusieurs hommes, vieux et moins vieux, commencèrent à se diriger vers les ramasseurs-de-neige en marmonnant quelque chose sur l'utilité d'une blancheur bien tassée. Mais Tokécha, présent parmi les spectateurs, souriait dans sa joue, car il voyait que ce tas apportait déjà de la joie au Peuple quel que fût l'usage qu'en ferait Cheveux-jaunes.

La femme tapota alors fermement la pile qui durcissait avec une petite massue en os qu'elle s'était fabriquée avant d'arriver au campement, puis elle demanda à ce que quelqu'un lui taille des bâtons. « Certains au bout plat, d'autres incurvés, d'autres pointus, et vite ! » avait-elle dit.

Toute la journée la femme *washichu* de frêle apparence travailla sur le grand tas, taillant avec les bâtons pointus, enlevant ici des copeaux de neige, en rajoutant là un peu, et à ses côtés toujours il y eut quelqu'un, jeune ou vieux, prêt à l'aider. Sous ses larges mains agiles, qui arrondissaient et grattaient, lissaient et façonnaient, l'énorme masse commença à se transformer. Là où avant il n'y avait eu qu'un gros tas de neige, se tenait à présent la forme resplendissante d'un *wapiti*, le cornes-ramifiées.

Un Peuple ébahi observait, bouche bée, une femme affamée aux cheveux jaunes…. et aux mains gelées…. s'agenouiller dans la neige piétinée et rapidement faire un dessin. Puis elle se redressa et jeta un large sourire satisfait à ses aides ainsi qu'aux spectateurs.

Abaissant son regard vers le dessin-de-neige, un jeune guerrier Khoka sourit en donnant son interprétation de l'image :

— On a besoin de soupe par ici, dit-il, d'un grand bol de soupe savoureuse et parfumée.

La femme mangea en compagnie de Wakanka puis, tenant à la longe son grand cheval, retourna encore regarder sa forme-de-neige. Contente de son travail, elle caressa affectueusement de la main la croupe glacée de la créature. Elle enfourcha alors son doux grand-chien qui l'attendait prêt, comme toujours, à l'emporter là où elle choisirait de se rendre. D'un léger coup de talon, cheval et cavalière partirent au galop dans la direction du camp *washichu*. Cheveux-jaunes connaissait à présent les dangers cachés des voyages d'hiver, même de courte distance. Le temps des lunes froides avait une nature changeante et elle ne désirait aucunement voyager seule la nuit tombée.

D'un bosquet où il se tenait contemplant la forme de *wapiti*, Woksapa observa la femme qui s'en allait à cheval et il continua à l'observer jusqu'à ce que la voyageuse ne fût plus qu'un minuscule point sur la robe-de-neige étincelante. Le chef Tasha ressentait une présence qui rôdait au-dessus de la forme si ressemblante du cornes-ramifiées, mais de quelle nature était-elle, il ne le savait pas encore. "*Washichu* ! l'homme éructa. Est-ce que cette forme va vraiment apporter quelque chose de bon à mon Peuple ? Ou bien est-ce que cette créature si pleine de vie va demander au malheur de remplacer la satisfaction qui règne dans ces campements d'hiver ?" Les pensées du dirigeant retombèrent sans bruit sur la neige piétinée. Avant de prendre une décision, lui, Woksapa Yuha, attendrait et verrait.

L'air vif d'un nouveau matin mordit le nez des vieilles femmes quand elles sortirent de leurs tipis pour mettre en route les feux-de-cuisson. Mais ce qu'elles virent les forçèrent toutes à frotter leurs yeux âgés, pour en chasser le sommeil et pour se convaincre de quelque chose avant d'aller réveiller le Peuple.... le Peuple entier.

— Des *wapiti* errent parmi les tentes, elles crièrent, il y a des *wapiti* dans le camp !

En un éclair, la nouvelle se répandit dans tout le campement ; ce jour-là, les chasseurs n'auraient aucun besoin de partir en expédition. Nul d'entre eux n'aurait la peau, sous ses yeux, noircie par la blancheur aveuglante d'hiver. La viande marchait dans le campement !

Woksapa avait attendu, et il avait vu. A présent qu'il observait les cornes-ramifiées se promener tranquillement dans le village, il ne pouvait s'empêcher de se demander autre chose. Quel pouvoir avait amené la viande-à-quatre-pattes jusqu'à cet endroit ? Celui de la créature-en-neige ? Ou bien celui des larges mains de la femme qui avait fabriqué cette forme ? Si vraiment la femme avait attiré la viande, que demanderait-elle en échange du pouvoir qu'elle leur avait ainsi prêté ? Donné ou prêté – de toute façon, tous deux demandaient quelque chose en retour. Cette façon de faire était celle du Peuple, celle de la vérité.

D'autres personnes se posaient déjà ces mêmes questions, mais avaient aussitôt décidé de les mettre de côté. Pour le moment il suffisait que de la viande fraîche vînt aux panses de cuisson en une saison où tous s'asseyaient pour manger une soupe assaisonnée principalement de racines, agrémentée parfois d'un petit longues-oreilles. " Gardons au mystère son mystère, avaient-ils dit, le Peuple festoie.... festoie sous les lunes froides. "

XXXVII

Les lunes pleines jetaient une lumière extraordinaire sur la plaine blanche, et la couleur de cette luminosité.... quelque chose qu'un homme aurait du mal à décrire avec des mots. Non pas qu'il le souhaite ! Quelle utilité peut bien avoir un nom quand les sens de chacun lui en disent plus qu'aucun mot ne pourra jamais le faire ? Le Peuple vivait satisfait, les lunes grossissaient jusqu'à leur plénitude, puis elles s'étiolaient et mouraient.

Durant ces lunes, Oshotah ne quitta que rarement son tipi qui se dressait haut parmi les chariots du campement *washichu*. L'attitude de la vraie-femme n'était accompagnée d'aucune impolitesse, elle préférait simplement le confort de sa tente douillette à une promenade dans la neige mouillée pour aller papoter, des journées entières, avec d'autres femmes de choses sans intérêt pour elle. Cette femme ne trouvait aucun plaisir à faire des mocassins ou des jambières ; quant au feu-de-cuisson des *washichu,* la plupart du temps il était entretenu par Grand-homme ou par ses filles. “ Pourquoi perdre son temps à discuter de cuisine quand l'important est de manger ensemble, avait-elle dit de sa forte voix rauque. Que ceux qui aiment cuisiner, cuisinent ! ” Puis, un paquet de feuilles blanches et sèches à la main, la femme avait exprimé le fond de sa pensée : “ Ma satisfaction, ma joie se cache dans le sens de ces petites marques noires. Les livres sont les choses les plus excitantes que je connaisse. ”

Le Peuple avait accepté son discours, sa franchise déjà remarquée, connue et admise dans ce camp d'hiver. Quiconque grattait au rabat de la tente appartenant à Oshotahwin savait à l'avance qu'il allait voir une femme toujours prompte à accueillir d'un sourire son visiteur, mais aussi une femme toujours assise, quasiment ensevelie sous de nombreux paquets de feuilles blanches et sèches.

Tokécha avait vécu une grande partie de cette saison la joie au cœur. Il avait chassé avec les chasseurs, apporté son aide où elle lui avait semblé nécessaire, joué aux jeux de neige avec enfants et parents et écouté les histoires des anciens se remémorant leurs saisons de guerriers. Le jeune homme avait aussi rendu plusieurs visites au camp des *washichu* et à la tente de son frère-ami.

Au fil des lunes qui passaient, le jeune Khoka avait senti qu'une affinité grandissante le liait avec la famille *washichu*, avec chaque membre et dans son entier. Le chef grand homme choisissant généralement de s'intéresser aux affaires des hommes, Tokécha se retrouvait le plus souvent avec Oshotah, les jeunes filles et Cheveux-jaunes, pour jouer ou travailler selon leur envie. Grâce à l'esprit vif et direct de la vraie-femme, il avait appris de nombreuses choses sur la nature des Blancs. Celle-là, il le savait, ne colorait pas son langage, ne déguisait pas la vérité pour pouvoir négocier au mieux ; celle-là était différente des visages-poilus, commerçants à la langue bien pendue qui apportaient le malheur en même temps que leurs tissus, bouilloires en fer, perles dures et colorées ou boisson-qui-rend-fou.

La vraie-femme posait des dizaines et des dizaines de questions sur la langue du Peuple, transcrivant en signes noirs sur des feuilles blanches vierges les réponses qu'essayait de lui faire le jeune homme. C'est ainsi que lui, Tokécha, apprit aussi quelques mots *washichu*, bien qu'il ne saurait peut-être jamais dans quelle langue Oshotah avait utilisé ces mots. Français, celle dans laquelle sa gorge s'efforçait de rendre ce son " r " si peu familier à sa bouche ? English ? Italiano ? " Peut-être que cette femme, pensa-t-il, agit à la manière des petits queues-ébouriffées, des *tamia*, et qu'elle garde à l'intérieur de sa joue encore une ou deux langues pour les utiliser au moment où le besoin s'en fera sentir. " Mais le jeune Khoka décida de ne pas s'attarder sur ce point confus : quelle que fût la langue utilisée, l'important demeurait le sens, la compréhension.

D'autres fois, le jeune homme s'était tenu en compagnie de son frère-ami et, après une longue journée de conversations et de pipes, ils étaient partis à cheval pour une joute sans merci. En toutes saisons, cette paire-là trouvait toujours autant de plaisir à la lutte ; même si ni l'un ni l'autre ne possédaient un cœur meurtrier, ces deux-là étaient des guerriers.

Alors qu'étalé sur le sol mouillé il saignait du nez, suite à un coup de lance de son frère, Tokécha comprit un jour la vraie signification des jeux brutaux encouragés par le Peuple entre amis ou en famille, entre jeunes ou moins jeunes ; il comprit que la véritable épreuve ne résidait pas dans l'issue du combat mais à ne pas laisser la colère s'immiscer dans celui-ci et entre les combattants. Ainsi, en s'agenouillant avec difficulté et en se frottant le nez avec de la neige, le jeune frère sourit en crachant un jet de sang.

— Viens, *chinyé*, retournons moi et toi vers un endroit chaud pour parler encore et manger un bol de soupe. Je te ferai part de la décision que j'ai prise après le récit-de-légende du voyant.

Soulevant le rabat, les hommes trouvèrent Tahwiyéla en train de se réchauffer autour du feu central. Et quand la jeune épouse quitta la tente pour aller chercher de la soupe aux "guerriers affamés", le mari lui signifia de revenir vite s'asseoir auprès d'eux. Le frère-ami allait raconter quelque chose d'intéressant.... dès qu'un nez embarrassant se serait dégagé et lui permettrait de retrouver la parole.

La femme disposa de grands morceaux de viande de *wapiti* sur la soupe parfumée qu'elle apporta aux hommes ; ces morceaux flottaient, figés, dans une généreuse couche de gras de dos de *pte*, car cette femme savait que son mari, tout comme d'autres de ce Peuple, appréciait cela. Quant à elle, en vraie femme Absa, à ces morceaux de viande et ce gras elle préférait une soupe de maïs plus liquide, agrémentée parfois d'une racine bulbeuse ou de différentes herbes et écorces tendres pour la parfumer.

Une fois les ventres remplis, les hommes partagèrent une pipe informelle puis tous les trois restèrent en silence, leurs yeux fixés sur le cercle de feu qui les réchauffait. Celui-qui-contemple-le-soleil et son épouse attendaient le récit que le jeune frère choisirait de faire, et quant au jeune frère, il cherchait les mots pour parler du bien.... le sien et celui attribué à la Chemise, une chemise que lui, Tokécha, avait l'intention un jour de voir ses larges épaules porter. Mais avant que le silence ne devînt trop pesant, le Khoka leva des yeux souriants vers les visages de ces deux-là qui attendaient ses paroles.

— Peut-être sais-tu, *chinyé*, que depuis longtemps je m'efforce de comprendre quel sera mon travail durant toutes les saisons à venir; où se trouve ma place dans la tribu. Quand mon frère a eu terminé sa danse-au-poteau, les puissances m'ont offert une vision, quelque chose pour m'aider à faire mon choix. Mais cette vision n'a fait qu'ajouter à ma confusion jusqu'à ce que j'écoute la légende-de-la-pipe comme l'a contée ce vénérable sage et, qu'alors, un pouvoir mystérieux m'apporte la compréhension. A présent je sais quelque chose.

Hésitant, le jeune tourna à nouveau ses yeux vers le feu. Mais pas pour longtemps, car l'excitation remplissait sa bouche et s'en déversa.

— Dans les saisons à venir.... je compte me tenir devant le Peuple d'une manière exemplaire. Le Peuple remarquera ce bien.... les responsables aussi.... et remarquant cela, ces chefs tiendront conseil et décideront.... décideront de m'élever au rang de.... ....

Takcha Ushté lui fit un signe brusque de la main pour le faire taire, pour bloquer le courant fougueux des mots insensés. Mais tout aussi vite celui-qui-contemple-le-soleil posa doucement cette même main sur les épaules du jeune homme exalté, car il voulait étouffer les paroles de son frère et non pas sa vitalité. La voix, douce et posée, d'un frère aîné tomba alors sur les oreilles d'un jeune Khoka ébahi.

— Je te connais, *misun*, depuis toutes mes saisons. Je te vois grandir et sais aussi que quelque chose d'extraordinaire vit en toi, quelque chose de rare, qui n'habite pas l'esprit de tous les hommes. Quand un besoin particulier se fait sentir.... un besoin de mettre un nom sur cette chose.... je dis " bonté ", bonté naturelle et sincère. Mais j'ai peu souvent ce besoin de nommer, car la véritable bonté détient un langage qui n'utilise pas de mots. Peut-être que, dans son excitation, mon jeune frère a oublié une chose très importante à propos de ce qu'il a mentionné.

L'homme, sa main fraternelle toujours posée sur la large épaule, jeta un bref coup d'œil à son épouse puis ses yeux se posèrent à nouveau sur le Khoka. Se rapprochant de lui, il reprit la parole, murmurant à son oreille :

— Quand quelqu'un fait un acte bon, il n'a pas besoin d'en informer le Peuple. Car c'est le Peuple, en voyant cette action, qui le lui dira.

Tokécha, silencieux et dérouté, tripotait sans raison le pourtour de la robe de *pte* sur laquelle il était assis à écouter encore d'autres paroles de celui dont la main à présent glissait le long de son bras.

— Je sais autre chose, *misun*. Je sais aussi qu'un jour viendra où le Peuple confectionnera une chemise, une chemise très importante et qu'il posera cette chose sur des épaules suffisamment robustes pour supporter non seulement cette chemise mais tout ce que cette chemise représente. Ainsi je dis à mon frère de s'employer à renforcer ses épaules par tous les moyens.... car peut-être cette chemise lui appartiendra un jour. Moi, Takcha Ushté, quelqu'un qui dansa au poteau-du-soleil, dis ainsi.

Tout d'abord une robe de *pte* tomba des mains qui s'étaient immobilisées, puis une forme avachie se redressa, enfin un jeune guerrier Khoka envoya un large sourire de gratitude vers ses deux compagnons assis avec lui, un sourire qui irradia de joie sur tout le campement enneigé quand le jeune homme le parcourut pour se rendre à une petite tente rapiécée dressée en lisière du village.

La douceur des lunes-de-neige maintint au plus haut le moral de ceux des deux camps réunis durant cette saison, nul ne connut la faim et nul ne rencontra la main mortelle du froid-qui-tue. Mais l'un des Tasha éprouvait une reconnaissance sans doute différente de celle des autres. Car, non seulement il avait le cœur en joie, mais aussi le corps. Wakankcha avait bien sûr passé la plupart de son temps autour du feu sacré à maintenir un contact permanent avec les puissances comme le fait tout vénérable voyant, mais durant cette saison ce vieil homme n'avait pour ainsi dire pas ressenti le besoin impérieux de la chaleur d'un feu pour éviter les douleurs et l'endolorissement de ses vieux os ; la robe épaisse de grizzly qu'il portait autour de son frêle corps depuis ses saisons-*wapiya* lui avait amplement suffi. Et le voyant Tasha, qui fabriquait un ballot-de-puissance, un ballot de la plus haute importance, voulait le terminer avant le *kiwahni owahpi*, avant la renaissance de la terre. Il avait donc besoin de ses vieux os pour se rendre sans difficulté là où il devait aller afin de rassembler les ingrédients nécessaires à la fabrication, à la cérémonie de fabrication du ballot. Celui-ci, de tous les actes qu'il eût jamais accomplis pour son Peuple, serait le plus important.

Les précédents hivers, cet homme âgé avait vu de nombreux changements rendre visite au Peuple. Il avait aussi compris toute l'influence perverse de ces changements qui risquaient de déchirer, peut-être même de détruire un mode de vie éprouvé. A présent, un besoin croissant de quelque chose de bon, de quelque chose qui maintiendrait la cohérence du Peuple se faisait sentir et il avait demandé aux *wakichunsa*, aux responsables, d'avoir le privilège, l'honneur d'assembler un rare.... rarissime.... ballot. Il leur avait aussi demandé que nul ne mentionnât cette chose.

Lui, Wakankcha, vénérable saint homme du clan Tasha, confectionnait une chemise, une chose qui servirait dans les hivers à venir. Les *wakichunsa* en avaient dit ainsi.

XXXVIII

Les porteurs-de-nouvelles, ces hommes vigoureux aux joues burinées et qui voyageaient par tous les temps, rudes ou non, pour tenir au courant les clans du déroulement des événements dans les campements lointains, avaient rendu visite aux villages deux ou trois fois pendant la saison d'hiver. Et, cette saison, leurs comptes rendus relataient principalement les incidents survenus aux clans qui avaient campé à proximité des tentes de bois mort des marchands blancs, des tentes normalement fermées pendant les lunes froides.... mais pas cette fois-ci.

Les chefs des Tasha et des Khoka avaient refusé d'écouter les histoires rapportées par les porteurs-de-nouvelles concernant les camps près de la grande rivière, mais malgré tout ils les avaient entendues. Car quand les informateurs avaient poursuivi leur chemin, pour apporter ces nouvelles à d'autres clans, tous avaient parlé avec tristesse de parents, chefs ou même de certaines femmes qui avaient été vus, face contre terre dans la neige, impuissants à se remettre sur leurs pieds. Plusieurs avaient accepté de chasser et de tuer des *pte*, lunes froides comme lunes chaudes, pour pouvoir échanger leurs peaux et leurs langues contre des gorgées, toujours plus de gorgées de la boisson-qui-brûle des *washichu*. Le Peuple avait aussi entendu dire que quelques hommes avaient été jusqu'à prendre les outres des tentes de leurs épouses, à jeter à terre la bonne fraîcheur et à demander au marchand au visage-poilu de les remplir de « *weeskee* » pour en apporter à des parents et amis.

A la suite de ces récits de catastrophes ayant frappé les villages de la grande rivière, les chefs frères-amis s'étaient interrogés inlassablement. Est-ce que quelqu'un forçait certains hommes ou certaines femmes à ouvrir la bouche pour avaler cette boisson mortelle ? Pourquoi des hommes, des hommes bons qui n'avaient jamais permis à une influence néfaste de menacer la vie des leurs, choisissaient-ils soudain de verser du poison dans leur propre corps ? Un poison contre lequel ni leur sang ni leur nature n'avaient de défense.

Ainsi l'apparition de la lune-de-la-neige-qui-fond apporta encore plus de joie qu'à l'accoutumée dans les cœurs de ces deux clans. Car, que les lunes froides apportent rigueur ou douceur, le Peuple retrouve toujours avec plaisir la lune-des-herbes-rouges, ce temps des préparatifs du voyage vers la puissance renouvelée d'un Peuple qui siège comme une grande famille, vers un grand cercle tribal d'été qui manifeste la puissance du nombre et la puissance de l'esprit, une puissance appartenant à chacun et à tous. Très certainement aucun *washichu*, qu'il fût ou non un marchand, ne s'aventurerait jamais vers une puissance telle que celle-ci. L'homme blanc reste alors près de l'eau qui coule avec son récipient de boisson-de-feu.

L'un des porteurs-de-nouvelles avait cependant parlé d'une autre sorte de *washichu* qui se drapait de la tête aux pieds d'une longue robe noire, au cou duquel pendaient deux longs bâtons brillants qui formaient une croix et qui tenait à la main un paquet de feuilles blanches et sèches, ce " livre " recouvert lui aussi de noir.

Ce porteur-de-nouvelles avait ajouté que la robe-noire avait l'intention de rendre visite à tous les camps de tout le Peuple où il raconterait l'histoire contenue dans le paquet noir de feuilles-à-histoires. Puis il offrirait d'échanger, à ceux qui écouteraient attentivement ce récit, le livre contre la pipe des saints hommes.

Entendant cela, plusieurs étaient restés bouche bée, sans même une main pour la recouvrir. Mais pas Wakankcha.

— *Khoh*! s'était exclamé le voyant. Quelles idées est-ce que ces Visages pâles vont encore trouver pour intervenir dans la vie du Peuple, de toutes ses tribus ? Même ces mangeurs de maïs insensés, ces Absa, ces Pani ou ces Arikara, ennemis de tous, ont assez de puissance de raisonnement pour refuser les ruses de quelqu'un, peu importe qui, qui leur suggère d'abandonner la pipe.

Le saint homme des Tasha avait alors remonté sa robe de grizzly sur ses yeux pour signifier qu'il n'écouterait plus, qu'il ne parlerait plus. La lourde robe n'avait pas suffi pourtant à repousser ces pensées et l'ancêtre avait médité durant toute l'obscurité, l'homme et la pipe avaient fait défiler toutes ces histoires, à la recherche de quelque chose. Mais de quoi ?

" Plusieurs ont accepté de chasser et de tuer des *pte*, lunes d'hiver comme lunes d'été.... " Une voix remplissait la minuscule tente de sa clameur.

Quand le Peuple avait-il déjà vu des hommes abattre sans interruption la grande viande, sans un temps de repos, de renouvellement, pour l'homme et la créature, le deux-jambes et le quatre-pattes ? Est-ce que cette tuerie permanente ne changerait pas la nature des choses, ne remettrait pas en question l'équilibre si soigneusement orchestré depuis avant même le commencement de tout ? Est-ce que les mères de la horde, les *pte*, voyant l'homme essayer de faire pencher les choses en sa faveur, n'abandonneraient pas leur désir de se reproduire, ne deviendraient pas stériles ?

A nouveau la voix s'était rapprochée. " Echanger les peaux et les langues pour.... "

Peaux et langues ? Peaux et langues ?

Le voyant fatigué toucha des lèvres le tuyau sacré, relâchant la pression de son étreinte autour de cette chose.

Quelle importance ce pourquoi les hommes échangeaient cette chose ? Des gorgées ou des sacs pleins de boisson-qui-brûle, des lances aux pointes de fer, des graines dures qui jamais ne mûriraient, des bâtons-de-feu ou des bandes de tissu.... Qu'advenait-il du reste de l'énorme créature qui fournissait toute la vie au Peuple ? S'ils ne prélevaient que les peaux et les langues, est-ce que ces soi-disant chasseurs laissaient la carcasse de leurs frères à quatre pattes pourrir au soleil et l'odeur fétide de ces corps gigantesques planer comme un nuage sombre et puant sur la fraîcheur de la plaine ?

Tout à coup le vieux *wapiya* se souvint que, ces dernières saisons, certaines tribus lointaines avaient signalé aux éclaireurs avoir constaté que les grandes hordes étaient en diminution et les petites en voie de disparition. L'homme comprit alors que quand un peuple commence à agir à la manière différente d'un autre peuple, à contre-sens de sa vraie nature, les catastrophes surviennent, la tragédie atteint chacun et tous.

Le saint homme, sa pipe vide, reposa le tuyau sur le petit râtelier puis dirigea ses pensées vers ceux appelés *washichu*.

Washichu : l'étrange messager, celui qui écoute un message différent. Quelles choses guident son comportement ? Que demande sa coutume ? Quelles règles régissent ses liens de parenté ? Bien évidemment chacun détient le pouvoir de choisir par lui-même, alors pourquoi l'homme blanc presse, parle, insiste et se bat-il pour que tous agissent comme il le fait ? Peut-être aspire-t-il secrètement à contrôler toutes formes de vie sur terre.

— Jamais ! Et cette fois-ci, la voix était bien la sienne. Jamais ! cria-t-il à nouveau en s'emparant de la pipe.

Tout individu, homme ou femme, lutte pour se développer à chacune de ses saisons. Mais cette croissance n'a d'autre but que de l'amener au niveau suivant. La croissance permet à un homme de se préparer au pouvoir de contrôle, à la maîtrise de ses propres actes, et uniquement à cela.

Wakankcha pensa alors à ces *washichu* invités par les Tasha et les Khoka et conclut que tous les Blancs ne possédaient pas la même nature ni les mêmes coutumes : certains parmi eux ne permettaient pas à la discorde meurtrière de marcher dans leur groupe. Mais où résidait la chose qui reliait cette grande, grande tribu de Visages pâles ? De plus en plus nombreux, ils arrivaient sur la plaine dans leurs chariots bruyants de l'endroit où le soleil se lève. Le saint homme s'avisa que certains parmi les *washichu* ne possédaient aucune des choses nécessaires à une tribu unie, ni essence commune, ni coutume, ni règle. Peut-être qu'une autre chose guidait ces démunis. Mais laquelle ?

Rapidement le voyant vit que ses pensées s'égaraient sur un chemin ne menant nulle part. Les *washichu* continueraient à suivre ce qui les guidait ou ne les guidait pas, que le Peuple comprît cela ou non. A ce moment-là, accompagnées par la lumière de l'étoile du matin, les réponses tranquillement descendirent du trou de fumée et emplirent le silence de la tente sacrée de l'éclat de la vérité.

Dans les hivers à venir, de nombreux, très nombreux Visages pâles s'approcheront des camps du Peuple, certains parmi eux feront preuve de respect et honoreront la coutume et le mode de vie du Peuple. Le Peuple reconnaîtra ces personnes car toujours la bonté reconnaît la bonté.

La bonté qui rassemble....

La vérité qui rallie.

Deux choses semblables et pourtant différentes.

Wakankcha vit ses images-pensées s'assembler, composer quelque chose d'entier, de clair, de net.

Une fois déjà, le Peuple divisé et désespéré avait connu des cœurs traînant à terre. Puis, tous ensemble, ils avaient demandé l'apparition de quelque chose de bon. Les puissances, répondant à leur requête, leur avaient envoyé Ptesanwin avec une pipe, un symbole de vérité.

A présent certains rejetaient cette pipe pour essayer autre chose, déchiraient l'intégrité du tout. Comme avant, le Peuple connaîtrait un vrai besoin, un besoin semblable et pourtant différent. Les transfuges qui abandonnaient la pipe se séparaient aussi de leur raison en refusant de rallier leurs voix à celles de l'ensemble pour invoquer les puissances. La Chemise, symbole de bonté, allait par contre demander quelque chose du Peuple.

Bien sûr le Peuple se souvenait de tout symbole comme d'une enveloppe, d'un récipient, mais il allait voir aussi que sous la chemise se tenait un homme, quelque chose de plus qu'un symbole car cet homme serait l'exemple même de ce que symbolise cette chemise.

Après sa conversation avec Takcha Ushté, un étrange sentiment d'urgence faisait souvent pointer les pieds de Tokécha dans la direction d'une minuscule tente au bord du village Tasha. Le jeune Khoka s'imaginait que le saint homme, son second père, avait peut-être la connaissance absolue. Et qu'en s'asseyant auprès du voyant il absorberait certainement un peu de cette connaissance. En tout cas, c'est ce qu'il se disait.

Au fur et à mesure des visites bien trop nombreuses d'un certain jeune homme, la patience d'un ancêtre diminuait pourtant. Le père-*hunka* décida donc de parler au fils, sans pour autant bien sûr écraser son esprit exubérant.

— Mon fils ne trouvera jamais ce qu'il recherche s'il cherche toujours cette chose dans les mots d'un autre. La connaissance, la véritable connaissance, s'infiltre doucement, sans bruit, et le plus souvent au travers de plusieurs ou de tous les sens. L'homme qui écoute ce que lui disent ses sens, prépare en permanence cette maturité en lui. Mais à quoi se prépare celui qui reste assis à jeter des questions à la tête d'un vieil homme qui a de nombreuses choses à terminer et peu de temps pour les terminer ?

Quelque chose qui pouvait être un sourire creusa les rides d'un vénérable visage tandis que le saint homme regardait les talons d'une paire de mocassins disparaître sous le rabat. Le vieil homme lança un regard de gratitude par le trou de fumée, puis il s'étendit sur ses robes de nuit et ferma ses yeux fatigués, un sourire toujours esquissé au coin de ses lèvres.

XXXIX

Les nez de plusieurs femmes flairèrent l'air vif du matin et tous surent, à leurs yeux brillants, qu'un changement allait fondre sur ces clans, un changement agréable que le Peuple accueillerait avec joie.

La neige commençait à disparaître dans le sol qui s'assouplissait et les jeunes pousses rouges se frayaient un chemin au travers de la terre détrempée. Quelque chose arrivait en avance cette saison : *kiwahni owahpi*. Le renouveau.... et les femmes l'avaient su.

Dès la fin du chant des messagers, les éclaireurs des deux clans emballèrent des mocassins de rechange et des sacs de *wasna*, la viande des guetteurs. " Les porteurs-de-vérité s'en vont, chanta le crieur, afin qu'un Peuple en marche vers un autre campement d'été emprunte un chemin sûr. »

Un jeune Khoka, réagissant à un autre chant du crieur, un chant d'invitation, partit à cheval vers les tentes Tasha pour deux, trois jours de jeux violents sur un terrain glissant. Mais le jeune guerrier ne passerait pas devant le camp des chariots sans s'y s'arrêter et ainsi il se retrouva à gratter doucement le rabat de la grande tente *washichu*.

Tokécha ressentait une joie nouvelle à l'approche du cercle tribal des lunes chaudes à venir. Il avait grandi, en corps et en esprit, pendant la froide saison et il savait que, devant la tribu réunie, il pourrait faire la démonstration de cette maturité. Mais après avoir parlé avec la vraie-femme et de nouveau en route vers le campement Tasha, une conscience différente accompagnait le jeune homme ; quelque chose avait répandu sur sa joie une couche humide et creusé un vide déplaisant dans son ventre. Aucune eau pourtant ne s'était déversée du ciel et il savait aussi qu'aucune nourriture ne comblerait ce vide, car la tristesse accompagnait ce cavalier. Une tristesse d'un genre différent de celle qui cause les cris de désolation des femmes, une tristesse qu'il n'avait jamais rencontrée auparavant.

Oshotah avait reçu son visiteur à sa manière habituelle, souriante, et d'un geste familier elle lui avait indiqué qu'il s'assiérait au fond de la tente, à la place d'honneur des tentes de son Peuple. S'exécutant, le jeune guerrier avait remarqué que les piles de feuilles sèches, étalées la plupart du temps sur tout le sol du tipi, étaient rassemblées soigneusement en tas à côté des robes de nuit et que seules trois ou quatre feuilles traînaient près du cercle de feu. Mais la vraie-femme n'avait pas parlé des feuilles sèches ni de la signification des marques noires pendant cette visite. Elle avait seulement parlé des préparatifs pour le voyage, comme le ferait toute femme avant l'apparition de la lune-où-la-saison-change. Caressant nerveusement la douce banderole colorée autour de son cou, sa voix avait trahi un malaise qui n'avait jamais été présent à l'occasion des autres visites du Khoka.

A la fin de son discours, Oshotahwin était restée silencieuse, ses yeux fixant le feu central, ses mains délicates immobiles dans les plis de la robe qui recouvrait ses genoux. Un instant après, Cheveux-jaunes était entrée dans la tente et, remarquant le silence tendu, la mince femme s'était penchée tout près du feu pour lisser une toute petite parcelle de terre. Puis elle s'était emparée des bâtons-à-dessin à côté de ses robes de nuit et avait doucement fait des traces sur la sol. Non, comme avant, des images ressemblantes mais deux lignes séparées, la fourche d'un chemin. Une chose connue de tous.

C'est ainsi que Tokécha avait compris que quand les clans partiraient pour le campement d'été, les *washichu* prendraient une autre direction.

Sur le terrain de jeux le jeune Khoka se défendit comme s'il combattait le pire ennemi. Mais, malgré son ardeur, il s'était retrouvé plus souvent qu'à son tour étalé dans la boue, de la terre grasse plein la bouche, à écouter les acclamations victorieuses de ses adversaires. Pourtant le combattant crotté n'avait pas quitté le terrain à la fin du jour sans avoir remporté au moins une victoire personnelle. Car il avait découvert quelque chose et il comptait bien poursuivre son idée jusqu'à en extraire la connaissance. Assis à arracher des croûtes de boue séchée de ses longs cheveux, il s'émerveillait du bien contenu dans ce que le Peuple appelait guerre.

Evidemment les grands-pères originels, les créateurs du système, avaient vu la réelle nécessité d'une échappatoire aux envies naturelles des jeunes hommes. Comprenant ce besoin, ces sages-là avaient inventé la guerre. La guerre : un jeu au cours duquel les hommes forts pouvaient faire preuve d'audace, de bravoure, de courage et voir si quelque chose leur manquait. La guerre : un sentier sur lequel l'homme viril pouvait cheminer pour cerner cette partie de lui qui a besoin de plus d'attention ou de force.

Mais au long de ce chemin, l'homme avait peut-être oublié sur le bas-côté la chose qu'il connaissait sous le nom d'assurance, de confiance en soi et les tueries avaient commencé. Là où jadis, en terrain ennemi, les hommes avaient capturé avec audace des chevaux, ces mêmes hommes avaient commencé à prendre des vies. La nature de la guerre changea et les guerriers devinrent des meurtriers.

Parcourant attentivement ses souvenirs à l'écoute de la voix de son esprit et de la vérité, le jeune Khoka vit une image claire prendre forme.

La guerre, telle qu'il la connaissait, autorisait la mise à mort mais n'encourageait jamais vraiment cette chose, le choix appartenant à l'homme. Lui, Tokécha, choisirait l'ancien sentier, un chemin négligé du Peuple et laissé à l'abandon depuis de très, très nombreux hivers. Lui, Tokécha, se souviendrait de lui-même comme d'un guerrier dans le vrai sens du mot, quelqu'un qui agit dans le respect des desseins originels, quelqu'un qui garde l'esprit du guerrier mais n'a pas le cœur-meurtrier.

Il donnerait à voir au Peuple une image-d'homme différente, une image neuve mais pourtant ancienne.... ancestrale. Un guerrier-de-paix ; quelqu'un d'équilibré, un équilibre nécessaire à toutes créatures vivantes.

Assis, solitaire, le jeune homme assimilait la portée de ses pensées quand il remarqua que la douleur, le vide dans son ventre avait diminué ; un peu de la tristesse était resté dans la boue du terrain de jeux détrempé. Il comprit alors que des actes vigoureux offraient une puissante diversion, un réconfort certain, pour aider l'homme à retrouver les bienfaits du *shkan*.

"Le *shkan*, se dit-il, amène ces bons *washichu* dans le cercle de vie de mon Peuple et le *shkan* les entourera quand ils s'en iront de leur côté. Je vois à présent que la force de vie dirige les actes des créatures ; des ailés, des quatre-pattes, des rampants et des nageurs. Mais quant à l'homme, il possède la raison et le choix et c'est lui qui dirige la force de vie. *Taku shkan shkan*, quelque chose en mouvement, toujours disponible à l'homme qui veut s'en emparer et l'utiliser – s'il fait ce choix. Il peut se servir de ce pouvoir pour apporter le bien ou provoquer le désastre, ce choix aussi lui appartient."

Jetant un large sourire à la motte de terre qu'il avait extraite de ses cheveux, il parla à nouveau :

— Je sais que le temps est venu où cette famille de Visages pâles doit retourner vers les siens. Car le *shkan*, comme toute forme de vie, avance en cercle.

La voix puissante du crieur Tasha transperça la douceur du jour déclinant et son chant annonçait le retour d'Ahpepi, l'éclaireur en chef, porteur de bonnes nouvelles.

— Venez au centre, il chanta. Venez écouter le rapport de l'éclaireur pour savoir sur quel sentier vont bientôt avancer les pieds du Peuple vers un été de regain. Ecoutez ensuite celui qui annonce une nuit de danse, car deux clans parents et leurs invités ont choisi d'exprimer la joie que ce changement de saison leur donne.

De nombreux hommes sortirent des tentes vers l'endroit où le porteur-de-vérité ferait son compte rendu, mais les femmes attendirent pour entendre la suite, si le crieur ajoutait autre chose à son chant.

— Tipi à terre quand le prochain soleil se lève. Deux clans marchent vers un campement proche. Tipi à terre, dès la première lueur !

Voyant s'approcher ces deux colonnes de biens et de personnes, de deux directions différentes, le grand-homme-chef échangea des regards entendus avec chacun des membres de sa famille. Ils avaient su et ils se tenaient prêts. Avant même que les femmes Tasha et Khoka eussent commencé à dresser leur campement provisoire, le chef *washichu* et sa vraie-femme menant son cheval.... un cheval sur lequel s'empilait une montagne des cadeaux.... s'avancèrent côte à côte pour accueillir leurs visiteurs.

— Des ornements pour les oreilles, les doigts, les bras et le cou de plusieurs femmes et filles, annonça Grand-homme. Des banderoles colorées pour conserver une douce chaleur autour des cous de Pazuwashté et Wakanka, celles auxquelles un certain jeune Khoka donne le nom de mère. Des banderoles aussi pour le cou de Tahwiyéla, quelqu'un que celui-qui-contemple-le-soleil appelle épouse. Quant au cheval, il retourne à la horde de Wiyaka, en attendant qu'un autre homme ait véritablement besoin de ces solides quatre pattes. Mes propres jambes me porteront là où je choisirai d'aller.

Le chef-aussi-grand-qu'un-grizzly dit aussi que la famille des Visages pâles donnait ces présents au nom d'un certain jeune guerrier Khoka.

— Tokécha, dit-il, les *washichu* honorent Tokécha.

Des exclamations, des ovations et des cris de joie fusèrent des bouches de ceux présents. Quelqu'un entonna un chant d'honneur et cita le nom de Tokécha, puis ceux, l'un après l'autre, de tous les *washichu*. Un tambour retentit et plusieurs personnes se balancèrent doucement à son rythme. Ainsi une petite danse démarra avant même que nul n'eût allumé les feux-de-danse.

Peu après, le Peuple vit Cheveux-jaunes, montée sur son beau cheval, se rendre lentement vers l'endroit où Takcha Ushté se tenait avec son épouse. S'arrêtant devant eux, elle enjamba l'encolure de la splendide créature et glissa jusqu'à terre. Balayant par deux fois le sol d'un pied chaussé d'un mocassin, puis par deux fois encore, elle aplanit un endroit pour faire les dessins utiles peut-être à la compréhension de son discours. La femme gracile parla doucement, ses grandes mains et sa voix racontant une petite histoire.

— Souvent, sous ces lunes froides, je marche parmi les tentes Tasha. Pendant ces visites, j'observe et j'acquiers une connaissance et une maturité. Tandis que mon esprit se développe, je remarque qu'une autre personne mûrit elle aussi à sa façon : une certaine jeune épouse s'enfle et je sais ainsi que sous sa robe une nouvelle vie grandit.

Le tambour s'interrompit brutalement, mais sur la terre les pieds continuèrent à faire écho à son rythme. Le Peuple attendait ce qui allait suivre.... et n'avait pas besoin d'images pour comprendre ce récit.

Cheveux-jaunes jeta un long regard au grand cheval près d'elle, puis elle posa de nouveau ses yeux sur le guerrier et la femme. Elle avança le bras et remit la longe de la magnifique créature dans la main de la compagne de celui-qui-contemple-le-soleil.

— Celui-ci comprend les façons de faire de tous, peu importe sa tribu, dit-elle. Quiconque monte sur son dos.... épouse, mère, enfant, contemplateur-du-soleil ou tous les quatre à la fois.... voyage en sécurité quelle que soit la direction qu'il emprunte.

Aussitôt le tambour reprit ses battements à l'unisson des cœurs du Peuple. Des acclamations débridées remplirent l'air au-dessus de la piste de danse puis se répandirent sur la plaine. Dans les mocassins de deux clans heureux, talons et orteils frappèrent le sol.

— Tahwiyéla possède un cheval.... Un cheval revient à la vraie-femme du contemplateur-du-soleil Tasha.... Ce présent est donné au nom du frère-ami de cet homme.... Cheveux-jaunes a dit ainsi !

A nouveau le chant d'honneur mentionna Tokécha, mais cette fois quelqu'un y inséra le mot qui voulait dire Cheveux-jaunes. "*Ehzhi* ", ils chantèrent.

Puis quelqu'un fit claquer une longue corde aux pieds des cinq Visages pâles, indiquant par ce geste à la famille de danser au centre. Timidement tous reculèrent du cercle de danse, mais encore et encore la corde insista. " Dansez *washichu*, dansez. " Et enfin, s'emparant de la main de la vraie-femme, le grand homme entra doucement dans le cercle sous les acclamations du Peuple.

Ces acclamations s'amplifièrent car qui comprendra jamais l'étrangeté des *washichu* ? Aucun ne rit bien sûr, car personne parmi ce Peuple n'aurait voulu se montrer impoli envers cette bonne famille, quelle qu'en fût son envie.

Grand-homme ne dansait pas seul mais avec sa femme : le mari tenant l'épouse, l'épouse enlaçant étroitement le mari, quelque chose que le Peuple n'avait jamais vu avant ce jour. Et peut-être quelque chose qu'il ne verrait jamais plus. A la fin de la danse, le chef *washichu* recommença encore et encore jusqu'à ce qu'il eût dansé avec chaque membre de son groupe de la même façon. Il semblait même apprécier cela ! L'homme en tout cas souriait en tournoyant et tourbillonnant, une femme dans les bras.

Tokécha vit les femmes Visages pâles retourner à leur tente avant même que les feux-de-danse ne fussent à moitié consumés ; seul le grand chef resta avec le Peuple jusqu'à ce qu'apparût l'étoile du matin. Le jeune homme remarqua aussi que ces femmes, cette nuit-là, ne s'étaient pas parées d'ornements et il en conclut que leurs présents laissaient dénudés leurs oreilles, bras, doigts et cous. Il imagina un moment qu'un sentiment de manque leur avait peut-être fait abandonner la piste de danse. Mais cette pensée s'envola rapidement car en vérité ces *washichu*-là ne pouvaient pas se lamenter ainsi de leurs gestes, ils choisissaient de donner ou non, mais jamais, non, jamais ne le feraient à regret. Le jeune guerrier décida pourtant de retourner à la tente de sa mère pour y réfléchir tranquillement et fumer une pipe. Avant que les ténèbres ne reculent devant la lumière d'un nouveau soleil, il avait pris une décision.

Deux jours après la nuit-de-la-danse, Oshotah se réveilla à l'aube en entendant un léger bruit de pas de l'autre côté de sa couverture de tente. Marmonnant quelque chose à propos d'un mari qui faisait tant de bruit dans son sommeil qu'il n'entendait pas ceux qui attaquaient son village, la femme glissa ses pieds dans les mocassins qui attendaient, tout en resserrant sa robe sur ses épaules. Enjambant l'ouverture, quelle ne fut pas sa surprise ! Attaché à un poteau, juste devant sa couche, se tenait un cheval et, pareillement attachés, deux autres se trouvaient près des emplacements où dormait chacune de ses filles.

D'un coup d'œil rapide la femme scruta aux alentours l'obscurité pâlissante et remarqua une forme humaine qui se mouvait vers les tentes des Khoka, puis elle vit aussi que quelque chose se tenait là où Cheveux-jaunes avait toujours abrité son magnifique cheval.

S'approchant de la clôture, un sourire prit forme au bord de ses lèvres tandis que lui revenait l'histoire d'un jeune Khoka voyageant en qualité de gardien-de-mocassins et porteur-d'eau dans une expédition guerrière Kanghi. Quelqu'un d'à peine plus âgé qu'un garçon qui avait rejoint les hommes sur le dos d'un gros poulain-de-cheval mais qui en était revenu un homme, juché sur un robuste coursier-de-combat, une plume de guerrier dans les cheveux. Le Peuple avait dit ainsi.

Le sourire envahit tout son visage jusqu'à devenir un franc rire de femme car Oshotahwin avait reconnu la splendide créature devant elle comme celle chérie par celui appelé Tokécha, le différent : son cheval de guerre.

Le rire revint encore et encore, à présent que la femme identifiait le cheval attaché devant son lieu-de-sommeil. Celui-ci avait toujours marché en tête de la colonne des chevaux de bât appartenant à Pazuwashté, un quatre-pattes que la mère du jeune Khoka menait ou montait, en fonction de ses besoins. Les deux autres, elle le savait, venaient de la horde de Wiyaka. Cette vraie-femme comprit alors que tous dans cette bonne famille Khoka avaient choisi de faire honneur aux *washichu*, en leur offrant les choses les plus précieuses qu'ils détenaient.

XL

Un jeune *wambli* testait son vol dans la fraîche brise d'une lune-de-nouvelle-saison, battant des ailes, se laissant porter ou emporter par les courants traîtres du vent qui le soutenait. Sur terre, le dos appuyé contre un rocher chauffé par le soleil, Tokécha observait des hauteurs d'une petite butte le jeune oiseau-guerrier se mettre à l'épreuve et découvrir ce qu'il avait besoin d'améliorer. Trouvant des similitudes entre lui et le géant ailé, le jeune homme envoya un sourire dans la direction de la forme-oiseau qui s'élevait dans le ciel.

— Femmes, pliez vos tentes ! En ce jour les clans deviennent des voyageurs ! Que les couvertures des tentes tombent à terre !

Le jeune Khoka avait entendu le chant du crieur aux premières lueurs du jour, mais il n'avait pas bondi de ses robes-de-nuit pour se précipiter vers la horde des chevaux comme aux saisons dernières. Au lieu de quoi, il avait marché seul vers la rivière et plongé dans la froide humidité pour prendre un bain rafraîchissant avant de grimper au petit monticule sur lequel à présent il se tenait assis. Il était exact que ce matin-là les Tasha et les Khoka avaient mis leurs pas sur le sentier qui menait au grand campement d'été alors que lui restait assis à regarder dans une autre direction; mais il rattraperait rapidement les voyageurs car ses deux bonnes jambes pouvaient lui faire parcourir facilement le double de la distance en une moitié de temps.

Soudain, quelque chose mit ses sens en alerte, interrompant l'image agréable de sa personne bondissant vers les lunes chaudes dans la fraîcheur des nouvelles herbes mélangées de la plaine. Ses oreilles perçantes détectèrent un léger bruit, le craquement d'une brindille plus bas sur la pente : quelqu'un s'approchait. Immédiatement redevenu un guerrier, le jeune homme se tapit contre la pierre, écoutant à nouveau. Il écouta et sut. Quatre vieilles, très vieilles pattes suivaient des mocassins traînants : le saint homme approchait, conduisant un cheval, un cheval de bât trop faible pour porter des biens ou de lourdes perches. Le jeune homme se redressa pour accueillir son père-par-choix.

Les deux hommes entendirent les grincements et cliquetis du groupe de *washichu* avant même que ceux-ci n'eussent entamé le coude au pied de la butte et ils regardaient encore les chariots quand ils débouchèrent sur les herbes mélangées. Mais le bois-qui-roule ne parcourut pas une longue distance avant que le bruit ne s'arrêtât et que la vraie-femme ne descendît du chariot de tête, tandis que la mince femme se glissait agilement de la croupe d'un puissant cheval de guerre. Toutes deux marchèrent ensemble vers la colline puis la gravirent jusqu'au sommet et là elles plongèrent leur regard dans les yeux d'un jeune Khoka.

Quelques instants plus tard, Ehzhi, quelqu'un-aux-cheveux-jaunes, s'avança et tendit sa grande main qui contenait un paquet de feuilles blanches et sèches. Tokécha s'en empara et reconnut les images si ressemblantes que celle-ci avait si souvent dessinées pendant les lunes froides. La femme sourit, plaça ses deux mains sur les larges épaules devant elle puis, se rapprochant, elle toucha de sa joue celle du jeune guerrier, d'un côté puis de l'autre, et redescendit la pente.

Celui-ci, ahuri, tourna son visage impassible vers Oshotah, remarquant à nouveau l'éclair de lumière qui se réfléchissait dans les yeux fumés. " Des yeux qui attrapent et retiennent le soleil ", se souvint-il. La vraie-femme mit un tas de feuilles blanches dans ses bras.

— Des feuilles qui contiennent, sous forme de petites marques noires, les pensées d'un homme, dit-elle.

Puis la femme leva son bras et caressa doucement de ses doigts délicats son mince visage juvénile. Ensuite, elle aussi s'en alla, sans jamais se retourner.

Le jeune guerrier n'avait plus parlé à ses " invités " depuis la nuit-de-la-danse ; sa seule visite à la tente des *washichu*, depuis lors, s'était effectuée dans l'obscurité et là il n'avait pas choisi d'utiliser les mots pour ce qu'il avait à dire. Dans la solitude de sa tente, s'émerveillant des présents des Visages pâles, il s'était souvenu encore une fois de l'importance du don. Et ce souvenir avait renforcé ce qu'il savait déjà. " Le don engendre le don, avaient dit les grands-pères. Interrompez le flux.... de cela ou d'autre chose.... et vous courez à la catastrophe. " Ainsi il avait donné, donné ce qu'il avait le plus envie de garder.

Personne sur cette colline n'avait ressenti le besoin de parler, ni le guerrier, ni le *wapiya*, ni les *washichu*. A quoi servent les mots quand le sens est clair pour tous ?

L'un vieux, l'autre jeune, les parents-par-choix regardaient deux chariots, un grand homme à pied devant eux et une cavalière s'en aller vers l'endroit où le soleil se couche. Deux bons quatre-pattes attachés au chariot arrière avançaient nonchalamment tandis qu'aux côtés de celui de tête, avançant sans effort, un cheval de bât digne de confiance traînait de longs poteaux sur lesquels était attachée une grande couverture de tente. Le grand homme arborait des jambières, des mocassins et, au lieu d'un bâton-de-feu, il portait un arc de chasse, ses pieds à présent n'ayant plus besoin d'aide pour marcher. Et sans avoir besoin de les voir, le jeune Khoka savait que chacune des femmes avait chaussé ses pieds de doux mocassins blancs. Toutes ces choses, les cadeaux d'un Peuple qui cheminait en ce moment vers un autre camp.

Tokécha ne vit pas le saint homme quitter la butte. Debout, il regardait les *washichu* s'éloigner jusqu'à devenir de minuscules points sur l'immensité de la plaine. Quand il se retourna vers son père-*hunka*, il vit que celui-là aussi s'était transformé en un point à l'horizon ; cheval et cavalier, le frêle sur le dos du faible, se dirigeaient vers une longue colonne mouvante, un Peuple qui chantait en chemin vers la puissance renouvelée d'une tribu unie.

D'abord marchant, puis allongeant son pas au rythme agréable d'une petite foulée, le viril jeune homme, un paquet dans chaque main, raccourcit la distance entre un père-ami et son fils. Un air frais giflait son visage et ébouriffait ses cheveux. Il ressentait la présence de toutes choses sous ses pieds et envoya au vent une chanson.

— Moi, Tokécha, possède la terre. Je possède l'endroit où je choisis de poser mes pieds. Moi, Tokécha, propriétaire et protecteur de la terre, je possède la terre et existe !

Arrivant à la hauteur du cavalier âgé, le coureur ralentit et aussitôt le vieil homme, tombant presque, se laissa glisser de la croupe du quatre-pattes. Wakankcha mit alors quelque chose dans les mains déjà pleines du jeune fils Khoka. Tous deux, ensemble, avancèrent dans un jeune été, pipe à la main.

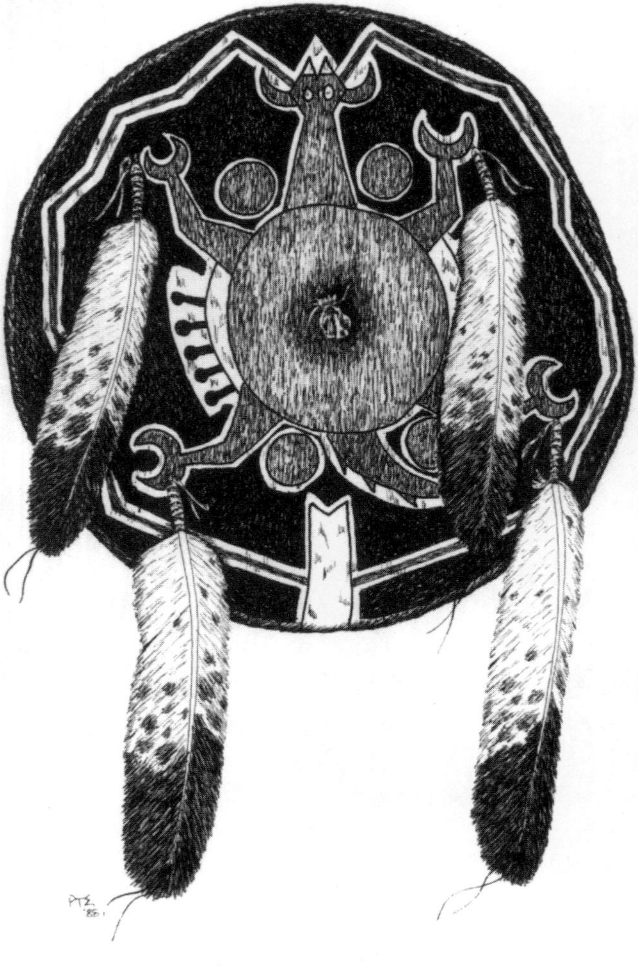

GLOSSAIRE

Absa : De la nation Crow, comme ils s'appellent eux-mêmes. Une abréviation de *Absaroke*.
Ahboo : Dors.
Ahpepi : Ils l'attendent.
Akichita : Différentes "compagnies" de gardiens.
Anpagli : Qui rentre à l'aube.
Blohkazi : Taureau jaune.
Chinyé : Parole d'homme qui signifie grand frère.
Ehzhi : Cheveux-jaunes, blonde.
Hahii : Exprime la surprise, la stupéfaction.
Heyoka : Un contraire ou un clown.
Hoyé : Oui.
Hukala : Qui ne connaît pas la peur.
Hunka : Un parent d'adoption ou la cérémonie qui relie deux personnes.
Inipi : Une tente de sudation ou une cérémonie du renouveau.
Initi : Un bain de vapeur ou une tente de sudation.
Ishna : Seul.
Kanghi : Corbeau ou oiseau noir.
Khoka : Blaireau.
Kiwahni owahpi : Une renaissance, un réveil, utilisé principalement pour signifier le printemps.
Mahtoh : Ours ou grizzly.
Michunkshi : Petit homme.
Misun : Parole d'homme qui signifie petit frère.
Mitahwin : Ma femme ou mon épouse.
Mnisha : Eau rouge, vin.
Nihya tahniya mahwani ye : Avec un souffle visible, je marche ou j'arrive.
Oshotahwin : Femme-aux-yeux-de-fumée.
Otahnchu : Dirigeant principal, le plus grand, le plus.
Pahasapa : Les Monts noirs, montagnes sacrées du peuple Lakota.
Pazuwashtéwin : Femme au bon nez.

Pezuta : Guérisseur qui utilise des plantes ou des racines.
Pta : Bison mâle.
Pte : Bisonne. Ce mot peut aussi désigner une horde entière, le plus souvent composée principalement de femelles ou de mères.
Ptesanwin : La femme-bisonne légendaire qui apporta la pipe sacrée au peuple Lakota.
Shakéhanskah : Longues griffes ou grizzly.
Shichunghu : Cuisses-brûlées, un clan du peuple Lakota.
Shunka : Chien.
Shunka-wakan : Chien-sacré, grand-chien, le cheval.
Tahkpé : Cri de guerre.
Tahwiyéla : Jeune daine, petite biche ou lapine.
Taku shkan shkan : Quelque chose en mouvement, la vitalité spirituelle, la force de vie.
Tasha : Bison rouge.
Tazushka : Fourmis.
Tiyoshpahyé : La famille élargie.
Tokécha : Quelqu'un ou quelque chose de différent, d'inhabituel ou de rare.
Wakanka : Celle qui se tient assise au-dessus de tous, l'épouse.
Wakankcha : Prophète, vrai-voyant ou saint homme.
Wakichunsa : Décideurs, ceux qui prennent les décisions pour le bien du Peuple pendant le cercle tribal d'été.
Wahkinyan : Une vision-éclair.
Wahziya : L'Homme-hiver, l'homme légendaire du Nord.
Wambli : Aigle, le géant-qui-bat-des-ailes ou l'ailé.
Wapiti : Elan. Aussi appelé cornes-ramifiées.
Wapiya : Guérisseur ou saint homme.
Washichu : Quelqu'un avec un message différent, l'homme blanc ou les Blancs.
Wasna : Viande séchée, pemmican.
Winkté : Personne avec deux esprits, quelqu'un que l'on pense homme et femme.
Wiyaka : Plume de la queue de l'aigle.
Woksapa Yuha : Celui qui possède la sagesse, un sage.

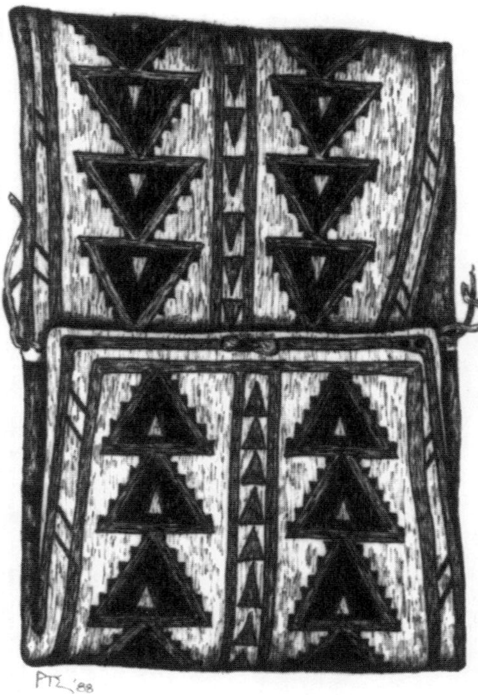

CRÉDITS ICONOGRAPHIQUES

Pages 27, 51, 63, 79, 99, 123, 131, 237, 277, 285, 297, 319, 336, 339, 340, 342, 344 : musée du Nouveau Monde, La Rochelle, France.
Page 37 : collection privée, Canada.
Page 43 : collection privée, France.
Page 69 : collection privée, France.
Page 91 : collection privée, France.
Page 149 : collection privée, France.
Page 151 : collection privée, France.
Page 171 : collection privée, France.
Page 179 : collection privée, Italie.
Page 195 : collection privée, France.
Page 205 : collection privée, Belgique.
Page 231 : collection privée, France.
Page 273 : collection privée, France.
Page 303 : collection *Ateliers Fourwinds*, France.
Page 311 : collection privée, Belgique.
Tous les autres dessins font partie de la collection de l'artiste.

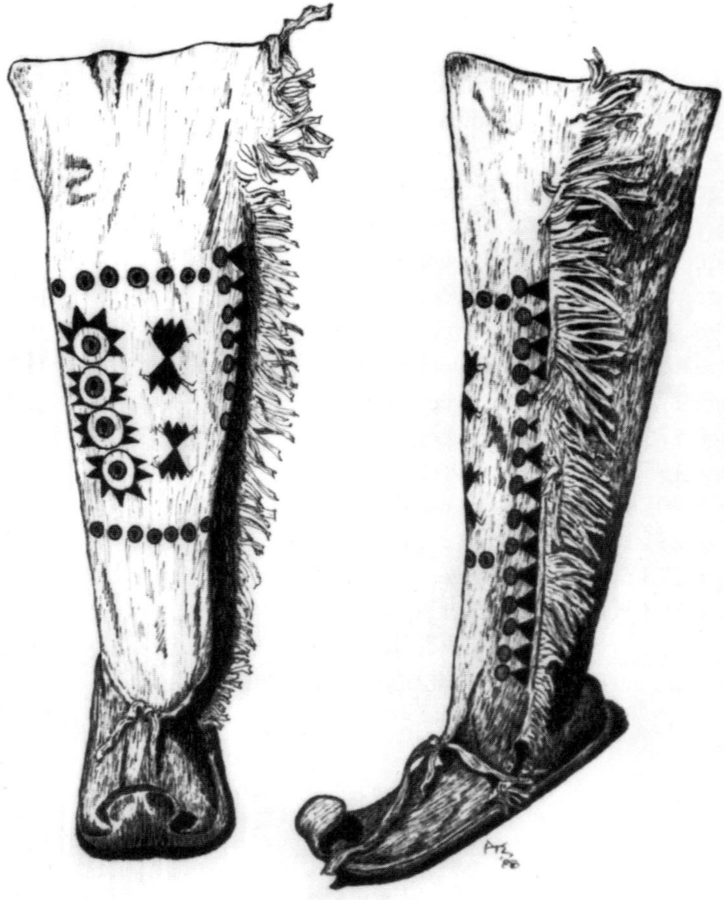

Aux éditions
le fil invisible

Sungazing Summer
édition originale du roman américain
Face au soleil, ils dansaient...
DONNI BUFFALO DOG *PTESUNKAWIN*

Alice ou le Piano des anges,
conte gastronomique
ODILE GODARD

La Promesse de Nout
la révélation
La Promesse de Nout
la mesure
La Promesse de Nout
le chemin des âmes
VÉRONIQUE LAMOUREUX

La Chair de l'écriture
petit traité de graphothérapie
DOMINIQUE VAUDOISET

Collection "S'aider"
(ces ouvrages intègrent un disque compact)

Au rythme des Saisons,
l'Hiver & Noël
Au rythme des Saisons,
le Printemps & Pâques
Au rythme des Saisons,
l'Eté & la Saint-Jean
Au rythme des Saisons,
l'Automne & la Saint-Michel
FRÉDÉRIQUE CABEZAS – musique de LOGOS

Energies de Femme, énergies d'homme
FRÉDÉRIQUE CABEZAS – musique de LOGOS

Le Yoga de la femme enceinte
VICTORIA DIEHL – musique de LOGOS

Si vous désirez être tenu au courant de nos publications
ou bien contacter un des auteurs de notre catalogue,
veuillez nous écrire à :
le fil invisible – B.P. 2 – 13890 Mouriès

CET OUVRAGE A ÉTÉ RÉALISÉ
PAR L'ATELIER GRAPHIQUE DES ÉDITIONS
le fil invisible
ET
ACHEVÉ D'IMPRIMER
PAR L'IMPRIMERIE LIENHART

A AUBENAS D'ARDÈCHE
AU TEMPS DE
LA LUNE-OÙ-L'HERBE-ROUGE-APPARAÎT
N° d'imprimeur : 2077

POUR LE COMPTE DES ÉDITIONS
le fil invisible

Dépôt légal : 1re édition mars 2000